萨娜 著

多布库尔河

文化艺术出版社
Culture and Art Publishing House

图书在版编目（CIP）数据

多布库尔河 / 萨娜著. —北京：文化艺术出版社，2013.5

ISBN 978-7-5039-5602-7

Ⅰ. ①多… Ⅱ. ①萨… Ⅲ. ①长篇小说—中国—当代

Ⅳ. ①I247.5

中国版本图书馆CIP数据核字（2013）第089538号

多布库尔河

著　　者	萨　娜
策划编辑	俞　杰
责任编辑	贺　星
封面设计	刘玲子
版式设计	马夕雯
出版发行	文化艺术出版社
地　　址	北京市东城区东四八条52号　100700
网　　址	www.whyscbs.com
电子邮箱	whysbooks@263.net
电　　话	（010）84057666（总编室）　84057667（办公室） （010）84057691—84057699（发行部）
传　　真	（010）84057660（总编室）　84057670（办公室） （010）84057690（发行部）
经　　销	新华书店
印　　刷	国英印务有限公司
版　　次	2013年7月第1版
印　　次	2013年7月第1次印刷
开　　本	880毫米×1230毫米　1/32
印　　张	8
字　　数	150千字
书　　号	ISBN 978-7-5039-5602-7
定　　价	28.00 元

序

　　天地之大德曰生。对于任一生命体而言，生与死都是最重要的事情。鄂伦春人的生死观，有着自己独特的认识，截然不同于现代文明。"妈妈在白雪皑皑的大地上生下了我。"萨娜的长篇小说《多布库尔河》一开篇拎出了整部作品的叙述主题。古迪娅的生命肉体在妈妈的子宫里，不敢动弹，尽管生命通道正在缓缓开启，"但是我不能出去，我的灵魂正在高空飞翔，若是它来不及进入我的肉身，我降生后只能成为可怜的白痴或怪胎。""我紧紧地贴住妈妈，焦急地等待与灵魂重逢。"小说极为生动地讲述了古迪娅的生命在玛鲁神灵的指引下，感受大地、森林、白雪，灵魂是如何与肉身合为一体的生命诞生过程。一个生命的出生，是上世死者的灵魂长久流浪的结束，是重新经历了一次毁灭与新生的、属于大地的生命传奇。

　　生与死始终伴随着每一个生命，在一个生命获得新生的时候，也意味着另一个生命的结束。没有哪一个生命是永恒的强者。古迪娅的出生与母鹿的死亡不是偶然的。"玛鲁神灵说过，每一个生命都不是好惹的。"小说在第二节，就向读者讲述死亡的故事。"我生下来就没有爸爸。"毫无疑问，这是一个重要的精神隐喻。"爸爸"的缺失，意味着鄂伦春人几千年来的权威的宗教信仰和生存法则受到了极大的挑战，是这个民族传统的消逝和现代的开始。

死亡的幽灵以不同的方式一次次光顾鄂伦春的柯尔特依尔和玛哈依尔两个家族，卡思拉的丈夫、大儿子、小儿子各罗布、大女儿苏妮娅及其丈夫库列等亲人一个个非正常的死去。对于一个鄂伦春女人来说，死亡是无可抗拒的，"就像晚霞留不住太阳，大地留不住闪电"，但是卡思拉依然迎着死亡之神，并向它发起挑战，要把死掉的人重新活过来。在儿子各罗布的身上，看到丈夫的影子；在各罗布和苏妮娅这一双儿女死去后，卡思拉把苏妮娅与库列所生的儿子和女儿，分别命名"各罗布"和"苏妮娅"。让死去的人，重新获得新生，这既是鄂伦春人信仰中的生死观念，也是卡思拉这一个普通生命个体所做出的、也是唯一能够做出的反抗死亡的方式。

作为鄂伦春族人的萨满，乌恰奶奶是具有能够看透未来、预知命运，能抵御死亡、起死回生的生命能量和精神魔力的。乌恰奶奶对于本民族的保护神玛鲁神灵是不跪的，呈现出平起平坐的样子。穿上了萨满服饰的乌恰奶奶，在那一瞬间，又一次让"我"震撼不已。如果说乌恰奶奶的身体之谜是超越凡俗的"生命之美"，而穿上了萨满服饰的乌恰奶奶已经汇聚了天地日月、飞禽走兽等大千世界所有生命存在的精华，成为鄂伦春族人与天地神灵进行精神沟通的"生命之神"。这位鄂伦春人通灵的"生命之神"敲起了用自己"生命起点"做成的神鼓，跳起了驱赶病魔的神舞，赤脚轻盈行走在烧红的火炭上，向神灵发出祷告和呼唤。最终，查鲁醒来说话了，乌恰奶奶倒下去了，"他从那里回来，她就回到那里"。小说借助于"我"的第一人称叙述视角，以一个同样具有神性精神气质的鄂伦春少女的眼光仔细端详这位传奇的萨满及其抵抗死亡、拯救生命的过程。这样一来，既具有"亲历性"的叙述亲切感和接受的真实感，又具有精雕细刻的细节之美和彼此心灵对话的情感共鸣效果。即在一瞬间，生与死、爱与恨、肉与灵交会一处，作者、"我"这个叙述者、乌恰奶奶、部落族人和读者的一起进行心灵的舞蹈，一起走向死亡，又一起新生。

鄂伦春人的"生命之神"乌恰奶奶，救活了青年查鲁，但是付出了生命的代价。正像卡思拉一样，"妈妈"的她依然无法守护住自己的孩子。事实上，无论是受伤的查鲁，还是卡思拉的丈夫和小儿子各罗布的非正常死亡，都不仅仅是某一个偶然因素所导致的事故，更是因为鄂伦春人所面临的普遍性的、日益严重的现代性的存在危机。各罗布等人死亡显然不仅是运气不好的问题，更有着一个更深广的危机：外边世界的人进入了多布库尔河，他们视为有灵魂的树木被大肆砍伐，传统的生存方式遇到了现代性的危机。

妈妈老了，神灵走了，萨满乌恰奶奶也离族人而去了。安校长来了，带来了奶粉和面包，带来了让"我"上学的消息，"让古迪娅上学吧，安校长求妈妈说，她是太好的学生了，应该读书，绘画，走出大山。"是啊，妈妈的时代已经结束了，作为下一代的"古迪娅"应该走出大山，正如安校长所说，"一个新的时代已经来临，你们应该过上幸福的生活"。新时代无可阻止地到来了，可是"幸福的生活"到哪里寻找呢？

从阿摩萨满的祈祷开始，古迪娅不仅领悟到鄂伦春人的生死大义内涵，而且领悟到了乌恰奶奶临终时说的"智者无家可归"话语的精神指向，"我终于理解了其间的含义，我们活着，并且终生行走在寻找的道路上"。不仅安校长鼓励"我"，而且妈妈、格帕欠老人，乃至查鲁都改变了主意，支持古迪娅"再也不想让你过像她从前的日子了"。"我"跟查鲁告别的时候，听到查鲁愤怒的指责，但是"我"不责怪他。正是在查鲁的指责话语里，"我"读到了鄂伦春族人对过去岁月的无比留恋与忧伤，对现在生活的恐慌与不安，更读出了作为一个鄂伦春年轻人所应当承担的对民族未来生活所应担负的责任和使命。当然,"我"也从中品咂出了查鲁对我况味复杂而又无比深沉的爱。古迪娅知道了"我是谁",找到了未来生活道路的方向。

小说从第五章开始,转向了对古迪娅都市新生活的讲述之中。与这种都市生活时刻相伴的是,古迪娅那来自多布库尔河的原始思维及其多直接用神性眼睛看到人与物直接显现于她的眼前,不需要任何中介、不需要任何引导。教美术的石老师在古迪娅的画上使用抖动的笔调画出抽象的、有生命的发亮的斑点,"画面上的多布库尔河开始变得神秘莫测,它完全超出了自然的形态,好似在漫天大雪中悸动地舞蹈,整个画面成为让人捉摸不透的画谜,和奇妙的陷阱"。古迪娅在这一瞬间感悟到了绘画的魅力和价值,以及绘画所能带给自己和鄂伦春民族的另一种现代性存在体验方式:"我的惊喜和感动,还有长期置身于黑暗,突然被一束光明照亮的醒悟。"

在都市新生活中,"我"一次次体验到那是来自"在森林里,在河流里,在岩石中生长的孤独",是多布库尔河流中的鄂伦春民族的"孤独"。正是有过这份与众不同的"孤独","我"一次次回归精神的故乡,与逝去的灵魂对话,在都市这个新的文化语境所提供的现代绘画中寻觅到了解答"孤独"的现代性答案。萨娜所塑造的古迪娅形象与迟子建《额尔古纳河右岸》中的伊莲娜,虽然她们到城市中都选择绘画,来呈现自己民族的精神世界;但不同的是,迟子建的伊莲娜形象没有能够从鄂温克民族的精神世界寻找到转化为现代新生活的精神因子,而在都市与森林、传统与现代之间苦苦挣扎,以致投水自尽;而萨娜的古迪娅在都市中找到了从原始绘画的原始思维到现代绘画的艺术思维之间转化的心灵通道,在现代性都市的他者镜像中确立了自我的价值与意义。

在现代性裹挟的洪流中,古迪娅深深感受传统不可挽回的逝去,现在时间飞速的流逝,而唯有艺术才能够重新回到过去的多布库尔河中,才能够把鄂伦春族人的过去、现在和未来连接在一起，成为一部完整的民族心灵史呈现于世人面前。

正如古迪娅在看完查鲁的坟墓时所说的，"在那里，我才敢回头看你，看我所有的亲人，看森林和多布库尔河，才有可能重新活一次。"这正是古迪娅，也是萨娜的《多布库尔河》意义和价值所在。在萨娜所塑造的古迪娅身上，我们看到了一部从传统走向现代的艰难跋涉的鄂伦春民族"心灵史"。

山东师范大学文学院副教授
中国现代文学馆客座研究员、山东省作协特邀研究员
张丽军
2013年6月13日

目录

柯尔特侬尔家族

卡思拉　妈妈

各罗布　苏妮娅和古迪娅的哥哥（二哥），被库列误杀

苏妮娅　古迪娅的姐姐，库列的妻子

古迪娅　我，小说主人公

大儿子　卡思拉的长子，四个月大时，失踪在山林里

奥洛奇　三叔

各罗布（小）　苏妮娅与库列的儿子

阿里/苏妮娅（小）　苏妮娅与库列的女儿

克道鲁老人

玛哈侬尔家族

库　列　各罗布的伙伴、朋友，苏妮娅的丈夫

格帕欠　库列的爸爸

伦巴列　库列的哥哥

席　兰　伦巴列的妻子，库列的嫂子

查　鲁　爱慕主人公古迪娅的小伙子

勒日钦　查鲁的爸爸

乌恰奶奶　族中萨满

娜佳、毛考，灵诺、嘎乌热　族中年轻夫妻

阿里河镇

万　泉　阿里河镇教育科老师

安文武　阿里河镇学校校长

别雅儿、乌娜堪、嘎奇热　学校同学

北　京

石　峰　师范学院美术老师

赵兰、毕素芬、韩文慧、吴仁杰　师范学院同学

乌力楞　通古斯语，意为"子孙们"。由同一父系的若干代子孙的各个小家
　　　　庭组成，是鄂伦春族社会的基本经济单位。

斜仁柱　鄂伦春语，意为"木杆屋子"。是鄂伦春族游猎时最主要的住房，
　　　　呈圆锥形。骨架用长若干米的主杆、带杈的树干和二十多根"斜
　　　　仁"(树干)搭成，其覆盖物有冬季用的狍皮围子，也用桦树皮、芦
　　　　苇帘和布围子。

第一章

妈妈跳下了马，她忘记了自己的疼。母鹿已经出现在她的视线内。

我听见了那一声枪响，看见了冒着蓝烟的子弹钻进了母鹿的腹部。我的眼前盈满了血色。有一种力量从前面牵引我，我用手脚打踹着、碰撞着，寻找出去的通道。

妈妈疼痛地弯下腰，刚把狍皮大衣铺在雪地上面，我就顺着一摊血水滑落出来。在零下五十多度的森林里，在雪地上、我攥紧拳头、咧开嘴，发出第一声哭啼。

1

妈妈在白雪皑皑的大地上生下了我。

那个冬日的早晨，飘飞了一夜的大雪总算停下了，空气里散发着辽远的寂静气味。我在妈妈的肚子里不安地躁动起来，因为我看到了整个世界被大雪挤压得阒然无声。我踹醒了妈妈。她从狍皮被子里伸出手，小声地骂了一句，便扑通一下坐起身，她决定出去打猎。这样糟糕的天气，那些小动物肯定从洞穴里跑出来觅食，它们饿得快死了。不过，在厚厚的雪地上，它们没法飞速奔跑，妈妈相信自己的枪法不会让她空手而归。

她点燃了篝火，支起吊锅的三角木架，用昨天剩下的半只山鸡煮汤。我的躁动让她越来越难受。她双手合拢放在胸口，不安地对着篝火祈祷：火神，赐给我力量吧。让这个不安分的家伙再挺一挺，他来得不是时候，今天是整个冬季最寒冷的一天，我听得见大地冻裂的声音。

姐姐苏妮娅在她身后哭起来，由于耳朵上的冻疮疼痛难忍，苏妮娅用手抓破了皮肤。妈妈匆匆地结束了祈祷，一边大声喊着让哥哥各罗布起来照看妹妹，一边把玉米面用水调稀放进吊锅的汤里。

各罗布从狍皮被子里跳出来，迅速地穿上衣服。行啦，哭巴精，闭上嘴巴，他摇摇苏妮娅的脑袋，气哼哼地说，你有完没完，你要是小子，我就揍你啦。

妈妈用手里刚拿的一根劈柴，顺手揍了各罗布一下，让他闭住嘴巴。她跑到苏妮娅身边刚看一眼，便叫了一声。苏妮娅的小手冻了，一定是夜里睡觉不小心，把手从被子里伸出来冻着了。喂，拿雪来，她朝各罗布喊，给妹妹搓搓手，你没看到我忙吗。

各罗布跑出去，又跑进来，用手里的雪搓苏妮娅小手的冻疮。他干得很老到，一点也不像六岁的孩子。苏妮娅停止了哭泣，对妈妈喊：我饿，妈妈。

妈妈一下子用手捂住脸，她想念父亲时就这样，好像重新捂住过去的日子。你看见了吗，我快被逼疯了，她说，两个孩子每天朝我要吃的，肚里的孩子也要降临人世，可是你离开了我们，去了那里。

我踹了妈妈一脚，让她振作起来，现在不是她哭哭啼啼的时候。用木杆支撑起的斜仁柱帐篷抵御不了外面的严寒。玛鲁神灵知道，大兴安岭的冬天寒冷极了，比死亡还要寒冷。在零下五十多度的气温里，许多动物随时会倒毙在暴风雪中。生命在这个季节里非常脆弱。

妈妈感到了腹痛，脸上渗出一层细汗。她没时间发牢骚了，必须抢在生我之前做完该做的事情。现在，她要喂饱两个孩子，照看火塘里的火旺盛地燃烧，烤干孩子的鹿皮靰鞡。最重要的是，她不能空着肚子出去打猎。昨天，她顺着木梯爬上"奥伦"仓房里取食物，不禁忧心忡忡。冻肉和粮食只能维持吃七八天，无法提供她在产期里全家人的饮食。

没有奶水，婴儿会饿死的。

我紧紧贴在妈妈的子宫里不敢动弹。因为我知道，那道神秘的生命通道正在缓缓地启开，我听见了它张合的有力蠕动。但是我不能出去，我的灵魂正在高空飞翔，若它来不及进入我的肉身，我降生后只能成为可怜的白痴或怪胎。

我紧紧地贴住妈妈，焦急地等待与灵魂重逢。我不知道在上世里我是谁，从哪里落到妈妈的腹中，未来将是什么样子。但我知道灵魂能引领我走向大地的每一天。玛鲁神灵已经让我睁开了今世的眼睛，我看见了森林。它被厚厚的白雪包裹住，像巨大的胎儿一样缓慢地呼吸，发出古远而悠长的节奏。当森林沉缓地喘吁出一口气，大地也跟随着轰隆起伏一下，那轮亘古的太阳已经跃然而起，它的光芒冲散了阴沉沉的雪霭，天空变得明亮清澈。

就在这时，我听见了远古传来的歌声。它庞大而飘渺，缓缓地流淌在岩石、树木、无边无际的皑皑白雪上。我的灵魂在歌声中飞舞，一种无法抗拒的力量吸引它飞向我。歌声溶化掉它翅膀上面的寒霜，它飞翔起来轻盈了许多。

我哭了，奇怪的是，我发不出哭声。我看见灵魂在歌声中飘浮、飞翔，我幸福地哭了。

玛鲁神灵说过，所有的生命都会听见宇宙的歌声，就在生命开始出发的时刻。

我的灵魂，它突然冲向明亮的太阳，然后消失了。我感到眼前顿时黑暗而混沌，一切都变得模糊不清。我的小心脏怦怦地跳着，憋闷得很难受，那一瞬间，我明白了什么叫痴呆和残缺，它使你无止境地坠落，被黑暗吞噬的坠落。

我的灵魂又出现了，它像箭一样从天空俯冲而下，遽然冲进我的肉身。我听见它发出泡沫破灭般微弱的叹息，一切归于平静了。

它结束了我的神话时代。我不再属于天空，而属于了大地。

大大咧咧的妈妈因为我的平静放了心。她用雪一遍遍拼命地揉搓苏妮娅的小手，总算看出皮肤泛出正常的血色。她和孩子们喝过稀粥后，把苏妮娅重新放进狍皮睡袋里，大声告诉各罗布：你看好妹妹，别让她再把手伸出来，往火塘里添样子。火要灭了，你们都得冻死。

各罗布害怕地看着大腹便便的妈妈，猛然喊：妈妈，不要出去，外面冷！

妈妈从柱子上取下挂着的别拉弹克枪，朝着各罗布笑一下：儿子，听听，那是什么声音？各罗布又喊：妈妈，别出去！外面隐隐传来野鹿的叫声，犹如一片枯叶悄然飘落在静静的河面，但她听见了。爸爸曾经对各罗布说过：你们的卡思拉妈妈有一双神奇的耳朵，能听到别人听不到的声音。妈妈一下精神起来。仁慈的玛鲁神灵真的是在帮助她，在这样的鬼天气里赶过来一头鹿，而不是无足轻重的雪兔或叽叽喳喳的山鸡。山神白那查，她来不及拜求它了，也没时间哄儿子。她撩开兽皮门帘走出去，被寒风呛得咳嗽着骑上马，朝不远的林子里奔跑。

马跑得很吃力，厚厚的积雪陷住了它的四条长腿，妈妈被颠动得一个劲儿摇晃着上身。我憋闷得难受，开始旋转着身体寻找那条生命通道出去。有一个神秘的声音提醒我，我该出去了。

妈妈感觉到我正在挣脱她的身体，一下子慌乱了，呼哧呼哧地喘着粗气。她应该帮助我，打开她的双腿，让我顺利地出生，而不是坐在马背上堵住我的通道。可是她顾不得我，她看见了雪地上新鲜的鹿粪和蹄印。从雪塌陷的深度上看，这是一头三岁的野鹿，饥饿让它丧失了警惕，它居然跑到这里来觅食。

马也看见了鹿印，颠跑得更快了。它紧紧踩在蹄印上，不落下一步。妈妈听见了不远处传来鹿的叫声，柔和而悲怨，是母鹿的叫声。若是公鹿，一定会气冲冲地叫，挨扎了似的。

妈妈跳下了马，她忘记了自己的疼痛。母鹿已经出现在她的视线内。它正用灵巧的蹄子掊开厚厚的雪层，寻找地衣、苔藓和枯草解饿。从它瘪瘪的肚子上看得出来，它饿坏了。饥饿和寒冷让它迟钝了，否则它会发现出现在面前的危险。枪声响了，子弹准确地射中母鹿，它仅仅来得及惊讶地望了妈妈一眼，便扑通倒下去。

我听见了那一声枪响，看见了冒着蓝烟的子弹钻进了母鹿的腹部。我的眼前盈满了血色。有一种力量从前面牵引我，我和它纠结在一起，撕扯地向那个世界挣扎。我用手脚打踹着、碰撞着，寻找出去的通道。

妈妈疼痛地弯下腰，这个坚强的女人来不及喊叫，刚把狍皮大衣铺在雪地上面，我就顺着一摊血水滑落出来。她跪在大衣上，用匕首割断了脐带。在零下五十多度的森林里，在雪地上，我攥紧拳头、咧开嘴，发出第一声哭啼。

2

我生下来就没有爸爸。爸爸给各罗布制作过小弓箭、小推车和摇篮，给苏妮娅用桦皮剪出各种小动物。我没有爸爸，没有爸爸给我制作玩具。当我能坐在妈妈怀抱里时，她再也无法怀孕了，因为我没有爸爸。

我跟妈妈要爸爸时，已经五岁了。

大我四岁的苏妮娅常常把我推到铺位上，拿过桦皮盒摆在我面前说：自己玩，姐姐干活呐。她像个小大人，可以帮妈妈烧火、做饭、晒肉干、搓鹿筋绳。十一岁的各罗布个子一下蹿得很高，他已经能用枪打灰鼠和兔子。

我孤单地玩着桦皮盒里的玩具，那是爸爸给苏妮娅剪的小动物，她像看守宝贝一样谁也不让动。对我，她就大方起来，我是你姐姐呀，她说，你要什么我都给你。

沙拉苏姑姑生了女孩，满月后抱出帐篷时被我看见了。神奇的小人儿，她瞪着明亮的眼睛瞅着我笑起来。我想摸摸她，沙拉苏姑姑不让碰。她太小，等长大一点跟你玩，她哄着我说，马上钻回了帐篷，生怕孩子受了风。

我跑回去找妈妈，让她给我生个妹妹，还有弟弟，我要哄着他们玩。妈妈正忙着缝制各罗布的狍皮裤子，他钻进林子里打灰鼠，树木的枝条剐破了裤子，显然他上树了。妈妈一边缝两处咧开大嘴的口子一边生气，各罗布太淘气了，她总是找不到他，虽然她知道儿子跑进林子里练枪法，但他还太小，轮不到他养家糊口。

我要妹妹，我坚决地说，我还要弟弟，这样我就有小伙伴啦。妈妈惊愕地瞅着我，奇怪我怎么会有这种念头。古迪娅，乖巧的百灵鸟儿，没看见妈妈忙疯了吗，她说，出去玩儿吧，今天的太阳多好。

妈妈总是说她快要忙疯了，总是说你出去玩儿吧。我只好孤单地找蚂蚁玩。在大树根下，那群蚂蚁又开始排着队搬东西了。我把一根草横放在道路上，它们起初犹豫着怎么走。一个黑色的蚁王马上爬过来看看发生了什么事。它威武地爬到草上，摇动着小脑袋，后面的队伍便迅速爬过去，继续前进。

我跟它们玩了很久，最后困得倒在树根下睡了。在梦里，这些傻头傻脑的家伙仍然向我涌来，好像和我势不两立。妈妈在帐篷里喊我，我却听不见。她一下子慌了，跑出来找我。她总算在树根下找到我，抱起我就哭了。可怜的古迪娅，可怜的孩子，你爸爸看你这个样子该心疼死啦。她边哭边说。

妈妈想念爸爸。她死去的丈夫是一个出色的猎手，是一个活在传说中的勇士。但是他死了，葬在高高的风葬台上，让妈妈变成了寡妇。

爸爸死在那个大雾迷蒙的天气里。这样的天气，猎人一般不出外打猎。可是爸爸还是钻进林子里。妈妈怀上我六个多月，需要营养，而苏妮娅和各罗布尚小，帮不了大人的忙。爸爸骑上马朝林子深处走去时，没有想到自己一去不复返。乌力楞的男人们在一处悬崖下找到了他的尸体，还有那匹摔得粉身碎骨的马。克道鲁爷爷推测爸爸被一头野鹿引到悬崖边，它们经常这么干，雾气太浓郁了，他来不及收紧马的缰绳，就像白桦树叶那样飘下去了。

玛鲁神灵说过，每一个生命都不是好惹的。

妈妈不是第一次遭受亲人死亡的打击了，她看到了太多的死亡。但是最让她无法原谅自己的，是大儿子失踪。她生下第一胎时才十六岁。儿子刚满月，她就用摇篮背着他，和爸爸一起进林子里打猎。儿子四个月时，已是盛夏季节。和往常一样，在途中她喂饱了儿子，把他牢牢地捆绑在摇篮里，挂在高高的白桦树枝上之后，他们便骑着马钻进了更深的林子。这种情况下，他们不会走远，无论能否打到猎物，一定要尽快返回去。那天妈妈的运气不错，打中了一只狍子。本来那只狍子被爸爸一枪击中了后腿，撒腿逃跑，妈妈补了一枪，它才一头倒下。等他俩高高兴兴回来，摇篮里空空荡荡。这两个不幸的人差点没疯掉，他们怎么也不肯相信，儿子会像乌麦鸟一样飞走了，但那只摇篮跟噩梦的脸似的，在他们眼前荡来荡去。

哥哥的失踪是一个无法解开的谜。妈妈经常在梦里听到儿子的哭声，半夜里她的喊叫惊醒了全乌力楞的人。可怜的人儿，快让她怀上孩子吧，那些女人们私下里同情地说，一旦当上母亲，就顾不得做梦啦。

虽然妈妈又怀上孩子，却无法忘记这件事情。有些时候，她正干着活，却猛地停下手呆呆地想着什么，然后咒骂自己：该死的娘们，玛鲁神灵为什么放过你，上刀山下火海的蠢货！

乌力楞的人从来不嘲笑妈妈，从不在她面前提这段悲惨的往事，而是用沉默帮助妈妈恢复正常的生活。玛鲁神灵说过，人生下来就走向死亡，有生就有死。活着便是一切。

我闹着要妹妹和弟弟，我的话连鸟儿都听见了。白嘎拉姐姐哄我玩时说：傻瓜，没有了爸爸，你妈妈怎么给你生妹妹。

在一边缝婴儿服的沙拉苏姑姑拍了女儿脑门一下：多嘴多舌的丫头，我用松树油粘住你的嘴皮子。

这一回我跟妈妈要爸爸了。妈妈，我要爸爸，我口齿不清，把爸爸说成巴巴。她叹口气，不知怎么哄我才对劲儿。这个丫头从小就倔犟，让她伤脑筋。我跟在她身后转来转去，一遍遍地说，我要爸爸，我要爸爸。

妈妈从桦皮箱里找出爸爸的照片拿给我。古迪娅，这是爸爸，她郑重地说，他在天堂里等妈妈过去。什么时候你们长大了，我就走了，你们快点长大吧，我都等不及啦。

这张黑白照片被妈妈藏在桦皮箱里，从没拿出来让我们看。她怕强烈的阳光夺走男人的形象，怕我们的小手撕坏了软软的纸。爸爸在照片里傻头傻脑地笑着，连眼角的皱纹都看得清清楚楚。可是他身后什么都没有，一片黑暗，那种黑暗比深夜还幽暗。

妈妈说，这张照片是她刚怀上我时，爸爸下山照的。他和另外两个人牵着驮运猎品的四匹马去商人安达那里换粮食，被照相馆的人拉进去拍了照，爸爸为此付了一张水獭皮。他为自己的好奇和勇敢付出了太大的代价。当他回来后拿照片炫耀时，老人们默默地离开了他。他们看到爸爸的灵魂被摄进这张魔纸上，认为这个不幸的人早晚要出事。果然他就出事了。

在照片里，我找到了自己。我长着和爸爸一样的黄头发、小眼睛、塌鼻子。

你和爸爸一样，当我犯倔时，妈妈便愤怒地指责我，你和爸爸一样倔头倔脑，真让人生气，女孩要温柔一点，男人不喜欢倔女人，早晚有人收拾你。

我才长到九岁时，妈妈就这么教训我。

我不要男人，我生气地顶撞她说，我只要妈妈，让苏妮娅要男人吧。

她忧伤地看着我，比看到一棵会走动的树木还吃惊。

你到底是谁呀，古迪娅，她抚摸着我的小脑袋说，你是多么奇怪的孩子，在你眼睛里，我看到了你爸爸。她一下子把我搂在怀里泣不成声。爸爸从我眼睛里流下泪水，滴在她脸上。我的泪水如此炽热，妈妈一下子放开我，默默地跪在悬挂的"玛鲁"神龛前祈祷。最后，她奇怪地说了一句：放心吧，我不会给你丢脸。

她说给谁听呢。

3

爸爸的家族属于古老的柯尔特依尔氏族。耶利俄奶奶说过，家族的人既不清楚柯尔特依尔是什么含义，也不了解家族的历史，只是隐隐记得，他们的祖先从外兴安岭一带迁徙过来。但对鄂伦春族新的氏族，那些年岁已高的老人尚且记得其含义。

比如说车车依尔千姓氏，就有一个令人啼笑皆非的传说。有一个猎人，当他的爱妻死后，为了表示怀念，他将她的生殖器割下来放进桦皮盒里，每次出猎归来都要看一看，猎人娶了第二房妻子后仍然这样做。他的妻子懊恼已久，便趁他出猎将桦皮盒里的东西扔掉，装进一只活的小鸟。猎人回家后，又打开桦皮盒，小鸟一下子从里面飞出来，他被惊吓得得了一场大病。从此，人们称他的后代为车车依尔。

红改达千姓氏有一个悲凉的传说。红改达就是桦皮桶的意思。早年间流行麻疹病，部落里死了许多人。一户人家为了保住孩子，把他装在桦皮桶里躲避瘟疫，居然躲过了劫难。这个死里逃生的孩子变成了孤儿。长大后他成了家，为了纪念自己的父母，他让后代改姓为红改达。

爸爸去世后，我们依然和他的家族生活在一起。依照传统的规矩，我们乌力楞的七户人家都有非常近的血缘关系，在多布库尔河一带生活，七户人家共同狩猎，平均分配猎物。哪怕有一块狍子肝，猎主也会切成七等份分给各家。

妈妈非常要强，她不想拖累大家，让别人照顾她这个寡妇。因为要强，她外出打猎在冰天雪地上生下我，遭至全乌力楞人的责骂。大家觉得对不起爸爸和两个孩子，尤其是三叔奥洛奇，因为这件事上火，嗓子疼得半个月说不出话。他刚好一点，就站在我们家的帐篷外对妈妈喊：卡思拉，你羞辱了我，难道我不是男人吗，你为什么瞧不起我！

我刚满月，妈妈又开始打猎了。她把我捆在摇篮里，吩咐各罗布看好两个妹妹，自己拎着枪、骑上马钻进林子。她走出斜仁柱时，我们常常还在睡梦中，而当我们听见猎狗门巴和利克兴奋地从林子里跑回来时，天已经快黑了。

她打猎时极少空手回来。三个饥肠辘辘的孩子把她逼成弹无虚发的神枪手。乌力楞里对待女人尖酸刻薄的男人都在背后议论：卡思拉真是能干的女人，她该嫁人呐。

妈妈没有收藏起爸爸的枪，而把它悬挂在斜仁柱的木柱子上。各罗布，有一天你会用上它的，她对哥哥说出这句话时，心情很复杂。她盼着各罗布快点长大，又怕他有一天真的像爸爸那样拿起枪。我亲眼看见她亲吻那杆枪，还对它喃喃自语，好像它是活人。她用自己那杆俄式别力弹克枪打猎，倒在枪下的动物真不少。有兔子、灰鼠、山鸡、野鸭、狍子、鹿、犴，甚至还有毛皮珍贵的猞猁和水獭。尽管她像男人一样勇猛，却不打野猪和熊。

有三个孩子的女人招惹不起凶猛残暴的动物。

三叔奥洛奇爱上了妈妈，一次次地求妈妈嫁给他。妈妈一边利索地切割狍子肉，把肉条挂在绳子上晾晒，一边对赖在身边的小叔子说：各罗布快长大了，有一天他会把你拍成肉饼。找一个好姑娘吧，我可是大你五岁呐。

对于奥洛奇的痴情，乌力楞的人都赞许。大五岁怕什么，有三个孩子的女人更金贵，难道守寡就是对丈夫好吗。那家伙自己跳下悬崖，真是说不清道不白的怪事。卡思拉太可怜了，出嫁吧，傻娘们。

有一个男人干脆给奥洛奇出主意，让他把卡思拉睡了再说。

别绕来绕去了，他很老到地指点眼前笨头笨脑的小公鸡，找个地方好好干她一次，她就死心塌地跟你啦。

可是奥洛奇不干。他涨红了脸大声嚷嚷：你这个肮脏的家伙，难道没有更好的办法吗？我要征服她的心，让她把我当成真正的男人，不是揩鼻涕的坏小子。

奥洛奇骑上马钻进林子深处打猎去了。他要打到大猎物，要赢得哥哥那样的英名，来配得上心爱的女人。在多布库尔河一带，哥哥的名声像朝霞般灿烂，像雷声般响亮，如果能用生命去换取光荣，浪漫多情的三叔一定会在所不惜。他骑着马在夏季的林子里钻来钻去，树枝不时地拍打他热烘烘的脸，勾挂他的衣服。走吧，走吧，对那些唾手可得的鹿和狍子，他压根不想理睬，大声吆喝道，走吧，别在我眼前晃悠。

三叔一边走在厚厚的草丛上，一边埋怨它们挡住他通向心上人的道路。把这么温顺的动物打死，扔在心上人面前，能证明他是一条好汉吗？卡思拉肯定会说：各罗布十二岁时，就能猎杀它们啦。

他终于遇见了熊，真正的庞然大物。这头岩石般沉重的黑公熊，似乎是为了成全他轰轰烈烈的爱情而出现的。它扒开地面一个个鼓起的蚂蚁窝，掏出里面聚成一团的蚂蚁舔进嘴里，津津有味地品尝。三叔知道，熊喜欢吃零嘴。没事的时候，它总愿意四处寻找鲜艳欲滴的山果、甜香的蜂蜜、肥美的游鱼吃，蚂蚁是它百吃不厌的美食。老人们说熊的力量之所以如此强大，就是因为吃了蚂蚁。所以小孩病后身体虚弱，大人就用蚂蚁粉调理。

嘿，三叔大声喊起来，嘿嘿！

黑熊抬起头看着那个大喊大叫的家伙，他举着枪，正瞄准它。它一下子被激怒了，挪动着巨大的身体猛扑过来。

三叔沉着地开了枪，子弹准确地射入张牙舞爪的黑熊心脏，它山崩地裂地号叫着朝他追来。三叔拼命地顺风奔跑，绕过一棵又一棵大树，在他身后，不时传来黑熊撞击大树的震响。他终于听到黑熊沉重倒地的声音，但他不敢回头，一个劲儿地奔跑，直到累得趴在地下。过了很久，三叔也不敢靠近黑熊，耳朵里一直响彻着它的咆哮声，鼻子里还充满着它喘息的臭气。

后来，他还是回去了。这只倒下的黑熊肚子瘪下去，元气丧尽，但是它浑身的毛发依然散发着浆果的气味。显然它吃了大量的紫都柿浆果，浓醇的果汁在它肚子里变成了美酒，所以它醉意朦胧、反应迟钝，最后稀里糊涂丧了命。

三叔垂下枪，肃穆地站在熊的尸体前，像对待去世的长辈那样悲伤地说：我不是故意杀了你，而是误杀呀，阿玛哈神灵，求求你千万不要降祸于人，保佑我们多打野兽吧。

乌力楞的男人们帮助三叔抬着熊返回营地。当远处低低的哭泣像风一样传来，妈妈的脸色顿时变得比桦皮还白。即使傻子也猜得到，三叔猎到了熊，所以抬着猎物的人才佯装哭泣，以示敬畏。快走到乌力楞的营地时，他们又学着乌鸦发出嘎嘎的叫声，让熊的灵魂知道，不是人伤害了它，而是乌鸦打它的主意。

全乌力楞的人都从斜仁柱里出来，学着乌鸦的叫声迎接猎物。男人们把黑熊放在营地前的草坪上，开始割卸它庞大的躯体。

三叔操起猎刀。当他割下熊的前掌时，年长的阿力库老人便拉长了声音喊：一块没长眼睛的石头硌疼了你的肉掌，躲一下吧，雅亚祖父。当剥开熊皮时，老人喊：刺骨的寒风划疼了你，躲一下吧，雅亚祖父。当猎刀卸开熊的脊骨和整个骨架时，伫立的人们发出悲伤的哭泣声。在所有人佯装的呜咽声中，只有妈妈的哭泣才是真实的，她捂住嘴，从心底里发出的悲鸣震撼了每个人。起初大家以为她为熊的死亡悲恸。不是吗，族人向来认为与熊有着密不可宣的亲缘关系。瞧瞧吧，熊和人一样能够坐下，用前肢抓食物进食；能用后肢直立，像人那样行走；还可以用前肢遮在眼睛上方观察远处；连母熊隆起的乳房都酷似女人。熊的生殖器也与人相似，交配采取前入位的方式，这一点它和别的动物不一样。

所以，族人们在内心深处认为，熊是自己的祖先，是雅亚祖父。人是由熊变来的。

起初大家以为妈妈替熊悲伤，就像人们为英雄落泪，后来他们看出来，奥洛奇越来越像卡思拉死去的丈夫，他的一举一动，真就是活着的哥哥。

卡思拉不哭才怪了。

我躲在妈妈身后看着眼前的场面。那天中午的阳光格外强烈，照在人们的脸上、身上，照在远处的林子和近处的草地上，让一切看起来恍惚迷离。三叔挥舞着匕首卸下黑熊的巨大身躯给我留下恐怖的印象。我不知道大家为什么嘴里呜咽，脸上却带着快乐的笑意。那时，天空中真的飞着几只乌鸦，它们发出的嘎嘎叫声，扯碎了阳光和空气。在我恐惧的视线中，一切都显得虚幻而离奇。

各罗布和苏妮娅咧着嘴嘎嘎地叫，别的孩子也跟着叫，还不时地跑来跑去。我的脚被踩疼了，疼得我也想跟妈妈一起放声大哭。看我傻呆呆地站着，各罗布递给我一块刚煮熟的熊肉。我摇着头不想吃，他拍了我一下，气冲冲地说：你想挨饿吗？是的，所有的人开始聚在一起吃熊肉，今天只能吃熊肉，没有别的，我不听话就要挨饿。

我撕下一块熊肉放进嘴里，嚼了几口咕咚咽下去，我吓了一跳，怔怔地看着哥哥。他被我的表情弄糊涂了，着急地拍打我后背吓唬：喂，你干什么，连东西都不会吃吗，噎死啦！欠揍的，干什么都笨手笨脚。

我哭了：哥哥，熊进到我肚子里啦，我害怕。

哥哥从我身边跑开了。过一会儿他端着桦皮碗回来，哄我说：哭巴精，别哭哭咧咧啦，你喝下这些熊油，熊肉就能滑出肚子啦。

我们大便干燥时，妈妈用熊油给我们灌肠。各罗布想起用这个招数让我闭住嘴巴，他最怕我哭起来没完没了。

我喝下熊油，等待着那块可怕的熊肉掉出来。血淋淋的宰杀场面，阿力库爷爷拉长声音的祈祷，还有空气里煮肉的奇异香味，都让我感到害怕。我在忙碌的人群里寻找妈妈，她正在吃熊肉。看她若无其事的样子我奇怪极了，刚才她还哭得痛不欲生。而各罗布，已经成功地甩下我这个哭巴精，跑到三叔身边打打闹闹去了。

我手里还攥着那块熊肉。它很香，真的很香，可是我不想吃掉它。不为什么，就是说我不该吃熊的肉，熊是我们的雅亚祖父。

我飞快地跑开了。在不远的林子里，有一块属于我的地方。就在一棵长得最粗壮的松树下，我埋葬了猎狗利克的孩子，它得病死了。现在我要把熊肉埋进去，不让任何人看见，很快它会长成一棵小树。玛鲁神灵说过，世间万物都有灵魂。利克的孩子和雅亚祖父，在这个世界死了，应该在另外一个世界复活吧。

埋完熊肉，我心满意足地站起身。我看见七座淡黄色桦树皮苫盖的尖顶帐篷，在树木的缝隙间漏出圆锥形的轮廓，淡淡的炊烟味儿从草地上慢慢地飘出来，飘进幽深的林子里。更远一些，夏季的多布库尔河正在静静地流淌，闪耀着明亮的光芒。

这次盛宴一直到太阳西斜时分。按照习俗，要在太阳落山前把熊骨风葬了。因为它是雅亚祖父，我们要送它回家。

阿力库老人让大家把所有的熊骨放在一张木制担架上。他神情肃穆地摆放熊骨，在我们视线里，渐渐出现了完整的熊的骨架。

雅亚祖父，你回家吧。阿力库老人带着哭腔说完这句话，四个年轻的猎人便抬起担架向幽深的林子里走去。大家跟在后面，送葬的哭泣声再一次缓缓浮起。

阿力库老人选中一片林子，我们站下了。妈妈紧紧拉住我的手，仰着头望着高大粗壮的松树。她一定想起了风葬在另外一座山顶的爸爸，他的灵魂会顺着多布库尔河升入天堂吧。男人们寻找了四棵松树，从两米高处截断，搭起一个风葬台。阿力库老人用树枝覆盖住熊骨，大声说：雅亚祖父，起程吧。

我们看着担架升上了半空，放置在松树搭成的台架上。即使黑熊没有了生命，即使它只剩下巨大的骨架，我们仍然感觉得到它无言的威严。大家共同为它祈祷，希望山神让它早日托胎，获得新的生命。

妈妈又哭了，我不知道她打哪儿来的源源不断的悲哀。阳光从树木的缝隙间泻下来，洒在风葬台、人们的脸上和身上，斑驳陆离。

那一天留在我记忆里的，是从未见过的蔚蓝的天空、明亮的阳光，以及长歌一样的哭声。

奥洛奇向妈妈求婚，又一次遭到她的拒绝。她冷静地对小叔子说：你要我的身体，拿去好了。等过了这个劲儿，你找别的姑娘吧。我只属于你哥哥，他走了，我的心就死了。

三叔目瞪口呆，他刚打死一只熊呐，她吃过熊肉，参加了送葬仪式，却仍然拿他当一个长不大的小叔子。难道她忘不掉给他揩鼻涕的事情吗，还是真的看不上他。至于心死了的一类话，他连听都不想听。她的身体是什么，是狍皮大衣吗，说送给他就扔过来了。为什么她不珍重自己。卡思拉，他一向拿她当女王一样看待。

我想跟你结婚！三叔气恼地冲着她喊，我不是随便说着玩的。

三叔肯定是疯了，除了打猎、睡觉，他长在妈妈身边。他不再叫她嫂子，而叫她卡思拉。多美丽的名字，像温柔的卷莲花，散发着淡淡的清香。卡思拉，我回来啦；卡思拉，我饿了；卡思拉，瞧我给你带来了什么？他举起手里自己费尽心思制作的鹿骨项链，笑嘻嘻地凑到妈妈跟前让她戴上。

妈妈被这股旋风弄得晕头转向。她刚想跟女人们发牢骚，便遭至她们一顿数落。卡思拉，没有男人你是生不了孩子的；生不了孩子，你还是女人吗？为了能够生孩子，你也该嫁出去。

我戴着奥洛奇给妈妈的鹿骨项链在帐篷里晃来晃去，被他看见了。喂，古迪娅，把项链还给妈妈，三叔冲我嚷嚷，这是我送给你妈妈的。他还朝我挥了挥大拳头。

我是不怕他的，不仅我不怕，各罗布和苏妮娅也不怕，我们喜欢跟他打打闹闹。苏妮娅看见奥洛奇颇费心思制成的鹿骨项链被我霸占了，马上央求他给自己也做一个。他就用遍地的鲜花为苏妮娅编了一顶漂亮的草帽，那顶草帽太诱人了，所以我同意用项链换下来，戴着它四处招摇。可是过不了多久，草帽上的鲜花蔫软地耷拉下来，让我很扫兴。苏妮娅很仗义，找来鹿筋绳，拆开项链串成两个，我们就都得到自己想得到的东西了。

可是过不了多久，我和苏妮娅发现妈妈又有了新的鹿骨梳子、纽扣，还有鹿骨簪子。她把浓郁的头发全拢到头顶，用鹿筋绳捆绑得紧紧的，在丰盈的发髻上顺手插上那根象牙白的簪子，露出鹅颈般的脖子，不经意间显现出她的美丽。可是没等半天，她又把头发放下来扎成一根老气横秋的辫子。因为奥洛奇趁她不注意的时候居然抚摸了她的脖子。那抒情的抚摸既让她怦然心动，又让她下定决心，了却这桩麻烦事。她是有头脑的女人，看得清楚小叔子满脑袋的浪漫很快会烟消云散。她领他进了林子，把自己的衣服脱光，直率地对呆头呆脑的家伙喊：来吧，来吧，吃饱了你就走开吧。

奥洛奇慌乱地往后退两步。卡思拉像个粗鲁的男人那样打开了身体，让他感到了羞辱。他宁愿自己一层层剥开心爱女人的衣服，看到成熟的身体像煮熟的鸭蛋，光溜溜地落在他手心。可是卡思拉撕碎了他的浪漫、他的幻想，让他猝不及防地站在一个已经衰老的身体之前，他既不能迎上去，又不能反身逃走，全乌力楞的人都知道他对卡思拉一往情深。他只能用手捂住眼睛乞求道：你把衣服穿上吧。

卡思拉当然要穿上衣服，奥洛奇的失望在她意料之中，他终于看清楚了她这个风干的皮囊、泥泞不堪的沼泽地、风剥雨蚀的岩石。她硬邦邦地戳在草丛上，一点儿美感都没有。苦难在她脸上还远远不够，苦难已经渗透了她全身，不是吗。奥洛奇，还没结婚的小子，他懂得什么是爱情。她穿上衣服，平静地说：快点和别的姑娘结婚吧，让脑袋清醒点。你若是为了守信用娶我，我会在夜里做噩梦的。

　　妈妈跟乌力楞的人说，她梦见了丈夫，他指责她，为什么不知廉耻。帮奥洛奇找个姑娘吧，他说。

　　帮奥洛奇找个姑娘吧，妈妈求乌力楞的女人们关心三叔的婚姻大事，他该有自己的家了，难道还赖在二哥家一辈子吗？妈妈说。

4

　　各罗布六七岁时，就用爸爸制作的弓箭射中了飞跑的兔子。九岁那年，他用爸爸的枪可以射中树上的灰鼠。十岁时，他的枪法已经很准了，虽然他打到的都是小动物。

　　每逢天气转暖，各罗布就在帐篷里呆不住，跑到别人家的帐篷不愿意回来。妈妈说，没有爸爸的男孩子不愿意呆在家里。

　　苏妮娅一看见他往外跑，就生气地喊他回来。他对着她摇摇拳头说：我不是母兔子，不想老哄你们两个臭丫头，自己玩儿吧。

　　苏妮娅没时间玩，正卖力地鞣熟一块鹿皮。她是一个臭美的丫头，不满意妈妈为她缝制的皮手套，想自己动手啦。我要做"瓦拉开依"手套，她对各罗布说，你当好哥哥，不然我长大了不给你做衣服。她边说边用刮皮子的"毛丹"刮下粘在鹿皮上的肉丝。

　　各罗布又去拽苏妮娅的辫子：你少吓唬我，臭丫头，我打不到猎物，你拿什么做衣服？这么小就说大话。

　　我不想听他们打打闹闹。苏妮娅又跑到帐篷外跟妈妈告状，妈妈哼哼两声算是听见了，她永远偏袒各罗布。我的三个孩子，只有古迪娅让我操心，她跟旁边的瓦佳婶抱怨，这个丫头平时一声不响，像个哑巴，是不是刚出生就冻坏了脑袋。

诉说对我的种种忧虑，妈妈的声音就显得阴潮起来。我和别的孩子不一样，小时候就喜欢抓色彩鲜艳的东西往嘴里填，大一些就找妈妈染衣服的颜料到处涂抹，或者自己发呆。

四月的天气刚刚转暖，各罗布和苏妮娅就开始经常拌嘴了。我不清楚他俩为什么要争个高低，而且总是各罗布败下阵来，跑出帐篷去找三叔玩。他快成奥洛奇的小尾巴了。

我用不着再戴着狍皮手套了，因为我的手已经感觉得到，太阳越来越温暖。苏妮娅眼睛尖，刚看见我用手挠脸，便喊：古迪娅，别挠啦，你的脸会烂成老妖婆的！

一到春天，我脸上两处冻疮痒痛难忍。苏妮娅像个小母鹿，动不动就转悠到我面前，警告我收回自己的爪子。她学妈妈的方法，用獾子油抹在冻疮上，这样我就好受一点。各罗布关心我的方式就是敲一下我的脑袋告诫：别到处乱画啦，好好呆着。

苏妮娅马上喊道：别管古迪娅，她想干什么别人管不着。

我推了各罗布一下。去找三叔吧，别烦我，我说，看不到你，他又要嚷嚷了。

好像要证明我的话没有白说，外面果然传来三叔的声音：各罗布，快出来，跟我打兔子去。各罗布真像个兔子一样跑出去。

现在帐篷里安静了。妈妈和苏妮娅去了二叔家，她们为奥洛奇赶做夏季的衣服。我在帐篷角的桦皮桶里发现了染料，妈妈尝试着给奥洛奇的狍皮大衣染上鲜艳点的蓝色，她终于用三种不同的植物熬出了满意的色彩，珍重地藏在桦皮桶里。

我打开桦皮桶的盖子，一股清香扑鼻而来。妈妈是个魔术师，她怎么会用到处可见的植物熬出天空一样鲜亮的颜色呢。我用手指头沾了一点儿舔进嘴里，有一点甜甜的味儿。这里面大概有甘草。至于另外两种植物，只有妈妈自己知道。

我的目光落在"额尔敦"上。我们把围住斜仁柱帐篷遮风挡雨的兽皮叫"额尔敦"。我用手指头蘸着染料涂抹在狍皮围子上，很开心地听见皮子吃染料的嗞嗞响声，真像婴儿吸吮桦树汁液的声音。我的手下慢慢出现了图案，没人知道它是什么，我也不知道。它是没有成形的我。

我画得随心所欲，桦皮桶里的染料越来越少。这个时候我害怕妈妈进来，她会骂死我的，或者干脆用棒子敲我一下。她气恼的喊叫从我的手指缝间冒出来，烫得我甩了一下手。妈妈，别喊我啦，我默默地在心里请求她，别喊啦，让我自由地画吧。风是我的呼吸，雨是我的眼泪，这些稀奇古怪的画就是我在喃喃自语。

因为我用了妈妈的染料，因为兽皮被涂抹得乱七八糟，妈妈还是用木制的饭勺照我脑袋敲了一击：这可是我用秋天收集的草叶熬出来的，现在我上哪找到它们。

接着她问：各罗布上哪儿去了？

各罗布拎着枪走了，十三岁的各罗布个头长得挺高，快赶上妈妈了。尽管我没见过爸爸，各罗布却让我猜出爸爸是一个高大的男人。刚才各罗布回来取枪，我回头望了他一眼。我看见了爸爸，在他身后，神情依稀地笑一下，接着消失了。

妈妈，各罗布身后有一个人影，我停住手，对并不在眼前的妈妈说。有一种不祥的感觉让我害怕，但我不敢跟妈妈讲，她已经被苦难和不幸折磨得够可怜了。每天早晨，她一定要站在帐篷外西北角念咒语，让那些看不见的鬼神离她的孩子们远一点。她甚至对爸爸的亡灵说：我们柯尔特依尔家族的人死得太多了，你不要挂念我们，那些鬼神会跟在你身后兴风作浪，还是别找回家的路途了，早晚我们也是要见面的。

我不能跟妈妈说，我看见了爸爸的幽灵。

妈妈被苦难快折磨疯了。我看得出来，自从各罗布第一次打到了狍子，她就开始为他担惊受怕。

一只狍子闯入了各罗布的视野里。它可真大，像牛一样大。它的蹄子踏在枯枝败叶上，而腿部被春天的残雪和泥泞弄湿了。它边走边啃吃地面裸露出来的枯草。阳光已经显示出温暖的力量，积雪在溶化，到处能听见雪水滴落在大地的声音，真像雾气无声地游动。

狍子抬起头，它听见了风声，听见了风里潜藏的危险，一下子飞跑起来。可是跑了不远，它又站住了，仔细聆听周围的动静。四面安静极了，它以为自己的耳朵出了毛病，便朝刚刚离开的地方走去，想看看什么东西发出了那么细碎的响动。

在那片背风的山谷里，十三岁的各罗布一点也不犹豫，用爸爸的枪射出子弹，一枪便撂倒了它。

狍子与生俱来的好奇要了它的命。

各罗布是一个心大的男人啦。妈妈说出这句话时，已经哭得稀里哗啦。

各罗布走到倒下的狍子面前想了一会儿，回头拍拍马的脸，他和马一起拖回了狍子。天知道他动了多少脑筋，费了多大力气。他不想让大人帮忙，而是想让妈妈看见，他第一次狩猎到大动物的完美过程。

当我们从帐篷里跑出去迎接各罗布时，天色已经黯淡了。各罗布大声喊：妈妈，看我给你带回来什么啦。

妈妈围着地上的狍子转了几圈，抱住各罗布痛哭起来。天呐，他早就准备了绳子。幸亏离营地不远，但是狍子的皮在地上拖来拖去，还是露出了里面的肉，而马的脖子也被绳子勒出了深深的痕印。

乌力楞的人全都跑出了帐篷，以为发生了什么事。他们看到妈妈把头埋进各罗布小小的胸膛呜咽着，谁也没劝她。让她好好哭一场吧，这一天早晚要到来。她的儿子长大了，她会知道，她的儿子该支撑她了！经历了许多苦难的女人若是连眼泪都不肯流，老天还能下雨吗？

妈妈像个无助的孩子那样哭泣，又瘦又小的身体急促地抽搐着，让人想起被风抽打的树叶。她是母亲，深知一个男孩子拿起枪走进森林里的危险。

她是母亲，所以哭泣。

从妈妈的哭声里，我嗅到了苦难的气味。它就在我们身边，随时跟着我们，任何时候都可能把那只厄运的手伸向一个人，另一个人。

我看不见它，但我知道它存在，无声的惊恐让我呕吐起来。我跑到人们看不见的地方吐得一塌糊涂。妈妈说我胃肠虚弱，她不知道，我害怕和恐惧时也呕吐。

男人们帮助各罗布解开狍子后，不知道怎么办才好。按照族人的规矩，猎物要平分给各家，可是各罗布太小了，大家都希望我们一家人尽情地享受各罗布的奇迹。

各罗布让妈妈把狍子分成七份，他把肉送进每一座帐篷里。那是他最骄傲的时刻，他得到了所有人由衷地赞美和祝福，还有老人深情的拥抱。

他被视为真正的莫尔根猎人。

各罗布站在三叔奥洛奇面前时，奥洛奇就感觉得到自己的大哥活生生地出现在眼前。他什么也不说，一下子抱住各罗布，喉咙间哽咽着。接着，他把腰间的匕首送给了各罗布，那一直是各罗布眼馋的宝物。它是用了两年时间铸成的，奥洛奇讲匕首的来历时，总要这么绘声绘色地形容，所以它是千年不卷刀刃的宝物。他说，祖宗留给我的，除了血脉就是勇敢的精神。

他把匕首送给了各罗布：了不起的小伙子，你才配得上它！保护好你的母亲。

接着他说了一句粗话，他本想给各罗布添上几个亲弟弟，可是卡思拉却让他滚蛋。

各罗布，因为你，你妈妈才拒绝我啦。三叔拍一下各罗布的脑袋表示亲昵，你的爸爸永远只有一个，他在天堂。

各罗布很骄傲地听着。三叔把他当成了男子汉讲心里话，这一点令他着迷。他忘掉了自己先前是怎么憎恨三叔的，他不允许任何人抢走妈妈。可是现在他开始同情三叔了，猛不丁冒出一句话：把妈妈抢走吧，到时候我帮你。

三叔惊讶地瞧着各罗布，慢慢地摇着头：天呐，你还是孩子，怎么有这么大的心思。

各罗布说：我妈妈夜里经常哭，你别让她难过了。

小子，你妈妈的心已经死了，三叔说，她在死亡的道路上一直走下去，就是因为有你和两个妹妹，她才活着。

那天晚上睡觉时，妈妈笑着讲起了帕斯佳大婶提亲的事。她想把娘家侄女许配给各罗布。妈妈的笑声充溢着久违的快乐，她甚至和儿子开始玩笑。各罗布把脑袋一下钻进狍皮睡袋里，闷声闷气地喊：我才不要她呐，胖得像个野猪。

我和姐姐也闷进睡袋里咯咯笑起来。帕斯佳大婶的侄女一直跟随她住在一起，已经十六岁了，还没有男方家提亲。若是奥洛奇娶她还差不多，可是帕斯佳大婶居然看中了一个十三岁的各罗布。她真有眼力，专拣嫩肉下刀子。

苏妮娅唧唧喳喳地说，各罗布该和三叔一块儿办婚事了。

各罗布气恼地掀开被子喊：我谁也不要，就跟妈妈过。

等我们都睡下后，妈妈仍然守着火塘。即使是春天，夜间也是很凉的。她为我们拢起一堆火，并且用匕首切出几块狍子肉，放进火堆里祭火神。我在朦胧的睡梦里听见她向火神祈祷。最后她念着爸爸的名字说：各罗布长大了，孩子他爸，他今天打了一只狍子，他才十三岁，就是大人了。

妈妈说：可是我希望各罗布永远是孩子，永远别拿起猎枪。

我在妈妈的喃喃自语中睡过去。爸爸从一座山峰后面走出来，沿着我的目光走进我的梦中。我对他说，妈妈快疯了，她想把各罗布重新装进自己的肚子里。

她想把哥哥藏起来。

5

这一年开春后，多布库尔河一带的野鹿繁多起来，它们是从更远的山林迁徙过来的。乌力楞的男人们进了山，在阳坡没长树的地方放火烧荒，为的是促进草芽早点长出来，引诱鹿群来采食，随后可以猎取它们。这个季节里，雌鹿已经怀胎好几个月，跑得很慢，猎人容易跟踪追捕。

各罗布好像随着风一块儿成长，嘴边出现了毛茸茸的小胡子。即使苏妮娅跟他犯贱，吵他几句，他最厌烦的时候，便一声不吭地在她面前举举拳头，事情就算过去了。倒是妈妈看着不公平，不依不饶地走过来，用手里的东西拍在苏妮娅身上让她闭嘴。

古迪娅，难道咱们不是她亲生的吗？苏妮娅抹着眼泪跟我诉苦，卡思拉的眼睛里只有各罗布。

我吓了一跳。姐姐太过分了，因为草籽大点的事怨恨妈妈，叫妈妈的名字。幸亏妈妈没听见，不然非拍扁了她不可。其实我看得出来，哥哥并不在意苏妮娅怎么吵，或者苏妮娅老管他的闲事，他已经是十六岁的大男人了，知道谦让妹妹和周围的人。

但妈妈不想惯着苏妮娅。臭丫头，不修理你，出嫁后你怎么好好伺奉丈夫，妈妈态度坚决地教训道，男人出生入死，回家了要瞧你这副德行吗。你该懂得珍重男人，是他们养活你，臭丫头。

我拽住妈妈的衣袖，想让她不要责怪姐姐。妈妈正在火头上，啪的一下甩掉我的手，不客气地冲我嚷嚷：快懂事吧，你这个臭丫头，成天画来画去的，能当饭吃吗？你的脑袋是怎么长的，呆头呆脑，快气死我啦。

妈妈的脾气变得很暴躁，没有理由时也非要找个由子教训我们一通。帕斯佳大婶有一次对我和姐姐讲，妈妈没有男人，所以身体里出现怪现象，让我们多体谅她。

卡思拉真该嫁给奥洛奇，那样的话，她会快乐起来的。帕斯佳大婶说了一句让我们感到奇怪的话。

在烧荒的土地上，草芽长得格外茂盛。野鹿群开始出现在那里，真是狩猎的好机会。男人们进山打猎的时候，女人们则喜欢聚在一起打发时光。她们围坐在篝火旁，把吊锅挂在三角支架上煮肉，边干着手里永远也干不完的女红活边闲聊。

女人们更多地讲到了奥洛奇。三年前他去远房舅舅家当倒插门的女婿，很快有了孩子，两个孩子。大儿子长得跟各罗布小时候一模一样，是奥洛奇的心肝宝贝。

难道他是女人吗，居然生了另外一个各罗布，沙拉苏姑姑大惊小怪地说，他把各罗布的模样都重生了一遍，可见他多么疼爱各罗布了。这桩事够神奇的了。

妈妈默默地听着。她用木棰砸着已经风干的鹿筋，让它逐渐变成很细的纤维，然后抽出两根细细的纤维搓成线，女人们就用这种柔韧的线缝制兽皮衣服。她搓线时，两根纤维扭来扭去，很像她纷乱的心境。奥洛奇，她的小叔子，为了自己无法实现的恋情离开了乌力楞。他走的时候正值秋雨潇潇，树上残留的树叶被寒冷的风吹动得瑟瑟打抖。他走进帐篷站在她面前说：嫂子，他只说了这两个字，便脱下帽子深深地鞠一躬，转身走出帐篷。

他去了远房舅舅家当女婿，他的选择无可指责，族人仍然保留着姑舅表婚的习俗，妈妈却希望三叔从别的乌力楞里选择合适的姑娘带回来，而不是入赘到舅舅家。奥洛奇，让她耳朵里灌满了秋风，一直响个不停。

奥洛奇，从此再也没有回来。

柯尔特依尔家族本该是兴旺的，就像多布库尔河那样，有许多细流汇入里面，它才能丰盈起来，可是它流走了一个支脉的水流，没法弥补啦。开依勒大婶摇着花白的脑袋，遗憾地说。

　　女人们低着头忙碌着手里的活，奥洛奇活泼的样子就在眼前，挥之不去。这是多么善良的小伙子，为了卡思拉，他离开了大家。有谁不想念他呢。

　　妈妈猛然气恼起来，她一直受到女人们的指责。她们指责她的方式就是频繁地提起奥洛奇。是的，奥洛奇愿意和每一个女人开玩笑、奥洛奇喜欢孩子、奥洛奇的眼睛比星星还明亮，奥洛奇的名字在她耳朵里像草一样繁茂。妈妈来气了，大声嚷嚷道：娘们，看看我这样子还能生孩子吗？让你们的男人试试吧！

　　她们哈哈大笑。妈妈真被气疯了，这样的话也敢说出口，可见她还是惦念自己的小叔子。自作自受的家伙，等人家走了，她才醒悟过来，一个鲜活的男人就这么白白送给那个有福分的姑娘了。

　　行啦，我们都知道你想念丈夫，他也想你。不过说起来你有点糊涂，无论怎么样，还是要尊重身体呀。开依勒大婶固执地劝说妈妈，我可不怕你发火，能不能生孩子你说了不算，你的肚子说了算，女人生来就是传宗接代呀。要是想开了，我把我男人借给你。

　　妈妈一下子被噎住了，开依勒比她还敢说，这头母兽，倔劲儿十足。她哭笑不得地反击说：玛鲁神灵，你给我们送来了仙人啦，她的礼物凡人俗胎可是不敢接收。

　　于是，女人们又跟开依勒开起玩笑。在整个乌力楞的女人中，她最能生育，她的肚子没有空闲过。刚生完孩子，她就决定再要一个，六个月之后准保又怀了孕。而她高大结实的丈夫常常跟别的男人诉苦，开依勒想怀孩子时老是缠着他，等真怀了孩子又不让他碰她。

　　欠揍的娘们，女人们嘻嘻哈哈地逗开依勒，你就欠男人好好揍你。

　　真该好好收拾你啦，没完没了地要孩子，妈妈也在一边起哄，但她心里不是滋味。

开依勒得意地眯缝着眼睛笑道：我想生二十个孩子，让柯尔特依尔家族的大树结满果实，神灵会帮助我的。

女人们敬佩地望着她，好像望着星光璀璨的天空、春水荡漾的河流。

夜晚，我钻进狍皮睡袋依然感到寒冷。妈妈，我冷，我对坐在火塘边的妈妈说，我真想跳进火堆里。

她从火塘边站起来，走到她的宝贝桦皮箱子前，从里面掏出一个袋子摇一摇：你的血流得太慢啦，孩子，你的身体比大地解冻还要慢，我什么时候才能看到你的春天来临？

妈妈，她居然当着我的面，扇了一下自己的脸，然后用煮热的山鸡汤泡浸一小块鹿胎，让我吃下去：我为什么把你生在雪地里，从出生的那一刻，你的小身体里充满了寒气。不把寒湿逼出身体，将来你怎么生孩子，没有孩子的女人多么可怜，活不活都一样。

最后一句话，她是说给自己听的。

从那个晚上开始，妈妈开始跪在"玛鲁"神龛前为我祈祷。玛鲁神灵，她开头总会这样说，保佑我的古迪娅，让她像开依勒那样，为我们家族生十个太阳般的儿子，十个月亮般的女儿吧。

我的身体比大地解冻还要慢。待到五月达子香花盛开时，我的手脚依然冰凉，吃饭没有胃口。糟糕的是，我的脑袋里时常出现幻觉，那时我的手指头便开始痒痒，想到处涂抹。但是，我不想让妈妈摇着头说，古迪娅，忘掉你的手指头吧，我可怜的染料要被糟蹋啦。于是我溜出去，钻进林子里采达子香花瓣，自己制作颜料，省得妈妈唠叨我。

鸟儿在枝头上鸣叫，悠长的声音犹如清亮的河水，在半空中漂动。大地呈现出生机盎然的力量，草势蓬勃旺盛，铺满了每一寸土地，这是多么美好的季节。我开始跑起来，越跑越快。

我停住脚步。在我的视线里，两只野鹿正舔吃一块白色的大石头，灵巧的舌头像刷子一样发出嚓嚓的响声。我慢慢朝它们走去，脚步声惊动了它们，没等我眨一下眼睛，它们便跑得无影无踪。

我用手指头蘸着石头上的白色粉面，舔进嘴里，咸咸的味道让我感到很舒服。我索性坐在石头边吃个够，过了一会儿便打起响亮的饱嗝。当我离开那儿，两只野鹿又从不远的林子探出脑袋。

我说：来吧来吧，我绝不告诉各罗布，也不告诉乌力楞里的人，他们会杀掉你们。

可怜的动物，它们像小孩子一样盯着我，直到我走出很远，它们才又凑到石头边。我忧伤地看着它们，听到寒冷的风声和枪声，还有它们倒毙的轰响。

玛鲁神灵说过，万物皆有灵魂。动物死的时候，它们的灵魂也能升入天堂吗？但愿来世它们不要托生成动物了。

凭着直觉，我找到了身体需要的东西。我经常吃这块石头上的盐土，吃过它我的胃口便好一些，能消化肉食了。妈妈以为她的祷告感动了神灵，便格外殷勤地在悬挂的神龛前挂满达子香花。大概她认为神灵也喜欢浪漫的鲜花，喜欢温情的表示，结果我们的帐篷里每天充满鲜花的芳香，好像拥有了一个短暂的夏季。

她最终还是发现了我的秘密。我进了林子，然后又出来了，手里什么都没有，甚至没有一朵女孩子喜欢的达子香花。你去散步了吗，古迪娅，她唠唠叨叨地追问我，你还没到那个年龄，不许无所事事。她警告我。

克制了两天，我还是去林子里了。那两只鹿似乎习惯了我的出现，仅仅抬起头望我一眼，就继续舔吃石头上的盐土。这真是一块神奇的石头，每天都风化出一层盐土，任野鹿舔食。好像它就是为了野鹿而出现的。

我嗅到了危险的气味，我不敢回头，怕丧失掉勇气。我朝两只野鹿威胁地挥挥手，快跑，我喊，快跑！

在我身后响起了枪声，然而鹿已经跑掉了，消失在林子深处。

妈妈拎着枪来到我面前，抬手给了我一巴掌：缺心眼儿的东西，饿死你就对劲儿啦。

我捂住脸不敢吭声，今天晚上我非得饿肚子不可，妈妈会让我尝尝挨饿的滋味。而各罗布会摆出哥哥的架子说，欠教训的丫头。只有苏妮娅心疼地看着我，却帮不上任何忙。也许她陪着我一起挨训，因为妈妈希望她快点嫁出去，做一个好媳妇，她不想让人家说，卡思拉的女儿不懂规矩。

可怜的苏妮娅。

我没想到，妈妈饿了我两天。

6

各罗布十八岁了。

在我记忆中，那一年的夏季过得飞快，总有一双手用力地推动每一天。鲜花在阒无人语的山谷里旺盛地开放着，浓郁的花香犹如雾气一样缓缓地到处飘游。树梢上传动的风声悠然而明亮，让人误以为灵巧的鹿蹄踩在厚厚的树叶上。

猎狗鲍热动辄抽动鼻子，贪婪地嗅着空气。苏妮娅逗趣地说：鲍热是男的，所以才喜欢花香，它是花心的家伙。

各罗布便冲着鲍热喊：别抽鼻子啦，你能不能找点事干干。最近他心神不定，而且经常骑马去隔在另一座山的乌力楞，一住就是四五天。有一次他无意间透露，那个玛哈依尔家族的一个人，在三个月前曾见过三叔。我们马上闭住嘴望着他，希望他谈谈三叔的事情，但各罗布绝口不谈。没办法，只要他不肯开口，别人拿他没办法。

妈妈有一次忍不住了，怨气冲天地唠叨，他都十八岁啦，还不成家，成心气死妈妈啦。妈妈的确失望，各罗布每次回来，不是带着酒味儿就是旱烟味儿，从来没有姑娘的气味。

那一天，各罗布带回一个小伙子，他叫库列，和各罗布同岁。

妈妈刚看见库列，眼睛一下亮起来，仿佛她的心里点燃了明灯。而苏妮娅不知为什么躲到帐篷西面的角落，不肯出来。

我傻乎乎地站在库列面前望着他。妈妈在我身后用力拽我一下，让我给客人倒奶茶。可是我没动弹，说了一句让我事后脸红的话：你长得真好看。库列正咧着嘴朝妈妈微笑，听见我愣头愣脑一说，马上垂下眼帘。喂，你的眼睛像深湖啦，我说，让它亮起来吧。

大家全笑了，好像我刚刚打中猎物。

他在我家住了五天。妈妈早晨起来就去我们的"奥伦"仓房取吃的。她从一棵桦树边拿过木梯子，搭在被四根粗木支撑在半空的仓库口，噔噔几下子上到梯子顶。她从仓房底端开的口钻进去，把平素舍不得喝的都柿酒还有肉干和干果统统装进兽皮袋，用绳子吊下去。

各罗布喜出望外，妈妈不再唠叨他老是跑出去乱走，还把珍藏在小木桶的酒启开，鼓励他们畅畅快快地喝。她喜欢库列，这让各罗布开心，对一个刚举行了成人仪式的小伙子来讲，友情比什么都重要。

我偷偷地对苏妮娅说：妈妈想多要一个儿子吧。苏妮娅不声不响地缝她总也缝制不完的手套，突然说：库列和各罗布不一样。库列是月亮，各罗布是太阳，妈妈当然都喜欢。

我听不懂她的话，只觉得她怪怪的。只要库列偶尔瞅她一眼，她的脸蛋便飘起了晚霞。而我不一样，库列瞅到我时，我狠狠瞪他一眼，吓得他马上把目光挪开。

苏妮娅那几天变成了另外一个人。她颐指气使地吩咐我，吃饭时想方设法给库列的桦皮碗里夹满肉。他要面子，会饿着自己，各罗布又缺心眼，不懂得照看朋友。苏妮娅说这些话时挺着胸脯，那里凸显着两个小蘑菇。我用手指头按一下，问她疼不疼，她尖叫一声，拍了我胳膊一下，咯咯笑着奚落我：古迪娅，你是个傻子。

吃晚饭时，我一个劲地给库列夹肉。库列不好意思，把肉夹给妈妈和各罗布。苏妮娅捅我一下，我很生气地说：苏妮娅，你让我给库列夹肉，他根本不懂你的心思，还是自己干吧。

库列夹肉的手停在半空，尴尬地不知道送进谁的碗里才合适。而妈妈却大笑起来。瞧她咧开的大嘴，我敢保证她一辈子没这么笑过。

各罗布也很迷恋库列，他跟随库列寸步不离的样子，真像我们家忠实的老狗鲍热。他希望库列能留在我们乌力楞里，不再跟他分开。妈妈不像以前那样训斥他想入非非，眯缝起眼睛说了一句令人费解的话：一切随缘吧。

整个乌力楞的人开始等待商人安达出现。在苍茫无际的森林里，我们与外界隔绝，外面的世界是什么样的，谁也不清楚。我们需要的子弹、粮食、盐和白酒，只有用兽皮和汉商安达交换。跟随我们乌力楞的安达，一般每年春、秋各来一次。安达第一次进山是在农历四月鹿茸期之前，用马匹驮来弹药、铅、铜帽、粮食、烟、酒和少量的布匹。住到鹿茸期结束后，安达收走鹿茸、鹿鞭、兽皮和少量的肉干等。安达第二次进山是在十月落雪的时候，他住在新搭建的帐篷里直到打皮子期结束，用我们需要的东西换走灰鼠、猞猁、水獭这类细毛皮张。

安达一年只来两次，我们无法及时换到子弹和粮食，便与不定时深入多布库尔河地带的商贩交换东西。那一天各罗布从库列家族的营地领回来一个商贩，各家马上用猎品换东西。

我和妈妈爬上木梯，从悬在半空的"奥伦"仓库里取出积攒的鹿犴皮毛、灰鼠皮、一支鹿茸、三张狐狸皮和一小罐獾子油。我们用这些东西换了10斤食盐、20斤白酒、9普特的小米、稷子米、燕麦炒面。

各罗布当场启开木桶塞子，喝了一口酒说：该死的安达，又兑水啦！妈妈垂下头，难过地说：没办法，他们都是吸血鬼。各罗布对商贩喊：酒！

商贩马上明白各罗布为什么愤怒，便在马驮的袋子里掏出一瓶白酒，在太阳下摇一摇说：看清楚，这种酒度数高，给你一瓶扯平啦。

妈妈用鹿茸换了两匹白布，打算用来做斜仁柱的围子。自从帕斯佳大婶第一个用白布换下桦树皮"铁克沙"，妈妈就惦记着这回事。每逢她从帕斯佳大婶家回来，便一遍遍地唠叨，阳光透过白布围子，帐篷里的光线多么充足。若是遇上下冰雪——老天爷总会猛不丁给你来一手，也不用害怕可恶的大冰雹直接砸到你头上。我们即使用再薄的桦树皮做围子，斜仁柱里还是光线黯淡，一旦下起冰雹，"铁克沙"马上被砸得稀巴烂，至于倾盆大雨就直接倾泻进来了。她已经买了四匹白布，再有两匹白布就够了。

看着我们辛辛苦苦攒的东西只换来一小堆可怜的用品，我哭了。这些奸诈狠毒的安达，从来不是我们认为的朋友，他们来到这里，如同恶风一般地卷走一切。

但是妈妈很快乐，她让苏妮娅和我帮忙，给斜仁柱换衣服。当晚霞映红了白色的帐篷，妈妈满意地拍拍手说：多么大的白蘑菇，玛鲁神灵该不会奇怪吧，或许它能站在这里看我们一眼呐！她高高兴兴的样子让我感到，其实妈妈是一个多么容易满足的人呐。

因为有了白布围子，家里平添了一种喜气。苏妮娅换衣服时懂得找角落遮避一下了，她说白布那一边有一双眼睛让她不好意思。妈妈"滋"地吐口唾沫，难得地开玩笑：是库列吗？他真是个英俊的小伙子。说得苏妮娅面红耳赤，捂住脸跑出去。

我用手指头蘸着红豆的汁液，小心翼翼地在白布上抹一下。谢天谢地，妈妈没有骂我，我大胆地又画了几笔，出现了一朵彩色的云朵。妈妈在我背后咳嗽一声：不赖呀，我的女儿，你给围子添了满不错的花边儿啦。

妈妈说，你哥该娶亲啦，他不应该老跟着库列转悠，这样会耽误他的正事。但愿他在那边看中一个姑娘。至于苏妮娅，她挺喜欢库列的，可是库列好像看不出来，不然他早该请媒人来啦。现在两个营地隔着两个山头就到了，一旦他们迁徙走了，两个营地的人就很难再见面，你的三叔多少年都不回来一趟，狠心的家伙。

我的手指头下面出现了一个人形，好像被突如其来的大风吹得站不稳，趔趔朝前走。妈妈屏住呼吸，看着我手指头下面慢慢出现了一个人的眼睛、鼻子和嘴。他的额头上出现了一把匕首。

喂，你干的好事，妈妈突然大声喊，这是库列，你干什么在他额头上添了一把匕首？

妈妈的声音响亮极了，我的耳朵嗡嗡作响。我站起来朝后面退几步，仔细看着白布上出现的人脸。

他太像库列了。

7

这个夏季过得真快呀。各罗布晒得黑黝黝的，他一攥拳头，胳膊上便鼓出两只"兔子"。乌力楞的男人们不再把他当成少年，叫起他的名字多了一份郑重，不像过去那样说各罗布你小子过来一类的话了。男人们合伙出猎，各罗布打到的猎物总是超过别人，所以克道鲁爷爷开始喜欢找他商量下一次出猎的猎物定在哪一片啦、分配每个人的任务啦，或者如何分配猎品的大事情。

轮到各罗布分配猎品，他会把好的部分分给别人，而留给自己家的，常常是不大好的部分。不过妈妈很高兴，她赞许各罗布懂得谦让、公平，她相信儿子比丈夫还要出色。所以她经常开玩笑地问：我的儿子，你该结婚啦，看中哪个姑娘了，妈妈去提亲。

那天下午，趁着妈妈和姐姐进林子里采蘑菇，各罗布从桦皮箱里翻出爸爸制作的鹿哨，坐在铺位上仔细观察。他一直奇怪，自己制作的鹿哨没有爸爸的鹿哨听起来逼真。这枚外形灵巧的"乌日依翁"横躺在各罗布的大手中，它选择了牛角形的松木钻眼，制成弯筒长哨，猎人用力吸吮，就会发出公鹿求偶的呼唤。

各罗布举起鹿哨吸吮起来。爸爸的鹿哨似乎有一种魔力，我看见了一只雄壮的公鹿雄纠纠地站在山顶呼叫，它头顶的七叉犄角像古老的大树，阳光洒满它的全身，让它看起来像是神话里的神鹿。我出神地望着刚刚出现的一幕，那神鹿却缓缓地隐退进耀眼的光圈里不见了。我很想把它画在帐篷上，但妈妈肯定要骂我。她已经警告我，不许把帐篷涂抹得乱七八糟。

那天晚上的月亮格外明亮。圆月下的斜仁柱像七个肥硕的大蘑菇，伫立在草丛中间。等到妈妈和苏妮娅睡了，各罗布悄悄地走出帐篷，在草地上放一个新做的白桦皮盒，恭恭敬敬地跪在旁边叩头，祈求月亮神赐给他更多的猎物。最近一段日子，他的运气不太好，很难打到大的动物。两个乌力楞营地离得太近，动物被猎取过多后，它们逃离了这一带。库列的家族因此也要迁徙到别处。这让各罗布很难过。

九月到落雪前的时间被我们称之为"叫鹿尾期"，也就是野兽发情期。各罗布格外希望能打到大猎物，否则他感到自己没有脸面。

第二天，各罗布偷偷揣着爸爸做的鹿哨打猎去了。他跟我说，爸爸是多布库尔河一带闻名的猎人，他要借爸爸的运气用一下。这样的话他只跟我说，若是让苏妮娅知道了，妈妈也就知道了，她绝不会让任何人碰一下自己的宝贝。

妈妈曾经用炫耀的口气讲起这枚鹿哨的神秘性。每逢九月，爸爸便寻找野鹿喜欢出没的地方躲藏起来，用鹿哨对着山坡下茂密的丛林吸吮，那声音真像一个欲火中烧的雄鹿迫不及待地呼朋引伴。附近的雄鹿闻声后气急败坏地赶来，准备决一胜负，以便独自霸占雌鹿群。爸爸看到一头年轻气盛的雄鹿朝他跑来，嘴里还嗞罗嗞罗地叫着示威。因为爸爸穿着鹿皮长袍，而且头上戴着长有犄角的鹿头帽子，他躲在灌木茂密的地方，雄鹿从远处看树丛里闪动的黄影子，真以为逢遇了情敌，便毫不迟疑地冲向他，于是爸爸从容不迫地射杀了雄鹿。他用马驮回猎物后，对妈妈说：这家伙死在自己的欲望上啦。

妈妈却认为爸爸做的鹿哨真是鬼斧神工。别说雄鹿上当，连猎人也信以为真。爸爸活着时，曾经为乌力楞的男人们做过不少鹿哨，他走了，手艺便失传了。

苏妮娅曾经拿出鹿哨进林子里玩。当时妈妈正和女人们坐在篝火边干各自手中的活。她们总是有活干，熟皮子、搓鹿筋线、翻晒肉干、用白桦皮制作日用品。她们喜欢边干活边聊天。林子里传来的鹿叫声吸引了她们的注意，有一个女人甚至想回帐篷里拿枪。

妈妈听了一会儿，脸色变白了，她闻声追寻过去，狠狠给苏妮娅一巴掌：你想死呀，子弹可没长眼睛！她拽回了苏妮娅，当场警告我们，谁也不许动爸爸的鹿哨，否则她可不客气。从那天开始，她把鹿哨藏起来，而且隔一段时间拿出来看看，好像倾听里面发出的声音。

各罗布找出了鹿哨，他警告我不要告诉妈妈。我当然答应了他，因为他是家里唯一的男子汉。至于妈妈，能瞒着她还是瞒着吧，各罗布打不到猎物，妈妈肯定会骑上马钻进林子里打猎。她总说自己还没老一类的话。

那个夜晚，在月光下的各罗布，不知道从桦皮盆内盈盈的水面上看到了什么。第二天早晨，他走时还冲我挤了几下眼睛，顺手在我额头上弹了一下，表示亲昵和愉快。我相信他看到了好的预兆。

哥哥走了，妈妈也带苏妮娅进林子里摘采浆果去了。我本想跟她们走，妈妈却让我留在家里做饭。各罗布回来会喊，妈妈，我饿啦，所以呀古迪娅小宝贝，你让妈妈放心地采点野果吧，给哥哥做饭吃。妈妈边说边领着苏妮娅飞快地出了门。

她就知道疼爱各罗布。

我多么希望跟她们一起采野果，玛鲁神灵，我太喜欢吃鲜美的浆果了。小时候，我和苏妮娅比赛吃都柿果，结果我俩都吃醉了，躺在草地上昏睡不起。妈妈不得不背着我，拉着苏妮娅往回走。那天她一无所获。

姐姐比我还贪吃浆果。夏天的山林里到处长着挂染白霜的紫都柿和翠绿的托巴、羊奶子、山葡萄，还有艳红的高丽果和樱桃。至于红豆果，由于长势茂盛，遍地都是，无人摘采，到最后便如一滴滴红色的泪水悄然洇入泥土。姐姐长了心眼，她和妈妈摘采时绝不多吃，待到回家后就肆无忌惮地吃起来。她的嘴唇颜色若是紫黑色的，一定采到了许多都柿果。吃樱桃时，仿佛晚霞沾在她嘴唇。等到山果殷红的浆汁染红她嘴唇时，就到了秋天。

她们把我留在家里，匆匆忙忙地又进山里了。从妈妈塞进口袋里的肉干判断，她们要玩得痛痛快快啦。她们刚走，我马上忙碌起来，把鲜红的樱桃、紫黑的都柿、翠绿的托巴果汁挤进桦皮盆，调出颜色不同的汁液。妈妈告诫过我，别用果汁涂抹在白布围子上，雨水也冲淡不了果汁的颜色，她可不想抬起头就看见乌七八糟的东西，好像所有的乌云都汇聚到这里。我早已为自己选择了天然画布，就是营地左边的一片白桦林。用匕首划掉树干上一块桦皮，便露出里面洁净的树肉。我把颜色涂在上面，树肉就发出婴儿吸吮汁液的细响。我很感动地听着这种声音。我和大树在对话，它当然听得懂我无声的语言，所以它的肉身慢慢洇出了山神、乌麦神、绿色的太阳、狂卷的黑风。

乌力楞的男人们以往出去打猎，一定要先朝拜山神，祈祷打到更多的猎物。他们选择一棵古老的大树，用匕首剥掉一块树皮，在上面刻画出想象中的山神像，跪拜祈祷时敬奉烟、酒和猎品。他们认为，山神主宰着一切动物，他们是否猎到动物，完全是山神说了算。

自从发现了我画的山神像，男人们便朝它跪拜。古迪娅，你画的山神就是山神，它能告诉我们它想说的话，就看我们能不能听懂它的声音。他们很信服地说。

但是我另外的画令他们困惑。古迪娅，花朵干什么变成狂风里跳舞的妖怪，那头狼怎么是彩色的，还有野鹿的犄角长出了蓝色的月亮。喂，你想对我们说些什么？他们一遍遍地问我，然后问妈妈，古迪娅该不会是未来的萨满吧。

古迪娅，我还指望着她生儿育女，让别人当萨满吧。妈妈坚定地回答。

我画着，周围寂静极了，我听到了草在微风中摇曳，更远处的鸟儿悠长鸣叫。太阳照在万物之上，阳光透过茂密的树叶洒下来，有几朵光在我脸上轻轻拂动。刚刚过去的夏天，每一根细弱的小草都能感觉到太阳的神力。可是现在，太阳变得虚弱了。我伸出手之后，再也感觉不到阳光用力锥扎手臂的那份喜悦。

不知为什么，我有些忧郁。因为我无缘无故就流泪，各罗布嘲笑我是哭巴精，而妈妈也懊恼地说：收回你的泪水，我可看够了你这麻烦的样子，和苏妮娅一样快乐点吧。

我的忧伤一定有缘由。乌力楞的人慢慢感到了，只要我的泪水流下来，就是因为忧伤一件不得不忧伤的事情。我在一棵白桦树上画出一串天空的雨水，又在另一棵树上画出冬天的雪，它们都是蓝色的，这是天空的颜色。

从白桦林里飘出了两个人影。当她们越走越近时，我咯咯地笑起来。妈妈和苏妮娅似乎刚参加完别人婚礼，脸蛋儿通红，脚下踩着松软的草。

她们吃多了都柿果。因为她们发现了漫山遍野的都柿圈儿。采满了两个桦皮篓后，苏妮娅实在忍不住，坐在地上吃个不停。妈妈刚开始急于回家，却也抵不住鲜果的诱惑，索性畅快淋漓地吃起来。

这样，她们就飘飘欲仙地回来。

吃过晚饭，天色逐渐黑下去，各罗布还没回来。妈妈强打精神和我们说了一会儿话，便默默地躺下了。只要各罗布不在家，妈妈总是坐卧不宁。过了一会儿，她又坐起身，深深地叹一口气，然后跪在"玛鲁"神龛前祷告。这一次妈妈祷告的时间真长啊，我和苏妮娅借着篝火的光，用狍皮缝出了两只袖筒，明天天光大亮后，妈妈会把它们缝合在各罗布冬季的大衣上。我顺手用鹿筋线在袖口绣出一朵"南绰罗"花。在夏季，鲜艳的花朵开遍了山谷，而到了冬季，就让一朵素净的黄花温暖各罗布的心灵吧。有妹妹的小伙子穿戴上应该讲究点，不像库列，瞧他穿的夏季光板狍皮衣服，马马虎虎地裁成直筒式，上面连一点绣物都没有。

妈妈站起来走到我们身边，温和地说：唉呀，还是有女儿好啊，明天我就缝合袖筒，各罗布的大衣做成了。每次祷告完毕，她整个人犹如吸足水分的植物，精神气十足。可是这一次不一样，她刚打起精神，很快变得心神不定。她呆呆地盯着篝火，眼睛里有一种担忧的东西像翅膀淋湿的鸟儿沉重地飞起来、落下。她从来不这样，我敢打赌，她不是胆小怯懦的女人，玛鲁神灵知道这一点。

苏妮娅安慰妈妈：也许哥哥在库列家，人家快迁徙了，想再找别的猎场。哥哥为此很难过呀，不是吗？

可是妈妈听不进去苏妮娅的话。不对劲儿，她焦急地喊，我的心怦怦乱跳，我听见各罗布呼唤妈妈，他需要我。她说完取下挂在木柱上的别力弹克枪，一下子冲出去。外面传来她不容置疑的吩咐：你俩给我老实地呆着，别添乱！

她点燃了松油火把，骑着马进了林子。那只火把在林子里忽明忽暗，飘向各罗布经常打猎的方向，它离库列家族营地的方向很近。火光最后像萤火虫那样飞走了，远处传来妈妈的呼唤。各罗布……她喊，各罗布……她急促的声音在黑幽幽的林子里弥漫，似乎要撑破无边的黑暗。我真盼着天际边露出黎明的光线，驱走我内心越来越强烈的恐惧。

苏妮娅抓住我的手，小声地说：古迪娅，我害怕。

我也害怕。各罗布打猎时独自露宿在林子已经不是一次了，然而这次不同，我们都感到了害怕。我和姐姐互相依偎着坐在帐篷外面，不想进到里面。没有妈妈和各罗布的斜仁柱，比大雪纷飞的冬天还寒冷。

各罗布回来了，被库列的父亲和哥哥用担架抬了回来，还跟着两个乌力楞的人。我们首先看到了几簇火把，渐渐从林子里闪现出来，接着听见猎狗吠叫。当纷乱的脚步声划开黑暗朝营地传来，我和姐姐一下子跳起来跑过去。各罗布，他躺在担架上，胸口开着一朵妖艳的红花，一颗子弹穿透了那里。跟随他们回来的还有妈妈。她在林子里看见了几簇摇曳的火把，于是拼命地追赶。她回来的正是时候，各罗布眼睛里生命的光芒越来越弱了。他望着妈妈，嘴角抽动几下，周围的人都看得出，他叫着妈妈！他的脸色比雪还白，我从未见过那么白的脸色，仿佛皮肤的下面是皑皑的白雪世界。

他说妈妈，他说，我等着你呀妈妈。那声音谁也听不见，却谁都能听见。我惊恐地看见一片树叶在各罗布眼睛里飘落，它吃力地飞扬一下，却又无力地落下去，无声无息地贴在秋天寒凉的水面，慢慢流逝。

各罗布，他睁着眼睛走了。

我和苏妮娅发出撕心裂肺的哭声。

妈妈倒下了，倒在各罗布身上。等她醒过来时，全乌力楞的人都站在她面前。她一把抱住各罗布不肯撒手。她抱得那么紧，仿佛从来没有把各罗布生下来，他们一直长在一块儿，不曾分离过。各罗布活着，她活着；各罗布死了，她也死了。

开依勒大婶猛然击打妈妈的后背大声说：哭吧，卡思拉，哭出来吧！你有孩子，要活下去！

妈妈望着大家，流不出一滴泪水，红红的眼睛里似乎充溢着各罗布的血。担架上的鹿哨一下子让她明白儿子是怎么中了致命的一枪。我该烧掉它，是我害了你，儿子，她说，一遍遍地说。她望着各罗布的眼神真令人心碎，比各罗布的死亡还令人心碎。

妈妈也死了，大家一下子感觉到，她的死亡是另外的死亡，是死亡中的死亡。

各罗布打猎时，用爸爸制作的鹿哨吸引马鹿。鹿哨没有招来他想象的动物，却引来了也在附近打猎的库列。库列寻声而来，从茂密的灌木丛间望去，那团棕黄色的身影真像一头活泼的公鹿急于寻找配偶。各罗布头戴鹿头皮帽，身穿鹿皮衣，嘴里嗞罗嗞罗地叫着，那声音真像一头公鹿啊。

库列便开出了致命的一枪。

面对柯尔特依尔家族的人，高大的库列扑通一声直直地跪在妈妈面前，泣不成声：大婶，你杀了我吧！

妈妈悲恸欲绝地喊：各罗布是怎么对你好来着，你居然杀了他！你这个杀人的恶魔，自己去死吧！

库列的爸爸也跪在地下乞求：仁慈的卡思拉，留下库列的性命吧，让他替代各罗布做你的儿子。各罗布也和我的儿子一样，两个孩子原本像亲兄弟一样，可是现在却发生了这么悲惨的事情！他咚咚地捶打着自己的胸膛，也顾不上男人的尊严，边磕头边喊：求你饶了库列，我以死赔罪！

库列的哥哥也跪下了，满脸泪水：大婶，库列该死，他该陪着各罗布一起走！他还没有成家。而父亲老了，用一个衰老的生命替换库列，这不公平。我来陪各罗布吧，那里一定很黑暗。他磕了三个头，站起来抓住了枪。没人拦阻他，也许这是唯一解决问题的办法，各罗布不该白白地送死。

库列闷声不响地站起来，抢夺哥哥手里的枪。而妈妈猛然凄厉地叫了一声。

各罗布眼睛里缓缓流出两滴泪水。不仅妈妈看到了，我们都看到了。它流得无声无息，却像一道闪电撕裂了所有人的心脏。妈妈用手合闭他的眼睛，他却依然睁着，仿佛他还有话要对妈妈说。

各罗布，我答应你宽恕库列。妈妈猛然间明白了各罗布的最后心愿，终于失声恸哭。我的儿子，你的灵魂还没走远呐，你在看着我们，我答应你，各罗布，不然你就白死啦！我们的人真的不多啦……

所有的人都哭了。各罗布的眼泪告诉我们，他一直不肯离开我们，他的灵魂就在我们头顶。现在他要走了，再也无法返回，就像水流回水中，风刮回风中，他要回到所有人最终要去的地方。

妈妈说：玛鲁神灵，请帮助我吧。

妈妈说：人要离开活的世界，总要把最重要的愿望留给我们，各罗布，我们不能违背你的心愿。她边悲恸地说边合闭各罗布的眼睛。当她抬起手时，各罗布的眼睛终于合闭了。

全乌力楞的人在第三天的中午为各罗布举行葬礼，库列家族的人和我们一起准备葬礼。妈妈选择了洁白柔软的桦皮包裹住儿子，各罗布像刚刚诞生的婴儿一样被裹在襁褓里。我抬起头，让汹涌的眼泪流回心里。我相信，我看到了哥哥的灵魂变成了一只雄鹰，它在我们头顶上慢慢盘旋，叫了几声飞走了，它一定顺着多布库尔河流飞翔，一直飞翔到太阳升起的地方，升入永恒的天堂。

妈妈把自己的长发剪掉了，放进各罗布的手中。妈妈说：儿子，我的灵魂跟随你去了，你想妈妈时，就拽一下我的头发，我在这儿就知道啦。

她的声音很轻，如同微弱的风从我们耳边掠过。林子里非常寂静，我们听见鸟儿在高高的树梢上清脆地鸣叫。太阳明亮地照耀在天空，金色的阳光从树叶间洒下来，落在各罗布的身上。

男人们选择了四棵白桦树，从离开地面四米处截断，在上面用木板平搭出风葬架。妈妈没有像乌力楞人担忧的那样，用匕首割开喉咙，随她心爱的儿子同去，她克制着自己的悲恸为儿子做完一切应该做的事情。看着她为儿子掖紧衣服角，乌力楞的人全哭了。

男人们举起担架，把各罗布放在高高的风葬架上。

第二章

我刚想合闭的眼睛被一只无形的针芒草刺了一下。我睁大眼睛凝视着帐篷顶。清冽的月光真像水一样，让我又看到了哥哥。

查鲁的伤势把乌力楞人的快乐压在心底。乌恰奶奶凝神望着他……

8

妈妈的头发在一夜之间全白了，像覆盖着一层霜雪。从葬礼回来，她倒头就睡，第二天仍然昏昏沉沉地睡着，除了虚弱的呼吸，我们看不到她有一点醒过来的迹象，第三天我们也不敢打扰她，让她继续昏睡。比各罗布悲惨的死亡更加令我们恐惧和绝望的是妈妈的悲哀。我们害怕她醒过来，害怕她源源不断的悲恸，害怕她在漫长的黑夜里叫着儿子，害怕她无休无止的挣扎。

从妈妈躺下昏睡开始，从她在昏睡的第一夜头发全部变白开始，苏妮娅便拿着各罗布的枪，骑着马进山里打猎了。这一年她十六岁。

我扔掉了手中自己制作的细草画笔。我十二岁了，懂得了什么叫死亡。死亡是漫长的时间，一个人他不能吃不能喝，不能欢笑和痛苦，这太恐怖了。

我扔掉了画笔，哥哥的死亡把我从一段生活里带到了另外一段生活。太阳虽然每天都照耀在我头顶上，照耀在一排排端庄秀丽的白桦树上，我想在树上画画的念头全让哥哥带走了。那是各罗布的林子，我不敢站在每一棵树边。玛鲁神灵说过，每一棵古老的大树，都藏着一个高尚的灵魂。我不敢靠近它们，也许哥哥就在里面。任何一个声音都让我凝神倾听，任何一个声音都让我流下眼泪。哪怕是树叶摇曳，水滴渗入泥土，我都会觉得，哥哥就在我身边。

各罗布，你疼吗？我问。

库列来的次数越来越频繁，每一次都送来大量的食物。他第一次出现在门口，苏妮娅活像被激怒的小鹿，一头撞过去，毫不顾及地大骂：杀人的家伙，我恨不得杀了你！

没有谁怀疑苏妮娅的话。可是，库列不怕挨枪子，或许他就是想挨枪子。他来我们家什么活都干，劈木材、晒肉干、鞣皮子。有一次甚至拿起针，把斜仁柱白布围子的破裂处缝补好。

刚开始，乌力楞的人都敌视库列，他跟谁打招呼，谁都不吭声。渐渐地，大家的眼神变柔和了，见到他不再仇视地盯着他，反倒把目光挪移到别的地方。克道鲁爷爷对妈妈说：卡思拉，库列是一个不错的孩子，怪可怜的。

面对库列，妈妈的心情很复杂。过去，她曾经动过心思把苏妮娅嫁给他，可是现在，她再也不想看见他。库列，你不要再来啦，妈妈躺在铺位上看着天空驱逐他说，我还有两个女儿，我想为她们活下去，你让我想起儿子，我很难受。

库列走出斜仁柱，站在倾盆大雨里，用大手捂住脸沉重地呼吸着。苏妮娅有些不安地说：他想当牛做马吗，妈妈，咱们怎么办？妈妈本来又昏昏沉沉地睡着了，听了苏妮娅的话，猛然醒过来。难道不让他进来吗，还是他自己找死啊，外面正下大雨呐。妈妈坐起来生气地责骂我们，接着她朝外面喊，库列，你进来，要死你就回家死去，你这个样子，各罗布会骂我啦，我不想挨儿子骂！

库列的爸爸和哥哥也来了，他们跟妈妈谈了半天话，我和苏妮娅一无所知。那天吃晚饭时，妈妈头一次打起精神喝了点白酒，苍白的脸上显出淡淡的血气，而格帕欠老人和伦巴列几乎没怎么吃饭，尽管看起来他俩又累又饿。苏妮娅很不自在，大人的目光不时落在她身上，包括妈妈，好像打量另外一个人。

妈妈长叹一声说：但愿各罗布晚上托梦给我。

吃过饭，伦巴列恭恭敬敬地给妈妈磕过头，父子俩骑马走了。妈妈看着他们的背影消失在殷红的晚霞光线里，久久无语。令人奇怪的是，他们才走出不远，天空便下起雨，没有一袋烟的时间，雨便停下了。

妈妈说：各罗布流眼泪啦，这个心地善良的孩子，不想为难别人。

柯尔特依尔家族的人和我们同一血缘。妈妈总能在每一个族人身上看见各罗布的影子，总能在男人嗓音里听见各罗布的声音。当猎人夜晚经过我们斜仁柱时，即使她睡着，也会骨碌一下从狍皮铺上坐起身，大声喊，快点上灯，各罗布回来啦！

玛哈依尔家族的人要迁徙了，库列坚决不肯离开。各罗布一家走到哪里，我就去哪里，库列对爸爸发誓，我永远不离开她们。

格帕欠老人再一次登门求婚了，遭到妈妈的拒绝。他说：仁慈的女人，玛哈依尔家族因为库列犯下的罪过受到了惩罚，我们会一直追随你们，尽到应尽的责任，否则我和库列都该下地狱。既然你不同意把女儿嫁给库列，还是搬到我们乌力楞住吧，我们会照顾好你们。库列的余生为你们存在。

妈妈和格帕欠老人像两只老鸟儿一样对面坐着，一起恸哭。

深秋时分，我们告别了柯尔特依尔家族的亲人，来到库列家族的乌力楞定居。整个玛哈依尔家族的男人们没有出猎，一起帮我们搬迁。当他们用四十多根桦木杆支撑出新的斜仁柱后，妈妈打开带来的秋冬季使用的"额伦"围子，覆盖斜仁柱。她徐徐展开狍皮围子时，眼泪便扑簌簌落下，这块"额伦"和无法忘记的往事一下子扑到她眼前。大号的"额伦"用了二十五张狍皮，小号的则用了十张狍皮，妈妈把它们缝制成伞形，伞底镶着淡黄的狍皮边。每一张狍皮都闪出儿子猎到动物的得意样儿，每一张狍皮都让她恸哭一场。

最后她说：儿子，我不流泪了，我把一生的泪都流尽了。

当天晚上，库列全家人和我们一起吃了晚饭。妈妈拉着苏妮娅的手放进库列的大手中，郑重地说：我想开了，让库列做我的女婿。柯尔特依尔家族的河流不能干涸，你们为我生十个小各罗布吧。

没人纠正妈妈的说法。库列的孩子本该属于玛哈依尔家族，这是鄂伦春族的规矩。没人纠正妈妈的说法，无论哪个家族的河流，都应该在太阳照耀的大地源远流长。至于他们的后代属于哪个家族，已经不重要了。

库列当天晚上就住在我们的斜仁柱里。他没有得到苏妮娅同意结婚之前，是妈妈的干儿子。苏妮娅不接受他，哭着对妈妈说：我忘不了哥哥，我不会嫁给他的，古迪娅也不会！妈妈摸着她柔顺的头发，什么也没说。

库列就住在各罗布的位置，是斜仁柱内对着门的铺位"玛路"。而我们住在两侧的铺位"奥路"上。妈妈住在右侧，我和姐姐住在左侧。

这么安排，库列就真的成了妈妈的儿子。

妈妈用八张狍皮缝制双人合用的"乌鲁达"被子。苏妮娅抚摸着染黑的狍皮镶边，补绣出美丽花纹的被头，爱不释手。我说：姐姐，你快结婚吧。苏妮娅瞪大了眼睛吓唬我：才不是呐，我和妈妈睡在里面，让你一个人睡在单人被里，小蛇专门喜欢钻进你的怀里，你搂着它睡觉好啦。看着我们互相打闹，妈妈脸上露出久违的微笑：谁也别赖在我身边，女儿家该出嫁就出嫁，就像大地一样孕育生命。

库列坐在火塘边煮肉。他温柔地看了苏妮娅一眼，好像她是一朵刚盛开的百合花。他不太瞅我，因为我长得像各罗布，他一看见我就把目光挪到别处。大概我让他想起了各罗布。

库列不让妈妈和姐姐打猎。我养得起你们！他斩钉截铁地说，一点商量的余地都没有。每当库列早晨出去打猎，妈妈就朝着他走去的方向眺望。猛不丁我们就听她喊：各罗布！她坐在铺位上睡着了，她在梦里喊：各罗布！

挨过寒冷的冬天，春天来了。妈妈让库列新搭了一个斜仁柱，吩咐库列和苏妮娅拜过玛鲁神灵，搬到一块儿住。当天晚上，全乌力楞的人参加了他们的婚礼。格帕欠老人领着所有的人跪下来，给妈妈磕了三个头，感谢她把心爱的女儿嫁给库列。这场婚礼没有酒宴，没有歌唱和舞蹈，因为各罗布在天上看着我们。

妈妈把我们帐篷里点燃的火种送给了姐姐，语重心长地说：我的苏妮娅，你已经十六岁了，应该嫁人了。记住，库列是你的丈夫，是你一生的依靠。你对他好就是对各罗布好。

库列用妈妈的火种点燃了火塘。大家望着燃烧的篝火，就像望着死而复生的希望。

帐篷那边一直非常平静。白天苏妮娅回到我们帐篷里欢蹦乱跳像个小鸟，夜里她赖着不走。妈妈撵她回去，她便眼泪汪汪地给妈妈看。这样过了一个月，妈妈终于急了，冲进他们的帐篷看个究竟。天呐，这两个家伙各盖自己的被子呼呼地睡得真香。她一把扯住库列，用木桦子照着他屁股敲一下：不明不白的家伙，你就这样结婚吗！库列红着脸说：妈妈，苏妮娅不干，她咬我。妈妈转身掀开姐姐的狍皮被子，一顿乱打，最后泣不成声说：气死我啦，你们要这么混账下去，我怎么抱得上外孙子！

那个半夜里我醒了，听见帐篷那一边传来奇怪的声音。我醒了，清朗的月光透过天窗洒进来，帐篷里浮动着水银般的光芒。我听得见月亮走动的声音，和各罗布那个夜晚拜月亮时一样。我捅了捅妈妈，她醒着，却让我闭上眼睛。我感觉这个夜晚奇怪极了，寂静异常却又充满声音，神秘而湿润的声音融化在月光里，顺着柔软的风慢慢朝四处飘散。

妈妈小声说：睡吧，古迪娅，你该做个吉祥的梦了。她无声地笑一下继续说：我的各罗布，他该回来了。

9

苏妮娅的肚子鼓起来了。她的呕吐声震颤在初夏一个又一个明亮的早晨。第一次听见姐姐呕吐，妈妈急忙拉过她的手仔细观察。和妈妈怀孕时一样，苏妮娅的左手心潮红一片，这是孕育的征兆。妈妈悲欣交集，扑通一下跪在"玛鲁"神龛前说：万能的神灵，我的心灵重新有了希望。

妈妈骑上马返回了柯尔特依尔家族的乌力楞。她带回一个摇篮，是克道鲁爷爷的家传。把克道鲁爷爷视为宝物的"恩母克"借回来并非易事，想来妈妈要费翻口舌呀。然而妈妈没有想到，她刚说苏妮娅怀孕了，克道鲁爷爷便亲自去仓库取出摇篮，让妈妈带回来。

库列仔细观察了摇篮后，理解了克道鲁爷爷为什么如此珍爱它。这个"恩母克"没有选择大家都用的桦树皮制作，而选择了桦木薄板。桦木上显现出的图案并非人工雕刻，而是天然浑成。克道鲁爷爷的爷爷在林子里发现一棵神奇的倒木，它的树身长满了古怪的图案，像是天神鼓弄出来的。平素胆大包天的他吓得磕了几个头，临走时，他还是拣起一块断裂的木头抱回家，精心制作出摇篮。或许真有神灵保佑，从那个摇篮里长大的孩子，个个欢蹦乱跳、结结实实。在多布库尔河一带，谁都羡慕他们家庭人口兴旺。

毫不费力借回摇篮，妈妈很开心。但是她又为苏妮娅的产期担忧了。女儿应该在第二年三月份生孩子。三月，大雪纷飞的三月，零下四十多度的气候，该死的西伯利亚寒流会把一切搅得天昏地暗，糟糕透顶。在这个时候生孩子要遭罪啦。

你别娇里娇气的，要像野兽那样吃东西，这样才能让孩子长大！妈妈朝泪水涟涟的苏妮娅挥舞拳头，大声嚷嚷得连狗都吓跑了，瞧你这样子，吃猫食吗？无论如何要吃下更多的食物。乖丫头，妈妈求你啦。妈妈喊来喊去的，整个斜仁柱里充斥着她的激动和不安。

苏妮娅委屈地看着库列，嘴里慢慢嚼动着狍子肉。我害怕她过一会儿又要跑出去呕吐，她已经吃不消了。库列紧紧握住苏妮娅的手安慰：听妈妈的话，坚强点。苏妮娅大喘几口气埋怨道：古迪娅，永远别结婚。

我们全都笑了，苏妮娅脸上天真无邪的神情把我们逗笑了。妈妈笑着说：看见了孩子，你就不说这种傻话啦。

妈妈又骑上各罗布的黄鬃马进林子打猎。库列想拦住她，她却像石头一样撞开他。别拦着我，她威风凛凛地宣布，我还没老。她扬着头走出帐篷，骑上马。两条猎狗兴奋地跟在她后面跑着，一直跑进林子里。

我把都柿果挤碎了，兑上点水。我的手开始痒痒了，很想找个地方涂涂抹抹了。因为妈妈走进了林子，她不再害怕林子，不再害怕我们看不见的恶魔，不再每天早晨朝西面的林子诅咒窥视我们的厄运。因为苏妮娅肚子里的新生命，我们又有了笑声，尽管这笑声无法放纵和释怀，但它毕竟如同悄然开放的花朵，让我们感到了生活的阳光。

喂，库列，我想把帐篷边涂上火焰的颜色，妈妈回来会以为太阳掉进咱们家啦。我大言不惭地说。

苏妮娅生气了：不许你叫库列，他是你姐夫，没大没小的。

可是我仍然叫他库列。他不是我姐夫，他是库列，他不大瞅我，因为我长得像各罗布，我叫他库列，而不是姐夫，这是各罗布的叫法。

库列对我们姐妹之间的小把戏一笑了之，朝火塘里添木材。苏妮娅老嚷嚷冷啊，我也喜欢明亮的篝火。当他烤出一串串香喷喷的鹿肉，我们就顾不得拌嘴了。苏妮娅吃撑了，她哼哼着来回走，期望大家同情她。我说，这个样子很丑哇，妈妈要教训你啦。

妈妈果然教训她了。丫头，你被我们惯坏啦，妈妈拉下脸对着哼哼唧唧的苏妮娅说，怀第一个孩子就这样，将来生十个八个的怎么办。

天呐，妈妈太贪了，让苏妮娅生十个孩子。我同情地看着苏妮娅，这样看来，她哼哼点真不算什么。

姐姐动不动就把我的手摁在她肚子上，心惊肉跳地说：我害怕，他在动。我的手感觉到了一种神秘的力量轻轻敲打着姐姐的肚子，咧开嘴大笑起来。我看见了她肚子里的小鱼泡，柔软极了，难怪她总喜欢抱着肚子，好像里面装着易碎的宝贝。当我把想法说给妈妈听，她居然伸过手摸摸我的脑门：唉呀丫头，该不是发烧说胡话吧。我甩掉了她的手，生气地说，我没发烧，我真看见了呀，他是男孩子，正在苏妮娅肚子里游泳。

天呐，妈妈大惊小怪地嚷嚷，还有什么你看不到的东西，那你帮我看一下，我脑袋里有什么。

我连头都不敢抬，老老实实地讲：我天天看着你，妈妈，你脑袋里总有风跑来跑去的。

妈妈想了一会儿，很郑重地说：你能看到生命，却看不到未来，所以你做不了萨满。

我才不做萨满呐，当萨满的人真是灵魂附体，疯疯癫癫的。当然这些话只能烂在肚子里，若是说出来，肯定要遭到妈妈的责备。她会说当萨满的人能知晓未来一类的话。对她来讲未来是她的必由之路。

我又跑进林子里，在松树上画画。每一天我为一棵松树想一个画面，那是我最快乐的时候。有一次库列站在我身后看到我画出一只野鹿，非常激动。古迪娅，你真了不起，他说，你才十二岁就画得这么好，我太喜欢这幅画了。他掏出匕首，想把那片树皮剥下来，却把画面剥破了。他沮丧地收回匕首说：真该给你准备白纸，你愿意怎么画就怎么画，不像这样在每棵树前转来转去。

他拉住我的手往回走，他的手真烫，里面燃烧着篝火。我甩开他的手一个劲儿地往前走。这不好，苏妮娅会生气的，各罗布也会生气，至于为什么生气，我不清楚。他以为我生气了，我总是莫名其妙地生他的气，便知趣地自己往回走。我跟在库列身后无精打采地回家了，苏妮娅以为我又吵库列了，责怪我道：又找库列的麻烦啦，喂，你怎么搞的，他不是各罗布。她闭住了嘴，两只手纠结在胸前很尴尬。各罗布，她为什么提起各罗布，难道那道悲惨的闪电永远响在每个人的心头吗？

我哭了，因为苏妮娅提到了各罗布，因为库列的手烫伤了我。我想念哥哥，每逢我哭哭啼啼，他一定嘲笑我：哭巴精，把你的塌鼻子哭掉了就没人要啦。妈妈坐在鹿皮褥子上正在用力地咀嚼肉干，一听各罗布惹我便教训他：你长得好看哪，和古迪娅一个德行，都像你爸。她嫁不出去，你也招不来媳妇。

可是现在我宁愿天天让各罗布嘲笑，宁愿让他说我是哭巴精、臭丫头。

库列钻进林子里打猎的时间越来越长。当我睁开眼睛，他已经走了，当我闭上眼睛，他还没有回来。苏妮娅很心疼库列，却在我们面前羞于表露，就经常去格帕欠老人家。每逢听见她的欢笑从另一处荡漾起来，妈妈便感慨地唠叨，还是有儿子好哇，格帕欠现在多么得意。说归说，她还是愿意让苏妮娅这个美丽的蝴蝶在两家飞来舞去。有人疼爱总归是好的，她说，等你出嫁就懂我的话啦。

库列坚持自己的想法，不顾妈妈的反对，下了山。等到他和伦巴列回来，已经是半个多月后的事情了。马匹驮回用兽皮换来的粮食、盐巴和子弹。他送给妈妈一件粉红色的棉布上衣，送给苏妮娅一面小小的圆镜子。让我快乐无比的是，他居然给我买到了白纸。我紧紧抱住那一沓白纸，真怕这是一场美梦，等我醒过来，纸就像雪花一样飘走。库列热情地望着我，满脸喜悦，他终于为我干了一桩漂亮的事情。从那以后，他不再躲避我，或许他在我脸上看到了各罗布的微笑。

我多么珍惜这些白纸啊，尽管纸面粗糙，甚至有细细的木屑，却比我常用的薄桦树皮柔韧多了。这件事情的结果是，我再也不找库列拌嘴。所以苏妮娅说：古迪娅，库列拿东西收买了你，你们不吵几句，还真没意思了。

冬天到了。有一天我终于砸不动冰面取水，便学着库列的做法，用铁杵凿冰，然后把冰块搬到雪橇上运回来。我还去附近的林子里寻找倒木，用斧子劈成一段段的木桦子，也用雪橇拉回来。我的族人从来不烧活着的树木，而选择自然死亡倒在地上的树木。玛鲁神灵说过，万物都有灵魂，而灵魂是平等的。活着的树木当然有灵魂，把站立的树木砍倒了，就是杀它呐。

姐姐出了点问题。每逢库列出去打猎，她就在斜仁柱里烦躁地来回走动。她眼睛里看不见活儿，再也不像以往那么勤快。也许是怀孕的关系，也许是寒冷的冬季令人忧郁，看不到库列，她非常紧张，总是幻想他是不是出事了。她说只有走来走去，才不去想害怕的事情。库列回来了，她便依偎在他怀里。库列当然是最好的镇静药，苏妮娅安静下来，晚上会睡得格外香甜，即使外面山崩地裂她也醒不过来。

可怜的孩子，这么小她就为丈夫担惊受怕了，妈妈夜里抚摸我的头发说，可怜的，我不知道各罗布的死把她吓出了毛病，这回该她为另一个人担惊受怕了，但愿她别那么脆弱，对胎儿不好。

妈妈的风湿病越来越严重，走路蹒跚，全身疼痛。她的手已经变形了，关节突出而弯曲，拿什么东西都很吃力。看着我忙里忙外地干活，她不再说你还小一类的话，却是心疼又无奈。

漫长的冬季快把人逼疯了。我们整天守在熊熊燃烧的篝火旁，夜里钻进厚厚的狍皮睡袋里，仍然抵抗不了零下四五十度的严寒。每当夜深人静时，我总是害怕地听着呼啸的寒风在斜仁柱的四周咆哮，似乎有一只疯狂的手抓住帐篷拼命地摇撼，试图把它抛向半空。

那个夜晚，呼啸的大风惊醒了全家。伦巴列的帐篷被风刮开了围子，库列跑过去帮哥哥捆绑围子，他们的对话时断时续地被风吹来。伦巴列让库列回去，库列却执意不干，伦巴列着急了，压低嗓子骂他：不清楚的家伙，你要睡饱了，第二天才可以出猎，她们三个是女人呐，你受累了。

妈妈忽地坐起身，拼命地咳嗽着，似乎凌厉的大风正在她胸膛里兴风作浪。我拍打她的后背，想让她平静下来。又来了，该死的魔鬼，又伸出你的爪子吗，她气喘吁吁地大声诅咒着，我老了，什么也不怕，拿走我的性命吧，可是别再碰我的孩子，不然的话，我到天边也不放过你，该死的魔鬼！

她从铺位上跳下地面，跑到木柱子边摘下各罗布的猎枪抱在怀里：来吧，所有的恶魔，别想从我身边跨过去，别想，我要杀了你们！说完，她猛力地勾动扳机。枪响了，像玩具一样发出虚张声势的砰响，然后归于寂静。

库列和苏妮娅一起冲进来，我们惊慌地看着妈妈。她像纸人一样挺立在那儿，两腿打着哆嗦，随时都要倒下。妈妈，库列叫了一声，别害怕，我在这儿。他走到她身边，在枪膛里塞进子弹。苏妮娅捂住耳朵，她捂得正是时候，库列牢牢地抓住妈妈的手勾动扳机。枪响了，子弹从帐篷上空钻出去，在大风中炸响了，外面传来乌力楞人跑出来的声音。喂，怎么回事，卡思拉，乌恰奶奶隔着帐篷喊，该不是枪走火了吧。妈妈大笑起来，得意洋洋地喊：是枪走火啦，它飞到了天上，打到了恶魔莽盖。格帕欠老人掀开狍皮门帘进来，看妈妈的样子忍不住责怪：你是孩子吗，深更半夜地吓唬大家，真该收拾你这个傻丫头。

他叫妈妈傻丫头，连苏妮娅都笑起来。他的幽默救了我们。妈妈似乎受到嘉奖，却装出若无其事的样子说：亲家，我也是没注意，真对不起哟。她转过身大声吩咐我们睡觉，自己率先钻进睡袋里，很快睡着了。

我也睡着了。在梦里，猎狗的叫声显得悠长而绵软，它们听到了另外一种声音吧，否则应该安静下来呀。我听见苏妮娅又发出奇怪的叫声，隐隐约约，像蓝色的雾气。下雨了，我听见自己喃喃地说了一句，便坠入更加深沉的睡梦里。

雪下得大极了。乌恰奶奶说，这是一个格外寒冷的冬天，因为过去了一个热烈的夏季，所以大地耗尽了元气，变得寒冷起来，我觉得她形容的是一个人，难道大地也和人一样有自己的悲欢离合吗。不过，我相信她的话，因为她是多布库尔河一带远近闻名的大萨满，谁都说她有极高的法力，传说她可以让人起死回生。

野鹿喜欢在下雪天出动。这是嗅觉和视觉异常灵敏的动物，很难猎取。在白天，它们躲在高山不易被发现的地方，在黑夜、阴天和下雪时才出来吃草，夜晚到泉边喝水、吃碱土和草。所以库列也选择下雪天出动。他骑上马进了林子，翻越一个山头后，就在那片阴面的山坡上寻找觅食的鹿。野鹿能够闻到几里开外的气味，而且是顶风行动，疾跑如飞，打野鹿的猎人都在下风头才能接近它。不过野鹿的弱点是看远不看近，库列便从山后绕过，在山下猎取它。库列说过，如果第一枪不能撂倒野鹿，靠马的四条腿就很难撵到它。库列的别力弹克枪是打单子的火枪，打了一发再压一发时，野鹿已经跑得连影子都看不见了。

这一次他又在下雪天钻进林子。刚到中午时，他在山坳处发现了一头公鹿。它长着五叉犄角，正慢悠悠地吃草。库列跑下马，支起枪架瞄准它的前胸，就在它猛然抬起头要跑的一瞬间，子弹飞到它身上。库列咒骂自己打偏了枪，因为他看见子弹在鹿的腿上炸开了花，公鹿便跳蹿起来，飞快地钻进林子。他急忙跨上马奔过去，在雪地上发现一线血滴，他猜到子弹敲断了鹿的前腿，便抽了下马，沿着公鹿的蹄印撵进林子深处。他能看到鹿飞跑的影子，心想下午就能追上它了，一头瘸腿的鹿跑不过四条腿结结实实的马。那鹿很狡猾，在林子里兜着圈儿地跑，枣红马真是好马，紧紧追住不放。撵到天黑了，库列觉得那头断了前腿的鹿再也跑不动了，他逮住机会瞄上它补一枪，就能剥它的那张皮了。他喝着背上挎着的一壶酒，啃着肉干，而马饿了就用蹄子捡开厚雪，吃底下的草，渴了舔雪吃。撵到第二天的下午，那头鹿终于跑不动了，听天由命地站下。它浑身的毛发黯淡，再也不像原来那么有光泽，漂亮得让人想摸几下。库列下了马，支起枪架瞄准它给了一枪。这一次公鹿倒下了。库列说，如果它没流那么多血，他的马很难撵上它。

　　但我们知道，库列是个性子倔强的人。他最终用马驮回了猎物，却冻残了左脚的小脚趾头。

10

　　每逢天气晴朗时，我就惦念着穿上雪橇滑雪。可是妈妈不让我动雪橇，怕我钻进林子里迷路。而且我脚上的冻疮每年冬季都要犯。即使我用熊油涂抹整个脚，也挡不住钻心的刺痒。实在忍受不住，我就用皮带狠狠抽打红肿的脚趾头，痛恨地喊：叫你疼，叫你痒，把你割下来烧火吧！

春天快来吧，我在心里叫嚷着，这样谁也听不见，免得以为我发疯。春天快来吧，我们都抵抗不住这么寒冷的严冬了。库列的姥姥因为春天来了，快乐得一下尿湿了裤子，成为营地至今的笑柄。我不觉得可笑，尿裤子算得了什么，为了春天即使尿血也不算过分。

冻疮刚刚结疤，我摘下挂在木柱上的雪橇溜出了帐篷。阳光照射在皑皑白雪上，发出耀眼的光亮，整个世界明亮极了，像神话般美丽。乌恰奶奶曾经跟我说过，苍天用白雪为大地净身，所以在明媚的春天，我们才能看到生命重新生长。我找到了一块岩石，拍掉上面鼓鼓的雪团，坐下来穿雪橇。我当然躲着妈妈，否则她唠叨起来没个完，我不敢违抗她。如果在她没看见我时溜走，顶多在我回来后她责备我几句，现在她全部的心思都在苏妮娅身上。

库列制作的雪橇真结实，他在木板上钉了柔软的鹿皮套子，我穿靰鞡鞋的脚套进里面，再用鹿皮绳绑得牢牢的，就可以放心大胆地滑雪了。

我朝前飞快地滑行，用两根长长的木棍支撑身体，以防滑倒，木棍插在厚雪里居然捅不进草地，可想而知雪是多么深厚。我的身后出现了两条长长的雪橇痕印，给平坦的雪地留下了流淌的小河流。因为寒风真的把松雪吹进了痕印，似乎急于把它们铺平。

一只雪兔惊慌地在雪地上奔跑，在它上空，猎鹰铁洛儿张开翅膀滑翔，寻找机会逮住它。雪兔朝我的方向跑来，又掉转头试图逃往别处。但是来不及了，铁洛儿从高空像闪电一样俯冲下来，一下抓住了狂奔的雪兔。雪兔在它的利爪下拼命地挣扎，它猛然用尖厉的嘴啄瞎了雪兔的眼睛，任由爪下的猎物挣扎。雪兔慢慢地不动了。

我扭过头望着猎鹰飞来的方向，查鲁滑着雪橇出现了。他远远地看见我，兴奋地吹了一声口哨，飞快地滑过来，雪橇滑转出漂亮弧线后停在我身边。干得不错呀，铁洛儿，他洋洋得意地说，今天咱俩吃烤兔肉啦。后一句话是说给我听的。

我嗅了一下鼻子，风传过来他身上的汗味儿，他又没洗脸，为此，勒日钦老人每天早晨跟他吵。喂，你又没洗脸吗，我问，你为什么总是不洗脸，连灰鼠都要用爪子挠挠脸呐。他不好意思笑一下，蹲下来用雪猛搓几下脸，就容光焕发地站在我面前了。看着那张被冰雪刺激得发白的脸，我想他还是长得很英俊呐。

铁洛儿发出咕噜噜的声音。查鲁向它挥挥手，大发慈悲地说：兔子归你啦。

我看着铁洛儿用爪子撕扯兔肉，一口口地吞噬下去，就知道平时查鲁怎么饿它了。这家伙不像别的男人用枪打猎，整天地靠铁洛儿养他，没出息的家伙。

喂，你把铁洛儿放了吧，我说，它本该在天空好好飞自己的，你凭什么逮住它帮你打猎，难道你不会打猎吗？

别管闲事，他有点急了，因为我捅了他的肺子。玛哈依尔家族的人驯鹰是天经地义的，凭什么轮到你来管闲事，他冲我嚷嚷，挥了挥拳头。

这个没气量的家伙，居然跟我挥拳头。我用手中的木棍敲打他一下：铁洛儿是天空的神，不是你的奴隶，你放了它。我也不示弱。

你这个怪丫头，库列说你是有灵性的丫头，他肯定错啦。查鲁摸摸被我敲打痛的地方，冲我瞪着眼睛嚷嚷，小心点儿别乱发脾气，将来嫁不出去。说完，他打了个呼哨，怪解气的样子令我生气。

我冲着咕噜噜直叫的铁洛儿发火：没出息的家伙，你就跟查鲁鬼混吧，现在你的腿上没绑着皮绳，你却不想飞走了，心甘情愿地当奴隶。

我反身滑着雪橇走了，听见身后查鲁胜利的大笑：鬼丫头，快长大吧，除了你我谁也不娶。他的喊声可真大，连聋子都能听见。

我一边飞快地滑行，一边诅咒着查鲁，让这个邋遢鬼撞上一群狼吧，或者干脆掉进雪窟窿里喂野猪。他才十六岁就说这么肮脏的话，难道想气死我吗？等各罗布回来，我一定让他狠狠收拾查鲁一顿。

可是各罗布回不来了。

神灵惩罚我随便诅咒人。还没等到天黑，我的肚子便疼痛起来。妈妈和苏妮娅围着我转来转去的，好像我被狼群套住了。妈妈看着我脑门一块发青的痕印问：丫头，你干什么坏事啦？我到底没忍住，把我和查鲁吵架的事情学舌一遍。让库列回来收拾这个坏蛋，我跟苏妮娅说，他该娶一个山猪回来，看它挠不挠他的脏脸。

妈妈居然笑起来，像奖励似的在我额头上狠命地亲一口：乖女儿，快长大吧，我等着媒人提亲呐。

我生气了，大声喊：不，我不嫁人，我跟你过，跟姐姐过。

三月末的大地，冰雪开始融化了。我踩在积雪上，感到脚下软绵绵的。被寒风捶打一冬的雪不再坚硬而冰冷，它像新娘一样，乖乖地依偎在大地的怀抱里。

妈妈开始催促库列为姐姐搭建产房。按照族人的规矩，产妇不能在原来住的斜仁柱里面分娩，血气冲犯"玛鲁"神龛，神灵会动怒的。要在帐篷旁边搭建新的斜仁柱做产房。

库列和伦巴列搭建起产房，天空又飘起鹅毛大雪。黏湿的雪片径直飞进低矮的产房里，把地面弄得泥泞不堪。

库列从产房里面走出来，鹿皮靴子沾满了污水。我感到一般寒意从他脚下爬到我膝盖，又从我的膝盖袭入苏妮娅的腹部。我打了一个寒战，心想姐姐怪可怜的，在这么矮趴趴的产房里生孩子，而且一直住到满月，她太可怜了！

苏妮娅去了产房几次。每次进去之后走出来，她脸色都格外苍白。没有围上围子的产房设施简陋，床铺直接铺在地面，床头两侧竖立埋着两根带权的木杆，上面横搭另外一根木杆。妈妈告诉我，所有鄂伦春女人分娩时都采取半蹲曲的姿势，要把两只手握紧横杆以便用力，而胸部靠在杆上来支撑整个身体。两条腿必须劈开，两脚蹬在铺上，妈妈说，女人都这样分娩，苏妮娅你要当妈妈了，勇敢点，玛鲁神灵会帮助你的。

苏妮娅哭了，妈妈，我不结婚好了，她抽泣得上气不接下气，我害怕，她说。

妈妈拼命拍了一下巴掌，气急败坏地训斥：你不结婚，各罗布怎么回来？我想他快想疯了，我死了才能见到他，我去死吗？

别折磨妈妈啦，我也朝苏妮娅喊，好像她犯了大错。我不在乎自己干多少活，我已经长大了，应该帮大人忙碌。但苏妮娅太娇气，动不动就让库列哄着她，这一点我和妈妈看不惯，库列一家人也看不惯，只是人家不说而已。

在爸爸家族居住的时候，开依勒大婶对我讲过妈妈分娩的事情。呀嘿，你妈生下你们真是遭够了罪，她开头便这么讲，苏妮娅出生时，和生你一样，正值最冷的正月。快生产了，你妈进了产房，我和乌茹木两个人陪她一起进去的，而你爸只能在外面守着。傻丫头，你问他为什么不进去，这是规矩，男人是不能进产房的，女人的血光冲到男人身上，男人要倒霉的。苏妮娅，她不肯出来，把你妈折腾坏啦。那么冷的天，即使篝火烧得再旺，产房的温度也和外面差不多，你妈却疼得在地上爬，满脸是汗。她号叫的声音引来一群狼，它们一个跟着一个号叫，直到你妈生下苏妮娅，它们才走啦。自打那次，她很长时间没怀上孩子，所以你和苏妮娅差四岁。嘿呀玛鲁神灵，生你的时候你妈更遭罪，你这个小耗子直接掉到雪地上啦！

也许妈妈让库列搭产房太早了。它孤零零地伫立在寒风里，没有一点喜气。夜晚的大风呼啸地摇撼它，它叹息着、呻吟着，有时发出不明真相的怪叫。每逢这个时候，苏妮娅便离开库列，来到妈妈的铺位前，不安地站着。妈妈坐起身，掀开宽大的狍皮被子让她进去，这个时候她不会赶女儿回去。

苏妮娅钻进妈妈的被窝里，紧紧抓住她的手臂，过一会儿睡着了。妈妈疼爱地搂住她，仿佛她还没有长大，还需要躲在鸟巢里等待羽毛丰满。过了一会儿，妈妈就不是这么想了。即使睡着，苏妮娅仍然侧着身，用双手护着肚子。

我的女儿，生来就是母亲。妈妈想。

大风总算停下来了。库列和妈妈把用狍皮缝制的围子绑上去，这样看起来温暖多了。我偷偷拎出装都柿果浆的小桦皮桶，在狍皮围子边涂抹出一串串的紫黑色眼睛。妈妈还是看见了我忙碌的结果。

你干了一件好事，她在我身后嚷嚷着，吓我一跳，该死的恶魔见了这些勇敢的眼睛，还会来吗？她破天荒地，第一次夸奖我。

我抓住妈妈的胳膊，小心翼翼地告诉她，我听见一个声音了，别进去，千万别进去。那个声音总在我耳朵边绕来绕去。

妈妈警惕地听一会儿周围的动静，过一会儿迟疑地问：你听错了吧，没什么特别的声音。我肯定地点点头，别无出路，我只有这样自圆其说。那声音来自我心里，来自我的恐惧，但我只能借助四处游荡的神灵告诫妈妈。

原谅我吧，玛鲁神灵。

她望着产房，低声骂了一句。那天吃晚饭时，她对我们宣布，苏妮娅就在帐篷里生孩子。你可别像我，一个人呆在月子里，太受罪啦，妈妈说。

为了苏妮娅，妈妈要犯忌了。她想都不去想，如果让女儿在挂着"玛鲁"神龛的家中生孩子，会招来整个乌力楞的人的责骂。自古以来，女人都要在产房生孩子，让血光冲撞了神灵，会给大家招灾惹祸啦。

苏妮娅惊惶地看着妈妈。她清楚地意识到，因为库列误杀了各罗布，妈妈就不怕把血光之灾降到男人身上的说道了。至于给全家惹来麻烦，这个死去丈夫和儿子的女人根本不在乎了。在她看来，苦难和麻烦是没办法回避掉的，它们和狼群一样，总要围住什么人。与其天天担惊受怕，莫不如敞开大门与狼共舞。

真没想到，你还是恨库列，你巴不得让他死掉，苏妮娅含着眼泪说，他死了，我也活不成，我们俩是一个人，就像你和爸爸那样。

那你就自己呆在产房好啦，别这么哭哭啼啼的，妈妈说，你把我搅得乱七八糟了。

库列却满脸笑意地瞅着妈妈。一想到苏妮娅独自在产房守候到满月，他现在就坐卧不安，而妈妈那么勇敢地让女儿在自己的帐篷里生产，让他高兴极了。但是听苏妮娅说了那么过头的话，他把脸别过去，不再瞅任何人。这是我们家人之间的事，他不好说什么。

我也觉得姐姐过分了。她这么爱库列，爱到了敢顶撞妈妈，真让人生气。如果往常，妈妈肯定会好好教训她一顿，可现在妈妈却让着她，因为她是女儿，因为她快生孩子了。我把一张狍皮铺在地上，用木槌在上面敲打一遍，让它柔软起来。之后在皮里子上涂抹一层捣烂的狍肝和潮湿的朽木渣，卷裹起来放置两天发酵，就可以熟皮子。苏妮娅哭吧，这棵美丽的小草，沾了一夜的甘露，她该流几滴眼泪。库列又抬起头，疼爱地瞅着她。这是他的女人，怀着他的孩子，为了她，库列什么都不怕。

我说，长满眼睛的产房当然应该继续竖立在玛鲁神灵眼皮下，千万别急于拆掉它，那样等于告诉天上的神灵和乌力楞的人，有人想和他们作对。柯尔特依尔家族的人不想当叛逆者，但是有谁怪罪来不及进产房的孕妇呢，大概不会有人责备那么快就降临人世的孩子吧。

我的话音刚落，妈妈切下两块肥美的狍子肉恭敬地投入火塘敬火神。火神，你来吧，我供给你鲜美的肉食，让你知道我们一向敬重你，妈妈大声祈祷道，和我们一起品尝香喷喷的狍子肉吧，至于刚才的声音，也许是风声，也许是灰鼠奔跑。嘿，动静够大的了。

后一句话，妈妈是责备我的。

11

一大早晨，大家就听见查鲁拼命地呼唤铁洛儿。我的心咚咚地跳着，跑出去看看出了什么事。

查鲁疯狂地绕着产房奔跑，让铁洛儿下来。铁洛儿傲然地站立在产房的顶端，用它寒冷的眼睛看着一遍遍绕圈的主人。

查鲁快要哭了，跟围上来的人说，这几天铁洛儿不太听话了，所以他用皮绳绑在它脚上。可是今天早晨，它居然啄断了皮绳，飞到那顶上。他指指铁洛儿，哽咽着。

我的心咚咚跳着，耳朵也嗡嗡作响。铁洛儿，它终于自由了，可以飞回蓝天，它是雄鹰，不是奴隶，我再也不想见到它让查鲁用绳子拽来拽去。

查鲁要上房顶了，他真是疯了，没等大家看清楚，他就登上紧固围子的横杆，想爬上去。铁洛儿仍然居高临下地瞅着查鲁，它为什么不飞呀，难道它还想跟查鲁厮混在一起吗。

查鲁晃悠了一下，库列冲过去用肩膀支撑他。查鲁的爸爸喊：别胡闹啦，下来！但查鲁仍然往上爬。可见库列和伦巴列搭建的产房有多么结实。铁洛儿这家伙还若有所思地站在那儿瞅着查鲁。我快急死了，大张着嘴巴，无声无息地喊着，用两只手臂上下拍打着示意它。快飞吧，我喊，快飞回蓝天吧！我无声地喊。

铁洛儿盯住我看一下，它的眼神像一个人，是各罗布。它听懂了我的意思，是的，它听到了我被喉咙关闭的声音，终于扇动翅膀腾飞起来。我仰起头激动地望着它，好像望着我正在上升的灵魂，它到底摆脱了查鲁的摆布，恢复了天性。它在半空中沉稳地滑翔，我们甚至能听见翅膀滑动空气的声音。它盘旋着，在我们头顶盘旋着，不肯离去。

查鲁从产房跳下来，大声喊着：叛徒，我要杀了你！格帕欠老人说：让它飞走吧，你留不住它了。铁洛儿叫了一声，仿佛跟我们告别，然后它飞向高空，越飞越快，直到我再也见不到它。

查鲁沮丧地往帐篷里走，经过我面前时，他恨恨地说：这一下你高兴了吧，臭丫头。

吃饭时，妈妈从吊锅里捞出一大截灌肠，放在木墩上切成一段段的。我刚伸手抓一块，她就用力拍了一下我的手：说实话，你放了铁洛儿了吗？我猜出来了，它脚上的皮绳不是它啄断的，是用刀割断的，除了你，没别人干这勾当。

我只好默认了。妈妈没猜错，是我割断了皮绳。春天快来了，铁洛儿飞走吧。每逢看见查鲁把它绑在帐篷外的驯鹰架上，我脑袋里总出现一种声音，它什么时候飞上蓝天呐？昨天夜里，我悄悄地站在鹰架前，铁洛儿用金黄的眼睛看着我，好像就等着我出现。我从袖口掏出新鲜的狍子肉喂它。它总是吃不饱，查鲁卡它的粮食，还振振有词地说，怕它胖了抓不到猎物，或者说它会变懒了一类的话。看得出来，铁洛儿形销骨立，原来闪闪发光的灰黑色翅膀变得黯淡无光了。

我掏出刀子，把它脚上的皮绳割断了，就这么回事。但我不明白，它为什么昨天晚上不飞，一直到今天早晨，一直到查鲁出现，大家都从帐篷里出现，它才飞走。

妈妈压低嗓门教训我：你不该干这么出格的事，丢尽了柯尔特依尔家族人的脸。

我难过了，不是因为妈妈没让我吃饭，而是因为她提到柯尔特依尔家族。只有最伤心时，她才提及爸爸的家族，她思念的根永远长在那里。冬天的时候，由于实在想念他们，她曾经骑着马返回原来乌力楞的住地，但是他们迁徙了，顺着多布库尔河去了别的猎场。也许我们这一生再也无法与他们相逢了。

帐篷外面响起"砰砰"的捶打声。楚楚大婶跑进来着急地说：古迪娅，去劝劝查鲁吧，他快发疯了。妈妈朝我努努嘴，我便硬着头皮出去。查鲁正在发疯地砍剁着塌倒的木架，好像那是他的仇敌。昨天夜里，他还像往常那样，把铁洛儿的脚绑在上面，让它像雕塑般地站立着。只要铁洛儿眼睛里重新闪出凌厉的寒光，查鲁一定要教训它，让它变得服服帖帖。自从查鲁爸爸托楚楚大婶跟妈妈提出想跟我订亲，而妈妈借口女儿还小，一口回绝后，查鲁便和铁洛儿较上劲儿，仿佛它妨碍了他的婚姻大事。

妈妈对查鲁的评价是：他还是吃奶的家伙，养不起我的古迪娅。

吊儿郎当的查鲁入不了妈妈的法眼。

查鲁，我放走了铁洛儿，我横下一条心，走到他面前，直接跟他坦白地说。反正铁洛儿成功地逃走了，查鲁怎么处罚我，我都心甘情愿，因为他的样子太难过了。他刚刚受了勒日钦老人的责骂，气恼得无法平静，所以拿驯鹰架出气。

我知道你放走了铁洛儿，他并不望着我，眼睛里噙满泪水说，我把铁洛儿当成朋友，它还是离开了我。他飞快地擦掉眼泪，哀怨地说，它飞走了，我心里空荡荡的，他指了指胸口，又指了指脑袋。

我想他该指自己的脚趾头了，他果然迟疑地指一下脚背，以示他的心从胸口跳到脑袋，随后"砰"地掉到了地面。

如果是别人干的，我会杀了他。你干的，我就没办法了，因为我想要娶你。再过两年，你十五岁了，可以嫁人了。我会等到那个时候。除了你，我谁都不要，他顺手拍了我的脑袋一下，表示自己的决心。

查鲁，我的哥哥不会让我留在这里，等我长大了，我要离开这里回爸爸的家族，我生气地说，你不该跟我说这样的话。

他从地上捡起板斧。这一次他不再继续砸碎倒下的木架，而是重新竖起来。古迪娅，你是个小妖精，所有的人都说你的心已经和乌恰奶奶一样老了，他说，你走到哪里我都跟着，一直到你答应为止，我说到做到。

我的脸蛋刚被火烫红了，又碰撞了一块坚冰。原来查鲁还想着再逮到一头猎鹰，还想让天空最高傲的灵魂囚在自己手中的那根皮绳上。他真让我讨厌。我恨你！我再也忍不住了，捡起地上一块破碎的木板朝他砸过去。他太高了，我仅仅够到他的肩膀，但是我拼命地砸他，直到他用力扳住我的手才停下来。

那天晚上我做了一个梦。我变成铁洛儿，在明亮的天空中飞翔。一只兔子在我的视线里悠闲地吃草。我俯冲下去，一下子抓到了兔子，那兔子变成了网，紧紧套住我。查鲁哈哈笑着说：这一下你可跑不掉了。

我在梦里拼命地挣扎。妈妈坐起来用手摸摸我的额头，有点发烫。她知道我吓住了，抄起枕头边的熊毛编织的坐垫，在我头顶上边扇动边念咒语：

万能的神灵呀，归拉雅，
已经显灵了，归拉雅，
作孽的妖魔呀，归拉雅，
已经逃走了，归拉雅，
灵光洒进供神的肉里，归拉雅，
灵光洒进供神的香里，归拉雅。

我在妈妈的祈祷声中渐渐睡过去，铁洛儿又重新回到我连绵不断的梦中。查鲁把它的腿用皮绳捆绑起来，放在驯鹰架上。它忧伤地望着天空，锐利的爪子愤怒地挠抓脚下的圆木。我说放了我吧，我是古迪娅。他听不见我说话，拼命地摇动圆滚木。铁洛儿跑在滚木上，它不想掉下去，鹰的骄傲让它必须保持平衡。他摇呀摇，终于把铁洛儿摇得掉下去，但是那根皮绳绑住了它的一只脚，它飞起来，重新落在驯鹰架上，随着滚动的木头无休无止地跑动。我闻到了一般臭味儿，查鲁从自己臭烘烘的靰鞡鞋里掏出垫鞋底的乌拉草，捆住一块肉扔给铁洛儿。

我吞掉这块肉，因为我有几天没有吃东西。查鲁想让我尝到饥饿的滋味。他成功了，我不得不屈从他，吞掉赖以生存的肉块。我的胃很快疼痛起来，它根本消化不了臭哄哄的乌拉草，我吐出了那块肉。饥饿让我变成了奴隶，查鲁看出了这一点，他说走吧，咱们捕食去，他仍然用绳绑住我的脚。当我一次次扑向猎物时，是多么悲伤，蓝天就在我头顶上。总有一天，我会啄掉脚上的绳索、翅膀上的赘物，像风一样回到风里，像水一样回到水中。

我又醒过来，耳边响着铁洛儿沉重飞翔的声音。我错怪了铁洛儿，我只是割断了它脚上的皮绳，却不知道在它翅膀里有羁绊。它用一个晚上啄掉了查鲁绑在它翅膀上的赘物，天呐，它成功了，玛鲁神灵帮助了它。其实它一直为挣脱查鲁的束缚而努力。

玛鲁神灵，让它忘掉在营地中发生的一切吧。

我像妈妈那样，为铁洛儿祈祷。

12

当苏妮娅从她的帐篷跑过来，围着篝火团团转时，妈妈知道，她快生了。她的肚子越来越疼，汗珠渗出了额头，却咬着牙一声不吭。最后她在狍皮褥子上爬来爬去，喘得像个小母兽。妈妈再也顾不得别人是否听见，抓住苏妮娅的手乞求：疼了就喊，女人生孩子没有不喊的。

可是苏妮娅不喊，把嘴唇都咬破了也不喊。她害怕天空中的神灵听见她的呼号停住脚步，查明真相，怪罪她的血气冲犯了神界，把灾难降到库列身上。

乌恰奶奶走进来，对正在烧火的库列说：出去，回你的帐篷里，你这个不懂规矩的家伙，想挨揍吗？接着她板着脸对妈妈发火：我们都知道，玛哈依尔家族对你们是有责任的，可是你们不要过分，吵得大家心神不宁。去产房吧，这样大家都放心。

妈妈用手指着帐篷门口说：出去，回你的帐篷里！妈妈真是疯了，居然敢用这样的口吻对乌恰奶奶说话，要知道她是乌力楞的萨满，多布库尔河一带的人谁不知晓她的大名呀。苏妮娅马上从铺位上爬起来，趔趄往外走。她想去产房，害怕事情闹大了。

妈妈急了，大喝一声：你给我乖乖地回来，苏妮娅，只要你胆敢跨过这道门槛，我就死给你看！

苏妮娅不敢跨出门槛。妈妈已经生死不怕，为了自己的孩子，现在连神灵都无所畏惧了，苏妮娅她敢离开帐篷吗。

帐篷里的空气凝重极了，我惊恐地望着她们。外面的人一定等着乌恰奶奶把苏妮娅送进产房，包括格帕欠老人。他们不想让血光冲犯了别人的生命，尤其是冲犯了库列。当然，大家不敢来劝妈妈，这个伤心的女人会对他们大喊大叫，让他们还回各罗布，还回她唯一的儿子。他们只好让德高望重的乌恰奶奶走进危险地带，传递大家的请求。而妈妈根本不妥协，她凛然的神情告诉所有的人，她连神灵都不怕了。

乌恰奶奶跪下去，对着"玛鲁"神龛祈祷：万能的神灵，还是请你闭上眼睛吧，苏妮娅可是来不及啦，那么就请你搬家吧。

妈妈马上明白了乌恰奶奶的意思。她跪下磕了三个头，用狍皮遮盖住木柱上的"玛鲁"神龛，然后恭恭敬敬拿下来，移挪到帐篷外正对着原来神位的大树上。

后来的事情就顺利了。在乌恰奶奶和妈妈的帮助下，苏妮娅顺利生产了，因为妈妈给了她勇气。当那道神秘的通道打开，露出孩子的头部时，妈妈使劲攥紧拳头，在她面前挥舞着：孩子，运足气往下憋，用力，对啦，就这样！

苏妮娅叫了一声，她终于叫了，整个过程中她一直忍着。我一边朝篝火里添木材，一边担心地看着她，真希望她喊出来，把那么重的担忧努力地倾吐出来。随着她既痛苦又欢悦的叫声，孩子坠落人间。嘿，她真棒，生了个男孩子，小家伙一落地便响亮地啼哭起来。事后，妈妈说他和各罗布下生时一样，左手抓住自己的耳朵哭声响亮。

妈妈哭了，她紧紧地抱住孩子，脱口而出：各罗布，你回来啦！

我们兴奋地围住孩子，谁也没想到照顾苏妮娅。她安静下来，幸福地看着妈妈在嗓门嘹亮的小家伙全身涂抹上熊油，再包裹进柔软的狍皮睡袋抱给她看。小各罗布，妈妈满意地抚摸苏妮娅汗津津的脸说，丫头，好样的。

乌恰奶奶用双手挡着门口，但已经来不及了，库列冲进来。随他进来的还有一股冷风。乌恰奶奶耷拉着双臂，担心地一个劲儿摇着脑袋。一切都乱套了，苏妮娅不在产房生产已经够出格了，卡思拉冲着刚出生的孩子叫一个死去人的名字，呸！而库列已然忘掉了男人不能进"产房"的规矩，血光会让他倒霉的，呸、呸！

库列不敢一下子靠近苏妮娅，他温柔地看着苏妮娅，仿佛她是天下第一美女。苏妮娅也温柔地看着他，让他心里清楚，她为他经历了一场特殊的生死搏斗，从此之后，他该用自己一生的爱来呵护她。

妈妈努努嘴，半是嘲笑半是鼓励地说：过来疼疼你的女人吧，她可是好样的，这么顺产的女人，会给你带来好运的。

库列强烈地感到，以往妈妈眼神深处藏匿的怨恨和敌意终于消失了。她那么坦荡地望着他，内心里没有一点障碍，他得到了妈妈的宽恕和诚恳的接纳。他晕头转向地朝着妈妈走去，把她和怀里的孩子紧紧地搂在一起。

库列给孩子取名叫各罗布，满足了妈妈的心愿。这个小家伙很乖，除了吃就是睡，又很会笑。他的微笑像鲜嫩的阳光，照亮了我们的生活。除了让姐姐喂奶时撒撒手，妈妈总是抱着他，而那个摇篮成了形同虚设的摆设。小家伙刚刚咧开粉红的嘴巴，妈妈就急哄哄地吵嚷：还等什么呀，孩子饿啦。其实他不过打个哈欠，或者吐一下小舌头。趁着库列不在面前，苏妮娅便醋意十足地取笑妈妈，小各罗布是你的，库列是我的，这样你满意了吧。

我生气地问：我什么都没有吗？姐姐再生一个孩子给我吧。

她俩哈哈大笑。苏妮娅笑道：查鲁又让楚楚大婶来了，他等着和你订亲呐，你自己会有孩子的。

妈妈说：女孩总归要出嫁的。查鲁真是个倔家伙，都十六岁了还盯着十三岁的丫头不放，看来他要等到你能嫁人那天啦。她大声叹口气，表示自己正因为这事烦心。

被一个缺心眼的家伙死死盯着不好受。

小各罗布长得真快呀。我们迁徙一次他就生长一截个头，好像他是一棵树，在根部的年轮上记录我们迁徙的次数。我们眼睁睁地看着他会爬了、会走了，尽管走得不那么稳当。

他老用小牙咬自己的手指头，咬疼了后，发呆地看着手指头，然后小声地哭起来。他一哭，妈妈肯定就抹眼泪，可以供他吃的食物太少了，他饿，所以咬手指头。妈妈用浓稠的肉汤煮稷子米喂他，他不是拉肚子就是便秘。我就进林子里摘采"木克切"植物的根和"翁流乐"草茎熬水喝，调理他的肠胃。这个土方法很见效，小各罗布慢慢胖起来了。

各罗布，过来吧，让我亲亲你。妈妈早晨起来使劲咳嗽几声，让苏妮娅把孩子送过来。各罗布自己从热乎乎的被窝钻出来，从那边的帐篷跑到妈妈身边。各罗布，我的小各罗布，妈妈唠唠叨叨地把他举起来，费力而幸福地诉苦，你越来越沉了，我快抱不动你啦。她把各罗布塞进自己的被子里，满意地说：今天你放点响屁吧，我的梦里肯定堆满了你的大便，梦见屎尿，预兆能猎到野兽呐。

妈妈不再害怕提起各罗布的往事，不再害怕他的身影刺痛我们的眼睛，把我们一遍遍地扔进黑暗，痛不欲生。小各罗布，妈妈快乐地呼喊着儿子的名字，一次次与它相逢，一次次愈合心灵的创伤。

我们又要搬迁了。乌力楞在多布库尔河东岸猎获的动物越来越少。格帕欠老人决定找新的猎场。当他宣布这个决定时，妈妈低下头难过地对我说：克道鲁老人会在我听不见的地方说，卡思拉，你想吞掉我们家传的"恩母克"（摇篮）吗，说话不算数。

多布库尔河流经的伊勒呼里山脉，究竟有多少猎物，我们无从得知。离开了柯尔特依尔家族，我们这条支流就再也汇入不到原来的河流中。

我们都想念爸爸的家族。夜里，我们躺在狍皮睡袋里倾听多布库尔河的流水声，便能想象出水面上白雾飘渺。妈妈伤感地说：我上哪儿找他们，我的古迪娅已经长大了，多想把你嫁到我们出来的地方。

妈妈下了咒语啦。夜里我的肚子突然疼痛起来。我的叫声吓坏了妈妈和苏妮娅，她俩围着我转来转去，好像我被狼群围住了。等我喝下苏妮娅熬的"摩加其"草根汤药，肚子倒是不痛了，可是裤衩却湿成一片。一股血腥味儿让我惧怕极了。妈妈，我要死了，我哭了，抽泣地说，我的肚子出血了。

妈妈想起什么，一下子掀开我盖的被子，反手伸进我的两腿之间摸一下，然后凑到眼前看看。她居然笑起来，在我额头上狠命地亲一口：乖女儿，你成了真正的女人啦。她从桦皮箱里掏出一卷卷薄如蝉翼的桦皮叠成片，垫进我的两腿之间，笑逐颜开地说，哭什么，女人都这样，不然怎么生儿育女。

你该嫁人啦，妈妈说。

不，我生气地喊，不，我不嫁人，我跟你过，跟姐姐过。

13

乌力楞再一次搬迁营地。当大家收拾好东西驮在马背上，准备离开营地时，我们才看出来，该离开这片林子了。由于待得时间过久，马匹和人把四周的草皮都踩烂了，而且空气里散发着一种气味，人的气味。嗅觉灵敏的动物不再向这里靠近。

　　女人们抹起眼泪。每一次搬迁，她们都依依不舍。男人们沉默地看着她们，心里也很难过。在苍茫的大兴安岭就是这样，离开后很难旧地重游，那只命运的手不知道把我们推向哪里。可是这里的一切我们非常熟悉，每一片草叶都摇曳着向我们告别。

　　我们骑着马走了三天，沿着多布库尔河寻找新的猎场。从水浅的地方蹚过去后，我们选择了方向，朝河的西岸行走。和以往一样，妈妈把"玛鲁"神龛装在狍皮袋子里，驮在各罗布骑过的黄鬃马上，让它走在我们的前面。按照规矩，驮神龛的马是神马，人不能骑它，也不能驮着其他东西，所以我们就把东西放在其他马匹身上。

　　我们经过一条不知名的河流时，正值烈日炎炎的中午。宽广的河面上泛着耀眼的光芒，而在不远处的灌木丛里，鸟儿清亮的鸣叫在宁静的空气中回响。黄鬃马似乎是陶醉了，站立在岸边朝远处望着。妈妈拍一下马脖子说：行啦，差不多就行啦，大家要赶路呐。

　　我们选择了河水浅的地方蹚过去。黄鬃马走在最前面，因为它驮着神龛。它痛快地打了一串喷嚏后，跑进河水里。我们跟着它走时，感到水不像我们想象的那么浅，很快漫过人的膝盖，到了大腿根。我们蹚到河中心时，黄鬃马突然掉进水里，它扑腾了一阵，总算从那个隐秘不见的水坑里挣脱出来。而它背上的神龛却被水冲走了。

　　妈妈急了，玛鲁神灵啊，她边喊边往顺水漂流的神龛方向蹚去，却一个趔趄沉下去。格帕欠老人看见了妈妈从水里露出头，迅速游到妈妈身边，拉她上了岸。妈妈死命地推搡他，执意要追回已经漂远的神龛，仿佛里面装着性命攸关的东西。格帕欠老人不由分说地把她搂在怀里。

　　我的耳朵里升起潮红的水雾，心脏怦怦地乱跳着。苏妮娅就在我身边，不用瞧，她的脸也羞红了。大家沉默着，面对眼前的一幕，他们只能保持沉默，任何一种声音都令人感到尴尬。

妈妈沉浸在失去神龛的痛苦中，没有注意到格帕欠老人瞬间爆发的激情，而是一屁股坐在沙滩上抹起眼泪。

我们知道妈妈为什么哭泣，因为她成了弃儿。我刚懂事时，妈妈就不厌其烦地告诉我，玛鲁神灵是萨满教中最大的神灵，它掌管所有的神灵。在神龛里装着爸爸家族传下来的所有神偶，都是先人们用皮张或松木制作的。可是刚才，神龛弃我们而去，顺水漂流，去找爸爸的家族了。妈妈能不为之哭泣吗。

在族人看来，丢失神龛是不祥之兆。他们马上联想到苏妮娅没进产房生孩子，所以神灵一怒之下丢弃了我们，格帕欠老人又当众出了洋相，一切看起来乱糟糟的。

席兰嫂走过来劝慰妈妈：不要难过呀，所有的人都不开心，都看着你。只要心中有神，玛鲁神灵会知道的。

格帕欠老人不给妈妈伤心的机会，在前面大声喊：走吧，我们会找到一个好猎场的。

我们继续朝西面走，那是太阳将要落下的方向，玛鲁神灵应该在那里走进妈妈的梦中吧。大家都沉默地走着，偶尔传来简单的对话，也是闷闷的。纷乱的马蹄声敲响在草地上，阳光犹如长梦一样牵引所有的人，跟随它无休无止地向远方走去。

我们看见了一片松树林，它们像缓缓移动的绿色宇宙映入我们的视野。格帕欠老人跳下马，朝山坡上奋力行走，我们兴奋地跟随在他身后。看得出来，这里是一流的猎场。我们占据的山势很有优势，能看清楚山下的几处山沟，甚至能感觉到动物在林子里走动。更为可贵的是，一条河流正在缓缓流淌，汇入到山下的多布库尔河。

　　一棵古老的落叶松映入了大家的视野。它太粗壮了，五个人围拢不住它。格帕欠老人走到树根下扑通跪倒，喜出望外地说：白那查山神，难道你一直在等待我们吗？我活了五十二年，从未见过这么神奇的大树。

　　大家来不及卸下马背上的东西，马上祭祀山神。格帕欠老人让我先画出山神像才能祭祀。就在那棵千年古树上，他在离开地面三尺高的树干上用匕首剥下一块树皮，之后把匕首递给我。我用匕首几下子刻画出一张脸，山神白那查仁慈地朝着我们微笑，张启的嘴似乎正在告诉我们林间秘密。听着木屑窸窣地撒入草丛里，大家神情肃穆而畏惧，仿佛等待我揭示一个真相，一个未知的谜团。我也被自己刻出的神像骇住了，慢慢朝后面退去。妈妈搂住我的肩膀，她的手在发抖。有一瞬间我差点叫出声，因为我看见山神的脸被一股神秘的鲜血注入后，变得栩栩如生，呼之欲出。妈妈拉了我一下，我顺势跪了下去，和所有的人一起跪在山神面前，倾听格帕欠老人用悠长的音调诵念祷文：

　　　　掌管山林的万能神灵啊，

　　　　我们跋山涉水向你走来啦，

　　　　从此在你的恩泽下打猎讨生。

　　　　敬奉鲜美的兽肉和奶酒，

　　　　敞开诚挚的心灵，

　　　　白那查山神，

　　　　请接受我们的敬意，

　　　　恩赐我们更多的猎物吧。

那天傍晚，我们在山神树边燃点篝火，共同进餐。当吊锅里煮的肉干散发出香味时，格帕欠老人把肉盛在桦皮盒里，供奉在山神像下面，查鲁随后跟过去，把手中的酒碗倾斜着洒下酒。白那查爷爷，你帮帮我吧，他醉意朦胧地说，让我娶到心爱的丫头。

大家全都笑起来。这个傻家伙，居然跟山神说这样鲁莽的话，山神会笑得前仰后合，找一个小母鹿送他当新娘吧。

库列正从兽皮袋子里抓出肉干喂马。连日的迁徙让马匹消瘦下去，用肉干能让它们迅速恢复体能。听见查鲁的话，他飞快地瞅我一眼，走过去拽住查鲁的衣领朝没人的地方走去。古迪娅是河里的鱼，你捞上来她就干涸了，他边说边抓紧查鲁的衣领，弄得查鲁快上不来气啦，放了她，你这个麻烦人的臭小子！

查鲁扯下库列的手，整理一下衣领说，我等不及了。他指指自己的裤裆，粗鲁地大笑起来，哪天我把她收拾掉算了，她就乖乖地归顺我了。

库列一言不发地瞪着他，他把拳头举到库列鼻子底下囔囔：你干什么，古迪娅又不是你的女人，你不过是当姐夫的。帮帮忙吧，我一看她就憋得不行，她变成小美人了。

库列一拳头把查鲁砸倒在地，看着他趴在地上哼哼着起不来。知道我为什么揍你吗，库列擦擦手压低嗓门说，你敢动古迪娅一根手指头，我就把你扔进多布库尔河喂马哈鱼！

库列朝我们走来，他懒得再搭理查鲁。查鲁突然从地面一跃而起，跑到马群中，从他的袋子里掏出猎枪朝库列开了一枪。子弹从库列头顶擦过，钻进远处的松树身上。

一切都乱了套，苏妮娅失声尖叫扑向库列，伦巴列夺下了查鲁的枪，大家纷纷围上来问发生了什么事。而我远远地看着查鲁，他像一个受尽委屈的孩子，垂着手呆呆地站立着。

勒日钦老人铁青着脸把他带到林子深处。大家听见他用马鞭抽打查鲁的声音。奇怪的是，查鲁居然笑起来，他的笑声像疾风一样刮在每一个人的心里，扬起一片沙尘。

我哭了，让我全身寒冷的枪声和鞭打声，就像滚滚的雷声和惊悚的闪电。苏妮娅仇恨地说：打死他，这个坏家伙，他太凶残了！可是我看出来，查鲁不是真的想射死库列，他是想让库列看看，自己是个大男人。他揍不过库列，所以就这样发疯。

到后来还是妈妈请求查鲁爸爸放下鞭子。看见妈妈求情，老人更加来劲儿了，额头青筋暴跳，一只手紧紧攥着鞭子拼命地抽打躺在地上的儿子。妈妈抓住他的手喊：够了，你想打死他吗？库列不是好好的没掉一根头发吗，难道让我下跪你才饶这个臭小子呀。

妈妈拽着查鲁的胳膊走到大家面前说：这件事就算过去了，我们该干什么就干什么吧，今后大家就不要提这件事啦。

夜晚，大家来不及搭建帐篷，便围着篝火钻进狍皮睡袋过夜。深夜里，四处蹿动的凉气袭醒了我。妈妈坐在我身边，正用一块松木制成雀形的"乌麦神"。看来，她想彻夜赶制成"玛鲁"神龛，以便搭建好斜仁柱时可以悬挂在帐篷里。没有神灵的保佑，她睡觉都不安宁。

我从睡袋里爬出来，陪妈妈制作所有的神偶。她已经制作出几种神偶了。保护孩子的"乌麦神"已经站在我面前。而祖先神"阿娇儒"也是松木雕刻的，它像人的形态，身体呈现锯齿形，奇怪的是它身上挂着一个小皮口袋。我问妈妈，她想了一会儿说：你问来问去的，把人都快问烦了，先祖们就是这样制作的，至于皮口袋，大概是装粮食种子用的吧。我拿起铺在草地上的一块白布仔细看，上面画着八个人形，我知道这是司管各种疾病的"翁库鲁"神像。至于财神"吉亚其"的样子，我看和"翁库鲁"神像差不多，是六个手拉手的小人形，只不过它们头顶多出了太阳和月亮。妈妈把那张保存多年的金箔纸派上用场，让它们熠熠生辉地照耀我们。

妈妈说：古迪娅，过去的玛鲁神灵顺水漂流了，我要请它们重新返回来。除了乌麦神和吉亚神，别的神灵大多是善恶同身、凶吉同体呀。人们只能敬畏它、供奉它、祈求它，才能获得平安。库列懂善，却不懂恶，所以他不原谅查鲁，差点丢了命。查鲁呢，无论多么莽撞，却最知道逢凶化吉，最后的时候抬高了枪。

还有，你离查鲁远一点，越远越好，但不要让他看出来。妈妈突然小声嘱咐我，敬人如敬神，女儿，你该懂道理啦。

我吃惊地望着妈妈，她让我感到陌生。她为什么让我躲开查鲁呢，他是多么没心没肺的家伙，明天他会忘掉一切，第一个跑到库列面前唠唠叨叨。真不知道库列怎么样，再给他一拳吗？

查鲁早晨起来完全忘掉了昨天夜晚发生的事，跑过来围着我们团团转，不时地吵嚷库列搭建斜仁柱架的毛病。嘿，丫杈不太牢靠呐，他用手一边摇晃帐篷的主干支架一边挑剔地说。库列阴沉着脸不理他，苏妮娅用力推他一把，又朝地上吐口水，以示无法遏止的愤怒。

查鲁讪讪地转过头对我说：我吓唬库列呐，你们干什么当真，没看见我挨揍了吗？我爸爸差点没把我打死。

我问他为什么和库列吵起来，他猛地抓一下我的肩膀悄声说：都是因为你，我想娶你，他就揍我了。

　　不对，库列不会无缘无故地揍人，我恶狠狠地训斥他，还是你做错了什么。

　　喂，你别老替他说话，咱们是一家人，查鲁冲我嚷嚷，我要娶你，不管你愿不愿意，你就是我的女人。

　　这个无赖居然说这种丑话，快气死人了。我举起手中的棍子狠狠砸在他身上喊：离我远点，我再也不想见到你啦！我飞快地往回走，想甩掉后面讨厌的家伙。

　　他紧紧跟在我身后，喋喋不休地说：别生气，我保证不惹库列了。你以为我没长脑袋吗，他不想让你出嫁，喂，他这一辈子就想让你呆在他身边。有次他喝多了，跟我说，他原来喜欢你，可惜你太小了。

　　我站在那儿，像中了一枪。库列是这么说的吗？查鲁不会编出这么可怕的话。我晕头转脑地转过身，查鲁正怜悯地看着我。你放走了铁洛儿，就该嫁给我啦，风神告诉了我，铁洛儿是你不安分的灵魂，它飞走了，你就趴在大地上了。

　　我怔怔地望着他，感到了一丝畏惧。妈妈说得对，敬人如敬神。每个人都是相似的树叶，灵魂如此相通，所以一个人可以毫无妨碍地看到另一个人。

　　谁说查鲁缺心眼儿。

　　为了表示爱慕，查鲁花了几天时间做成一串鹿骨项链。他用一把生锈的锉刀，坚持不懈地磨出几十个圆溜溜的鹿骨珠，串在一根结实的鹿筋线上。他郑重地送给我，让我套在脖子上。你瞧，我多能干，他眯缝着小眼睛自吹自擂，我肯定养得起你，不让你拿猎枪，你要过别人没过的日子，所以我想当安达，把咱们的皮货送到山下去卖掉，不让奸商再欺诈咱们。

我也恨那些黑心的安达，他们简直就是杀人犯，而且满嘴谎言。难道查鲁愿意变成那种人吗？

男人们按照先祖们传授的围猎方式，在河汊之间架起一道栅栏，每隔三个俄丈留一处缺口，从那里伏设地箭，野兽通过时即被射杀。

他们埋伏在周围，等待猎物。当几头马鹿沿着河流走过来，看见平地而起的栅栏迟疑地停下脚步。一头经验丰富的公鹿警觉地嗅着鼻子，朝后退两步。但是来不及了，前面几头莽撞的马鹿从栅栏缺口跳跃出去。它们倒下了，地箭准确地射中了它们。而埋伏的猎手用弓箭射中了另外几头鹿。

我们找到了一流的猎物，谁都看得出来，格帕欠老人引领乌力楞的人走对了方向。在一段时间里，我们可以过着不愁吃喝的日子。大家高兴极了，伦巴列的妻子席兰用两根木棍当乐器，一边敲击一边唱起歌。她的嗓子真不怎么样，沙沙地刮着风沙，但我们还是被她感动了。自从她第三个孩子夭折后，她很少说话，好像一个阴影躲在帐篷里不肯出来。所以男人们背地里对伦巴列说：没用的家伙，再送给她一个儿子就行啦，她肚子里有了小生命，忙都忙不过来，哪里有时间悲伤。

可是，她无法怀上孩子。

那几天乌力楞的人聚在一起吃饭，因为谁也不想各自用餐。女人们忙着煮肉，而男人们拿出酒坐在一起痛饮。到了夜晚，大家围着篝火欢快地跳起舞，连妈妈也跳进人群里，两条胳膊举得很高，学着大鸟儿的架势飞快地旋转。妈妈跳得真好，她高傲地扬着脖子，脚步轻盈地在地面来回地踢踏。苏妮娅不怀好意地冲我笑一下说：妈妈挺风骚哇，瞧她把身板挺得多直，两条胳膊像花蝴蝶似的。

我们的笑声和头顶上的飞蛾一起舞动起来。妈妈以为我们夸奖她，跳得更带劲儿啦。嘿嘿嘿、嘿嘿嘿嘿……她边跳边呼叫，声音明亮而快乐。格帕欠老人猛地打个尖锐的呼哨，跳进人群里，拉着妈妈的手跳起舞。我和苏妮娅看得目瞪口呆。他真像个毛头小伙子，围着妈妈转来转去。老实讲，他跳得不怎么样，脚步像吃多了野果的憨熊，东摇西晃，但他跳得那么炽热和勇敢，连天上的鸟儿都明白，他对妈妈秘而不宣的爱慕多么强烈。

库列紧张地望着爸爸，他从来没有看见爸爸这么忘我的时候。自从妻子去世，格帕欠老人变成了一摊死水。而今天，库列看到了一颗已经衰老的心为另一个女人怦然跳荡。妈妈真能沉得住气，她像一团祥和的风，跟随格帕欠旋转，这样一来，他成了妈妈的核心。

最后，妈妈累得先停下脚步。她大笑地说：我喝多了，亲家，你找一个漂亮的母狼好好跳吧。格帕欠老人不让妈妈停下来。喂，亲家，我也喝多了，他硬着舌头说，所以我就找你这个漂亮的母狼好好跳，一直跳到明天，跳到太阳升起来。

大家什么时候停止了跳舞，我已经不知道了，因为我和小各罗布在他们的歌舞声中睡着了。这个夜晚发生了太多太多的事，让我既兴奋又疲惫。温暖的篝火好像天上的太阳来到了人间，散发着明亮而娇美的光芒。我和小各罗布惬意地躺在狍皮褥子上，数着天上的星星。慢慢地，我闭上眼睛。在梦里我还听得到他们欢快的笑声和夜鸟在远处森林里悠长的鸣叫。

14

查鲁和翁基勒一起下了山，他们用五匹马驮着大家准备的皮张和四只鹿茸，下山换取需要的物品。

查鲁走的时候，跑来站在我面前说：唉，没有什么话嘱咐我吗，人家走那么远，为我祝福吧，库列都拍我脑袋原谅我了。

早点回来，别让大家为你们操心，翁基勒脾气暴躁，你俩千万别打架，我边说边为他们担心。可怜的，他们在深山老林里走，该有多么孤单。

查鲁满脸放光，走过来拉拉我的手：你是个善良的丫头，尽管嘴巴太厉害。

我把手抽出来，生气地骂道：干什么拉拉扯扯地，走吧。

查鲁走了，一走就是半个多月。在这个期间，大家心神不宁，期盼着他们安全返回来，也让我们看见查鲁欢蹦乱跳地继续喝酒、找麻烦、挨揍，或者揍人。格帕欠老人有一天没忍住，对着下山的那条路骂道：查鲁这个混小子想干啥，他能当安达，连灰鼠都能当英雄。

妈妈在帐篷里竖着耳朵听着，过一会儿朝地面唾了三口唾沫：呸呸呸，这个老家伙又想教训谁呐，万能的神灵，最好把你簸箕大的耳朵堵住，他的话可太多啦。

查鲁和翁基勒回来的时候是夏季里最美丽的时光。当晚霞映红西面的山崖，林子里的鸟儿发出归巢的鸣叫时，营地里的人听见了马蹄敲击在草地的声音。阿依玛罕大婶把手指塞进嘴边，用力打了一个呼哨，山下也传来一个接一个响亮的呼哨。接着，翁基勒那张狭长的脸从树林中露出来，跟在他身后的除了胡子拉碴的查鲁，还有一个我们不认识的汉人。他长着满头鬈发和高鼻子。

查鲁告诉我们，他们路上捡到了这个沉闷的家伙。他几乎不说话，一副找死的样儿，真想踹他几脚，查鲁说，他该不是逃犯吧？

查鲁和翁基勒给我们带回了子弹和粮食，还有一百元人民币。那是四只鹿茸卖的好价钱。这一次两个人没有去找以往和我们联系的商贩，而是多走了两天，找到政府办的供销社，把带去的山货卖了不错的价钱。因为国家收购山货。查鲁有些遗憾地说，他想当安达挣钱的梦想破灭了。

小子，别偷懒啦，还是打猎吧，勒日钦老人恨铁不成钢，勃然大怒地骂道，你这副德行，谁家有姑娘敢嫁给你！说完，他气冲冲地走回帐篷。

查鲁委屈地对我说：都是你，把铁洛儿放了，我的枪法又不怎么样，害得我爸整天教训我。他气呼呼地塞给我一包东西，送给你的，我真是没皮没脸，他说，我已经很长时间没看见你画画了，难道你也要打猎吗？

我打开了兽皮袋子。没错，正是白纸，还有几支锡管的油彩，真正的油彩。天呐，我欢呼起来，这是我最需要的东西。

而那一百元钱，格帕欠老人平均分给了每一家。妈妈拿着自己那一份，开始筹划怎么花掉这一笔钱。她需要的东西太多了，粮食、子弹、棉布、盐巴、烧酒，还有孩子需要的白糖。总之，她计划了许多花法，就是没想到给我买白纸。

我干完了所有的活，一个人跑到河边。我要享受意外的收获。阳光照在我的后背，很温暖，而我把一张白纸铺在腿上，小心翼翼地把锡管里的油彩挤出来，涂抹在纸上。

后面传来声音，我转回头看到那个汉人，他用双手比画着，我不明白他说什么。他着急地用手蘸上一点油彩，涂在纸上。我吃惊地看到了一条河流出现在纸上。这条河流好像从太阳里流淌出来，又朝神秘的远方流去。

他放下了纸，默默地离开了我，然后沿着河岸慢慢地行走，他的身影渐渐地隐入旺盛蓬勃的灌木丛里。

那天的时间很短暂，我觉得从来没有一天能像那天一样，很快就过去了。

妈妈说这个像风一样的人有点来历。他像一股看不见、抓不着的风，让大家感到不安。在大家的帮助下，他搭建了一座斜仁柱，孤零零地竖立在河边。

风啊，风，查鲁像唱歌一样呼唤他，他听懂了，这是大家给他起的名字。他捡了一根木棍，在沙滩上划拉几下，一条船的形状便凸现出来。

他是打鱼的，查鲁很有把握地说，他不想白吃别人的饭。

格帕欠老人为"风"打制出一条桦皮船。他用了三张桦皮，精心制成两头尖尖的船，最后一根木钉钉进船沿后，查鲁就用早就准备好的松树油抹至桦皮接合处，这样船就可以下水了。

"风"随着查鲁来到河边，当他看到那条淡黄色的小船浮在水里轻轻荡漾，呆呆地站住。查鲁说：这条船送给你，风该把它吹进清凉的河水里了。"风"开始说话了，我们听不懂他说什么，却猜得出他正在讲自己的故事。最后，他沉默了，用一根棍子在沙地上画出架桥，还有一个女人。

他该有女人的故事。

"风"划动着轻盈如云的淡黄色桦皮船，整天游荡在河里。

融入多布库尔河的许多溪流，没有名字，或者有人起过名字，他离开后，名字也跟随他离开。"风"在这条无名的河流里每天都在捕鱼。他用兽骨制作的鱼叉很结实，投出去从不落空，只要收回鱼叉上的线，总能看见十多斤重的鱼挂在叉夹上，拼命摇动的尾巴闪闪发光。

那一段时间，乌力楞的人都吃鱼，连马匹和猎狗也开始吃鱼。"风"呆在自己帐篷里的时间很少，即便在夜里，他点着松油火把仍然在河面漂荡。我们把他捕获的细鳞鱼、牙鲁鱼、草根鱼、鲫鱼晒成鱼干，放进"奥伦"仓库贮存起来。有一天吃早饭，小各罗布刚闻到吊锅里的气味就哭了，他想吃肉粥或者是烤荞面饼，他说那些鱼在肚子里横冲直撞，用尾巴扇他的屁股。

我们哈哈大笑。整天吃鱼的日子是该结束了。男人们已经变得懒洋洋的，整个营地充斥着鱼腥的气味。这可不是什么好事，钓鱼原本是女人的事情。趁着闲暇时，女人坐在河边，用鱼竿钓上十来条鱼，拿回去尝尝鲜就行了，男人们还是应该正儿八经地去打猎。

男人们骑上马钻进林子里，"风"不得不和女人们呆在一起。他笨拙地帮她们搓鹿筋线、鞣熟皮子，可是他用剪刀剪出的兽皮花纹非常漂亮。楚楚大婶和娜佳让他剪出许多花纹，珍重地留起来，准备缝在狍皮衣服的袖口和衣服底摆。

"风"用细草为我捆绑了一个精致的毛笔。他找来紫都柿挤出汁，蘸着汁液在一张桦树皮上画着，一个女人渐渐地露出娇美的面容。我说这就是大家猜测的那个女人吗？他似乎听懂了我的话，用力点点头。我问，你是为她杀了人，躲到林子里吗？他茫然地望着我，不懂我的意思。我用手砍一下脖子，他的脸色顿时变得煞白。过一会儿，他撕碎了桦皮，离开了我。

晚上，我把这件事告诉了库列。他皱着眉头嘱咐我离"风"远一点。因为大家猜测，这个人说不定是杀人犯，想逃进林子里躲藏起来。

我恍惚记起，库列已经很久没和我交谈。他躲着我，他为什么躲着我呢，真奇怪。

随着年龄的增长，妈妈越来越像老人们那样，逢人遇事都靠经验说话。尽管她以前曾经发过誓，自己绝不会像老人们那么自以为是，然而她在不知不觉中成为他们。

古迪娅，别招惹那个人。一个人的面相带着命运的痕印，那个人的面相有阴影，可怜的，他的罪还没有遭够呐。妈妈一边给小各罗布做饭，一边确信不疑地警告我。

只有乌恰奶奶不这么认为。她说"风"是一个被情欲诅咒的人，他肯定是为了那个女人出逃，一直逃到他想停下来为止。他在岩石上、在树上画下那个女人的画。而玛鲁神灵说过，为情感奔波的人无家可归。"风"就是这样，哪里有那个女人的画，哪里就是他的家。

夏季很快过去了。当树叶缤纷落地，大地呈现一片凄凉景象时，我们知道，寒冷的冬天快到了。

"风"每天早晨起来后，把桦皮船推进清凉的水里。直到那一天，他看到河面结了冰，便再不打鱼了。他开始收拾自己携带的东西，把许多鱼干塞进一个肮脏不堪的帆布袋子，然后他找到我，送给我一支铅笔。

我从他的手势上猜出，他要离开这里，我突然跳起来，拉着他往林子里奔跑。当我家的"奥伦"仓库映入视线时，"风"一下子明白了我的意思，站住不跑了。我朝他挥舞拳头威胁道：没有肉食，你会饿死的，你根本走不出去这个林子。

"风"被我气势汹汹的样子吓住了，顺从地站在那里等我。我把藏在树边的木梯子找出来，直接搭在悬于半空的仓库底部，从底部开的入口钻进去。我刚上去，心里有点发毛，尽管帮妈妈经常晾晒肉干，但仓库里贮存的肉干是很有限的，即便如此，我还是装了大半袋的肉干和炒荞面递给"风"。

我们返回了"风"的帐篷。"风"点燃篝火，为我烤了鱼干，那是我吃到的最好的鱼干，他用感激和绝望的火焰烤炙了它们。我们什么也没说，因为无话可说。当我离开那孤零零的帐篷，里面隐隐传出哭泣声。

"风"走了，没和任何人告别，他真的如同命运的风，无声无息地消逝。他是夜里走的，第二天早晨，妈妈发现门边堆着一个兽皮袋，里面装着我送给他的食物，才知道他离开了我们。为此，妈妈还跪在"玛鲁"神龛前，为他做了祷告。

二十多天后，库列和男人们进林子里打猎，看见了"风"。他吊在一棵白桦树上，他一定感到走累了，再也不想朝未知的明天走下去，所以结束了自己的生命。

库列说"风"必死无疑，他就是寻死的家伙，活着对这个废物讲就是难题。库列说，如果他是"风"，他要为心爱的女人活到最后一分钟，因为活下去才能铭记。

库列的话让我想起"风"的怯弱和敏感，他那种像哲罗鱼发出的哭泣，还有那幅从草地里生长出来的女人画像。

15

各罗布，你给我回来！妈妈声嘶力竭地呼喊着她的宝贝外孙。刚才还看见小家伙在她眼皮子底下玩鹿拐骨，过一会儿他就跑出去了。

小各罗布跑出去了。只要有机会，他便从妈妈身边溜走，跑进周围的林子里。他很有主意，不想让妈妈和苏妮娅圈住自己。

而妈妈只要看不见小各罗布，就跑出帐篷焦急地喊叫起来。

格帕欠老人听见妈妈的喊叫，一声不响地走进了林子，把小各罗布找回来。每逢看见一老一小牵着手从林子里走出来，妈妈便露出笑意：瞧瞧他俩，长得有多相像。

我经常在阳光下看见小各罗布跑动。刚开始他跑得摇摇晃晃，一根小木棍、一丛蒿草就能把他绊个跟头。渐渐地，他的两条小腿迈步稳稳当当了，很有把握地跨过木棍、草丛，最后可以像灵敏的小鹿，欢蹦乱跳，肥胖的小腿开始变得瘦了起来。眼看他长成三岁的小男子汉了。

苏妮娅又怀孕了。和上次不一样，她非常贪吃，仿佛身体里有一个无底洞，需要一个劲儿地往里填食物。

苏妮娅怀的是女孩子，所以这么贪吃，妈妈遗憾地跟库列抱怨，好像他让她的希望落空了。小各罗布三岁了，苏妮娅才怀上第二个孩子，大家认为她没在产房生孩子，遭受了神灵的惩罚。现在她怀了孩子，看来妈妈每天向玛鲁神灵祈祷起了作用。妈妈多么希望她为小各罗布添个弟弟，因为她决定，第二个男孩要随库列家族的姓氏。

　　格帕欠老人高兴极了。他在没人看见的地方拍了一下库列的肩膀，算作由衷的祝福：小子，继续努力吧！只要有一天看不见苏妮娅，他就来到妈妈面前说：你想找我的麻烦吗，为什么苏妮娅没露面。妈妈也不示弱，边忙碌手中的活儿边反唇相讥：你让库列和苏妮娅搬到你的帐篷里吧，反正我也伺候够他们了。格帕欠老人坏笑一下说：好哇，连你也一块儿搬过去吧。

　　妈妈怔了下，生气地嘀咕：喂，你说什么呀，你这个坏家伙。

　　各罗布，你给我回来！妈妈这么喊惯了。乌力楞的人早已习惯她的喊叫。喊吧，喊吧，她听见自己的声音就心里安静啦，他们说。

　　这一回，小各罗布自己从林子边儿跑出来，跟在他身后的还有两条猎狗和驮着猎物的马匹，当然还有库列。

　　呜、嘿，妈妈瞪圆了眼睛又叫起来，各罗布会接爸爸啦，我的心肝宝贝，你可真是出息啦。妈妈用狍皮擦净手，然后张开手臂迎接跑过来的小各罗布。

　　库列的名气在多布库尔河一带越来越响亮，别的乌力楞的好猎手不服气，找机会过来和库列比试枪法。真正的"莫日根"称号是古老辉煌的荣誉，它照耀到谁，谁就是森林里的英雄。

　　每逢一个猎手出现在库列帐篷前，妈妈就叹口气。他们总是老一套，进林子比赛谁打的猎物多，谁的枪法好。然后喝酒，或者打一架。如果库列带着伤痕回来，他肯定把对方打得更惨。库列开始酗酒了，有时候他几天不回来，等到出现在我们面前时却带着满身的酒味。妈妈，他们都跟我提亲了，想娶古迪娅，他硬着舌头说，这帮家伙没有一个配得上古迪娅。

　　妈妈沉默地低下头。她担心我嫁不出去，库列哪里知道我的麻烦。自从我有了月经后，一年才来两次，这样的女人能生孩子吗？

妈妈私下跟苏妮娅交代过：古迪娅出生时落下了病根，恐怕成了开不了花的石头，等我死了，你和库列善待她吧。

我去河边打水，查鲁从身后跟着我，高兴地说：我现在喜欢库列了，谁要提亲，他就把人家打跑，所以你肯定是我的了。

我已经习惯他随心所欲地说话了，不理睬他继续往前走。他抢过我手中的桦皮桶，在河边打上水，然后拉住我坐在沙滩上。

昨天我爸骂我了，喂，你这么晃悠到什么时候为止呀，你都十九岁了，该成家了。查鲁说，古迪娅，你嫁给我吧。

我说：你一天吊儿郎当的，拿什么养我。

他用手捂住脸，有点难过地说：我养得起你，还有，你愿意怎么画就怎么画。

这一次把猎物皮张送下山的不仅是查鲁，还有库列。查鲁倒腾猎品尝到了甜头，劝库列跟他下山。

库列最近打猎的运气不好。男人们说苏妮娅怀孕的气味太重，野兽嗅到后很快逃掉了。为了不影响他打猎，苏妮娅搬进我们的帐篷里住，过不了一天，她又搬了回去。这样折腾几次，妈妈就不高兴了：我该打猎了，苏妮娅不怕挨饿，我可是大活人呐。

库列就跟随查鲁下了山。

等待他们回来的日子格外漫长。尽管我们暂时不缺吃的，库列已经在"奥伦"里准备了一些肉干，可是我们嘴里嚼动着食物却无滋无味。库列进山里打猎是一回事，下山又是一回事。我们习惯了他钻林子，而那山下仿佛是另外一个世界，我们总感到和他失去了联系。

苏妮娅夜里让我陪她睡觉，她不习惯身边空空荡荡。夜晚，透过圆椎顶的天窗，我们看着天空中一颗颗明亮的星星。我和姐姐像小时候那样拉着手。妈妈和小各罗布已经发出轻轻的鼾声。

我想起了几年前的那个夜晚，哥哥在月光下祭祀的样子。我很想念他，每逢看见月亮便格外想念他。姐姐，你想不想哥哥，我推推苏妮娅，小声问，她撒开手，把身体挪得离我远一点。过一会儿她说：我怎么办，哥哥和库列我都想。我终于憋不住了，用手捂住眼睛哭了：我恨库列，非常恨他，我永远不原谅他。苏妮娅也哭了，她抽泣地说：我能怎么办，我老做噩梦，哥哥牵着库列走了，他说他在那儿太孤单了。醒过来，我就摸一摸库列在不在身边，古迪娅你求求哥哥，放过库列。

我刚想合闭的眼睛被一只无形的针芒草刺了一下。我睁大眼睛凝视着帐篷顶。清冽的月光真像水一样，让我又看到了哥哥。如果那天他不祭拜月神，不拿爸爸的鹿哨打猎，一切悲剧都不会发生，而我，也不会这么仇恨库列，我从来没叫过他姐夫。

苏妮娅拉拉我的手说：你睡了吗？再陪我一会儿，我这儿堵得慌。她拍拍胸脯，又拍拍腹部，恐怕过一会儿，她该拍脑袋和脚脖子了。我用手拉拉姐姐的耳朵说：别怕，神灵会保佑你。

第二天，我跟妈妈学了苏妮娅的话。妈妈直直地瞅着我，咳嗽着说：苏妮娅和库列是一个人呐，她没有白白说的话！天呐，我以为那件事已经过去了，但它没过去，它还在我们中间。

查鲁和库列回来了。查鲁的脚被猎人下的铁夹夹伤了，所以他们耽误了两天的路程。查鲁从马背上歪歪斜斜地跳下来，格帕欠老人马上用狍皮围住他的右腿，怕得破伤风。查鲁伤得不轻，走路一瘸一拐的，脸色显得很苍白。

查鲁的伤势把乌力楞的人的快乐压在心底。他给大家带回子弹、面粉、白酒和盐巴，也给大家带回烦恼和担忧。那处埋伏着铁夹的陷阱历时多年，甚至连最初设圈套的猎人都忘记了它的存在。库列绕过了它，马匹也绕过了它，而查鲁却不偏不倚地踩下去。

没有库列，我真回不来啦，查鲁扬着苍白的脸跟大家说，有谁拽着我的脚朝那儿走，原本我跟在库列身后，有谁拽我脚一下，我就像自己要找事一样，偏要从那两棵树中间穿过去。

当天夜里，查鲁发起高烧，乌恰奶奶凝神望着他，说了一句匪夷所思的话：你还没结婚呐。

查鲁睁开眼睛，吃力地说，等古迪娅年底长满十六岁，我要她做老婆。

守在一边的妈妈难过地哭起来，她抓住查鲁的一只手说：你这个邋遢小子，真是死心塌地，快点好吧，看来古迪娅非嫁给你不可。

勒日钦老人端着泡着熊胆水的桦皮碗，担忧地说：已经喝了第二碗啦，他还不退烧，凶多吉少。

乌恰奶奶从铺位上站起身，颤抖着两条腿来到玛鲁神灵龛前。她没跪下，呈现出平起平坐的样子：我们的上空有一个最大的神灵，命运神灵，它主宰着人间的一切。除了努力地活着，我们别无选择。凡事不必哭泣，接受命运吧，顺从自己的生命方向。

两个令人揪心的夜晚过去了。乌力楞的人嗅到了死亡的气息。营地上空传来乌鸦的叫声，而更远的林子里，猫头鹰的哀鸣比清冽的月光更令人感到寒冷和凄凉。查鲁腿部的伤口开始散发出难闻的气味，他因发高烧而昏迷不醒。

乌恰奶奶找出收藏已久的萨满服饰。它们一直被紧紧关闭在桦皮箱里。乌恰奶奶制作这只神秘的桦皮箱时，回避了所有人的注视。在五月的季节里，她独自钻进桦树林，选择一棵树干笔直、少有节疤的桦树，在一人多高处用猎刀沿树干径直划开，然后在划线向下一米处再划出一道线，用刀尖轻轻一撬，银白色的桦皮便如解掉纽扣的衣服脱落了。

乌恰奶奶把桦皮背回后，趁着明艳的晚霞修理桦皮。那是一天中最安谧的时候，也是黑暗即将铺向大地的时候。她将桦皮表皮和里面的硬皮剥去，然后用滚烫的开水煮一遍。这样就处理好了制作箱子的桦皮材料。

当她精心制出漂亮的长方形"阿达玛拉"桦皮箱，便让我在箱盖和箱边上刻出花纹。所以我知道她在里面装了什么东西。

那套萨满服饰已经遍布时光的尘埃，它应该歇息在箱子里面，回忆自己光彩夺目的生涯。乌力楞的人知道，乌恰奶奶用桦皮箱封存了她的萨满生涯。因为有一个时期，每次做完法事，她都要昏睡几天，醒来后犹如患过难以治愈的大病，恹恹许久。

妈妈说过，萨满的生涯是奉献生命的过程，乌恰萨满每次救活一个人，一定要折寿的，但她无怨无悔。乌恰刚降生时，几乎把她的妈妈折磨死。因为胎胞不破，接生婆只好用猎刀切开胎胞才取出她。家人尊重习俗，让部落萨满把整个剥下的胎胞鞣成一面萨满神鼓，放在野外的仓库中。经过这样的仪式，她活了下来。

乌恰奶奶长大以后，顺理成章地做了萨满。她终生未嫁，一直跟随家族部落，像神灵赋予的双翼一样守护族人。最后一次她为几匹患病的马做过法事后，整整昏睡了十天。当太阳迅速坠入莽苍的山峰，乌恰奶奶从旷久的沉睡中醒来，她决定放弃当萨满了，留下残余的生命熬度晚年。

若是再做一次法事，乌恰萨满就归天啦，格帕欠老人告诉我，人的寿命有限，萨满是用自己的性命拯救他人。她向神灵为人们祈祷时，就等于让神灵拿走自己的寿数。

他的话和妈妈说得一样。

16

谁也没有办法说服乌恰奶奶放弃救查鲁。她把萨满服饰从桦木箱里重新取出来，让我帮助她穿上。帐篷里没有别人，我进去后首先嗅到"神开路"植物的香味。乌恰奶奶为了净化斜仁柱里污浊的空气，点燃了香草，以便迎来神灵。她坐在火堆边，凝神注视着明亮的火焰。古迪娅，我的孩子，你会成为我生命最后时刻的见证人。她听见我进了帐篷，并没有抬头，却轻声说出上面的话。

乌恰奶奶吩咐我为她拿起"奔波里"神帽。按照习俗，女人可以制作萨满的神衣，却不许触摸。而她让我拿起神帽，显然有她深刻的用意。事后妈妈说，她知道大限已到，想让我接替她当萨满。我当时无法理解这一点，却被她裸露出来的身体吸引了注意力。

我再也没有见过如此美丽的身躯。乌恰奶奶用笨重的兽皮衣物，用旷日持久的平淡与寂寞覆盖住身体，只有我才看到她的迷人的秘密。在乌力楞人心中，她的年龄一直是个谜。有人说她七十岁了，有人说她快一百岁了。现在，她在我的视线里像少女一样鲜嫩，时间在她的身体里凝固了。

我哭了，我不想让她死。昨天夜里，妈妈在玛鲁神灵面前祷告了，她说自己活够了，可以替乌恰奶奶去死。

乌恰奶奶看穿了我，她神情迷离地笑了：孩子，这个世界除了生与死是大事，还有什么叫做事情。死太漫长了，它才是永恒的，我们在活着的时候所做的一切，就是接近那个永恒的境界。不要哭，查鲁会留下来的，他太年轻了。

我停止了哭泣。乌恰奶奶真像快进入天堂的人那样，脸上呈现出悲欣交集的表情。我惊呆地望着她，头一次感到脑子里乱糟糟的，一种清晰的混乱。它带着强大的力量，一次次冲刷我的心灵。

乌恰奶奶穿着萨满服饰走出帐篷的那一瞬间令人惊心动魄。用鹿皮缝制的神衣，浅黄色的皮纹汇成神秘的光波，在篝火的映照下轻盈荡漾。她的前胸挂着八个圆形的铜镜，后背挂着一个覆盖住背部的巨大铜镜。四排铜铃随着她的走动发出摇曳的撞击声。神裙的长腰带垂坠着几十条色彩斑斓的布条，上面精心绣着形态各异的飞禽、猛兽和树木，还有皎洁的月亮和辉煌的太阳。与她前身铜铃相呼应，后背腰间坠挂的一条皮带，上面依次缀挂着二十多个圆锥形的铜铃，发出互相撞击的响声。

乌恰奶奶走到草坪中央，满意地看见大家准备好的祭祀肉食、白酒。当她扬起头时，"奔波里"神帽上的六杈鹿角微微摇动起来，随后，她左手握紧的神鼓便在晚风中发出悠然的鸣声。她握住神鼓，握住自己的生命起点，用右手紧攥的神槌敲击它。这面用她的胎衣鞣制的神鼓，多年后依然坚韧如初。这真是不可思议的奇迹。

查鲁躺在担架上昏睡着。乌恰奶奶走到他身边停止了击敲，俯下身仔细察看他的脸色。她慢慢地垂下眼帘，静默片刻，一股巨大的困意犹如白雾朝她袭来。她振作起来，扬起手敲击神鼓，我们便听见遥远的伊勒呼里山脉巨石滚落的轰响，它们滚动得越来越快，一个跟随一个坠落、飞舞、旋转。在湍急如流的鼓声中，乌恰奶奶跳起驱赶病魔的神舞。她边击鼓、边跳跃、边吟唱，深沉而低回的声音回荡在我们的四周。

翁基勒拿来一团烧红的火炭放在她脚前，为神引路。让所有人震惊的是，她身着一百多斤的萨满服，居然轻盈地站在火炭上面，好像蜻蜓站立在草叶上。如此连续上下三次，她赤裸的双脚居然没有一点被烧炙的痕印。

鼓声突然停止，周围一片寂静，连鸟儿也停止了不安的啼鸣。乌恰奶奶浑身颤抖，这是神灵附体的征兆。男人们往篝火里放木桦子，让火势燃烧得更加明亮、旺盛，以助乌恰奶奶的神力。鼓声重新激荡起来，我恍惚间看到乌恰奶奶凭借先神的力量，在天地间与死神奋力搏斗，争夺查鲁的灵魂。我听见了来自另外一个沙场征战的硝烟和呐喊，一轮蓝色的月亮穿越云层发出破裂般的响动，互相撞击的铜镜散发忽明忽暗的金属光芒。她倒了下去，沉重的身体犹如坠落的石头，砸得大家心惊肉跳。格帕欠老人走上前扶起她，在她耳边说了什么。大家等待她站起来，重新与神灵对话。除了她，我们谁也接近不了冥间的鬼神。

乌恰奶奶又站立起来，一百多斤重的神衣像轻盈的树叶，在她的旋转和腾跳中飞舞。她在时间里跳着神舞，时间太漫长了，比河流还漫长，比星空还遥远。

大家一直跪着，现在站起来，围住疯狂飞旋、腾跳、吟唱的乌恰奶奶，用力地跺着脚，拍着巴掌，应和她的祷告和呼唤：

飘飘散开了神香，雅戈耶，
悠悠落坠了吉祥，雅戈耶，
咚咚敲离了灾难，雅戈耶，

当当唤回了平安，雅戈耶，

诚意供神寿命长，雅戈耶，

实心敬神好景久，雅戈耶，

火星进入天空了，雅戈耶，

天神应诺你们了，雅戈耶，

火光照亮大地了，雅戈耶，

山神应诺你们了，雅戈耶。

……

　　躺在床铺上的查鲁睁开了眼睛，他迷迷糊糊地说了一句：渴呀。

　　查鲁的话像风一样吹倒了乌恰奶奶。她倒下去时，嘴里散出雾一样的血气。我害怕地闭上眼睛，飞散的血水犹如绚丽的红花，开放在茫茫的黑夜里。

　　乌恰奶奶终于用自己的性命换回了查鲁。他从哪里回来，她就回到哪里。

　　我冲到乌恰奶奶身边，痛哭地喊起来：你说过你要告诉我一句话！

　　乌恰奶奶费力地吐出几个字，只有我能听清楚她的话。

　　智者无家可归，她说。

　　所有的人围了上去，守望着乌恰奶奶吐出最后一口气。

第三章

天气开始寒凉了，山林变得五彩斑斓。看着层林尽染的山林，我忧伤地想，快到冬天了，漫长的冬天，我们又要经历严寒的摧残。

我又看见了哥哥，他站在我们中间沉默无语。他摇着头，我不知道他为什么摇头，接着他隐入了那个世界。

17

查鲁病愈后，似乎变成了另外一个人。他沉默寡言，总是一个人去乌恰奶奶的坟墓呆很久，回来后蒙上被子睡大觉。勒日钦老人说，他的魂魄不肯从乌恰奶奶身边回来。

我们没有为乌恰奶奶举行风葬。林子里进来了外人，他们砍伐树木，用火车拉走。后来，我们知道他们叫林业工人。我们把乌恰奶奶埋入大地里，那样会更安宁些，她的灵魂可以永远沉睡，不被任何人惊扰。

外面的世界发生了需要我们慢慢接受的变化，我们不再和商贩打交道，而把山货直接送进供销社。

查鲁自动担当了送货的责任，他说他的命是乌恰奶奶给的，他要把命还给大家。有一次，他望着天空中飞翔的鹰，对我说：铁洛儿该回来一趟，它的脚脖子上还有皮套呐。他的声音充满了懊悔。他不再提跟我结婚的事，他跟库列说：让古迪娅心里有我吧，我不能强迫她。

查鲁每一次从山下返回来都带着新的消息。他最激动的是见到了火车，那家伙像怪物一样，带着蛮劲拼命地跑，还喘着粗气。刚开始他还兴致勃勃地形容它的肚子里装满了木头。那些人把活的木头砍死了，然后送下山，说到最后，他沮丧地低下头。

接着，乌力楞里来了一个人，他是阿里河镇教育科的老师，叫万泉，在各个猎民点搞社会调查。当他跨进我们的斜仁柱里，一眼便注意到了我。我正给刚缝制好的袍皮大衣涂画出"南绰罗"花纹，打算用线绣出来。他飞快地在本子上记下我的名字，让我再画一张。

我拿过他手中的铅笔，在他的本子上画了两只鹿。他看了以后说：你跟我下山吧，古迪娅，你该上学了。

妈妈不同意我上学。她该出嫁了，妈妈为难地说，你还是劝劝别人吧，比如查鲁这小子，就应该让他学点规矩。

我和查鲁又坐在河边闲聊。我问他去不去上学，他从地上捡起石头扔进河水里，看着秋水荡漾的波纹发牢骚：我哪儿也不去，山下乱糟糟的，都是外面的人，早晚有一天，林子被砍光了，动物都跑到西伯利亚去，咱们就活不下去了。

我说：咱俩一起上学吧，你要不去，我也不去，没有你，我快乐不起来。

查鲁扭过头吃惊地看着我。他看出我没有开玩笑，便感动地说：你走吧，别操心我啦，咱们俩不一样，你飞在天空，我却只能在大地上行走。

妈妈终于答应了万泉老师，让我去上学。而且她要亲自送我下山。好啦好啦，趁我还没累掉胯骨，我要下山看看。妈妈向我宣布。

为了欢送我，乌力楞的人聚了一次餐。自从安葬了乌恰奶奶，我们再也没有开心地聚过餐。苏妮娅抱怨过，如果继续这样悲伤地生活下去，她的孩子恐怕不喜欢降临人世了。因为有了小各罗布，我们对她再度怀孕不再欣喜若狂，尤其是库列，有点漫不经心，这一点让苏妮娅苦恼。妈妈心平气和地开导她：男人都这样，你别指望库列有什么特殊的。可是姐姐感觉不正常，尽管说不出理由，但她说库列有心事。我怂恿她说：你俩最好打一架，打架了就能亲近起来。苏妮娅扑哧笑道：你和查鲁打架的次数还少吗，怎么亲近不起来？

所有的女人们忙碌着做饭。我拎着桦皮水桶去河边打水，我把水桶用力地砸在薄薄的冰面上，听着清冽的凉水灌进桶里。天气开始寒凉了，山林变得五彩斑斓。看着层林尽染的山林，我忧伤地想，快到冬天了，漫长的冬天，我们又要经历严寒的摧残。

库列走过来，他高大的个头突然让我感到陌生，我发现他比我想象的还要高大，而我是多么喜欢高个子的男人。我把拎起来的水桶放下，心里有点慌乱，这可是从来没有过的事情。他走过来，站在我面前，一言不发。我看见他的眼睛里飞着两只忧郁的大鸟。我说：库列，我要走了，你就费心照顾她们吧。

你恨我，古迪娅，我知道你从来没原谅过我，库列突然激动地说，如果我死了你才满意，那我就死。

我又看见了哥哥，他站在我们中间沉默无语。他摇着头，我不知道他为什么摇头，接着他隐入了那个世界。

库列，我说，库列哥哥，其实我很想念你。我的话吓了自己一跳，也吓了库列一跳，他瞧着我的样子又吓了我一跳。

他搂了我一下，是的，他搂住我，什么也不说，接着松开手后退两步。你救了我，小妹妹，你不知道你怎么救了我！他拎起水桶大步往回走。他走得真快，像飞一样。

我跟在他身后喊：喂，库列，你等等我。

他笑着往前走。我从未听他笑得这么开心。

查鲁远远地站在那儿，看见我们回来，大声嚷嚷我去他身边坐着。他在洗净的狍子胃囊里装上肉和水，吊在篝火上烤。他得意洋洋地打着呼哨说：你瞧瞧我煮出的肉，一定是最好吃的。

胃囊里的水煮沸了，里面的肉该有七八分熟了。这个火候的肉最好吃。看着我吃得热火朝天，他笑眯眯地说：丫头，好好读书吧，我准备当商人了，挣钱给你花，你这丫头，前世我一定欠你的了，所以这辈子我还债啦。喂，你要挨谁欺负了回来告诉我，我揍他！他举起拳头在我眼前挥舞着。

查鲁当然敢揍人。他已经朝库列开过枪了，这家伙什么都敢干。乌恰奶奶真是白白地救了他，到现在还是张口揍人闭口打人的。所以我根本不领他的情。

那天聚餐，我破例吃到妈妈精心制作的杂花菜"阿素"。她把煮熟的狍肺、狍里脊、狍头肉切成丝，用狍子的生脑浆、野葱、食盐调拌出来，味道非常鲜美。平素我吃不到这么好的东西，只要聚餐，女人们总要把最好吃的东西先让给老人，今天我成了主角，所以可以心安理得地享受美味佳肴。

苏妮娅很羡慕地对我说，她宁愿跟我换一下，她很想下山去看看外面的世界。她指指胸膛，说里面有一处很空，她不知道怎么填满它。我捞起一块血肠递给姐姐。娜佳的灌血肠因为添加了野韭菜，味道很好。姐姐刚怀孕时是多么想吃到娜佳做的血肠，可现在她懒洋洋地瞅都不瞅一眼，她真的有了心事。

妈妈忙碌完了，终于想找个地方坐下来吃饭。她挤到格帕欠老人身边坐下，本来指望他和自己好好喝一杯。可是格帕欠老人正襟危坐，似乎忘掉了昔日的激情。他的样子惹恼了妈妈。她连瞧都不瞧他一眼，自己一下子灌进一整桦皮碗的烧酒。所以当她大声叫着我的名字，让我给长辈们斟酒时，我同情地站起身，朝着天空中那一轮即将饱满的月亮举起酒壶。

我和妈妈坐着教育科派的吉普车下了山。万泉老师安排我们住进了招待所。妈妈躺在白净的床单上，不敢轻意翻动一下身体，生怕弄脏了床单。睡到半夜时，我听见妈妈发出很粗的喘息声，连忙拉开灯绳。她睁着眼睛，一点困意都没有。古迪娅，我睡不着，她抱怨地说，屋子里真闷呐，好像土把我埋起来了。

我也觉得憋闷。在斜仁柱里，新鲜的空气像无数的鸟儿一样从天窗飞进来。可是现在，我既看不见天空，也嗅不到树木和草的芳香，心里怪不舒服的。

既然睡不着，咱俩就说一会儿话吧，妈妈围着被子坐起身，大声咳嗽着说，古迪娅，你告诉我，你和库列是怎么一回事？

我一动不动地躺着，真想一下子把灯熄灭。但我不敢，妈妈准会抽我一巴掌，她好不容易找到教训我的最佳时机。

孩子，你不能盯着库列，你该有自己的生活。妈妈说，我知道库列喜欢你，那时你还小，他就喜欢上了你。可是各罗布出事了，他娶了苏妮娅，你姐姐对他一心一意的，真不容易呀古迪娅，要知道库列误杀了她的亲哥哥，谁能像苏妮娅这么痴情，用心去接受了库列。古迪娅你办得到吗？你办不到！你姐姐心里有多苦，库列心里有多难，玛鲁神灵最清楚。你这个不安分的鬼精灵，快点离开他们。我宁可让你嫁给查鲁，也不让你再留在家里！

我的妈妈，她什么都看得清清楚楚，这太可怕了。可是她又说了一句让我感到无地自容的话：你以为苏妮娅什么也看不出来吗？哼，两个自以为聪明的蠢货，苏妮娅早就知道你们的心思，她可是天下最仁慈的女人了！

说完，她倒头睡过去。而我则一夜未眠。

妈妈说得对，姐姐的内心里一定充满了痛苦。她承受的，是我无法承受的。我应该离开她和库列了。

第二天早晨，妈妈差点丢了丑。招待员大声嚷嚷走廊里少了一个痰盂。我一下猜到是妈妈干的。我从床下的皮囊里搜出那个圆溜溜的像萝卜一样的东西，悄悄放回走廊。

妈妈其实胆子挺小，听见招待员大呼小叫时，马上吓得用被子捂住脑袋。看我把痰盂拿出来，她很委屈地说，苏妮娅生孩子时会用上这玩意儿的。

妈妈，这不是乌力楞，大家可以共用一样东西，我吓唬她说，如果再少了东西，人家会搜咱们的皮囊。

白天，我们去了阿里河镇的供销社。妈妈在货架子上一眼看见了摆放的痰盂，决定买下它。她掏出皮囊里的山货，用五张灰鼠皮换下它。接着她又看中了柜台上放的碎花布，还有一大堆花线。不过，当她看到白纸时就毫不犹豫地用一件新的狍皮坎肩换下了几沓纸。丫头，你喜欢画画，也许玛鲁神灵给你指出来另一条通道，她说，你快走出林子吧，咱们活得太苦了。

临走时，妈妈的目光落在碎花布上。喂，古迪娅，记住点儿，等我死了，一定穿上布做的衣服，妈妈说。

我们见到了校长。妈妈把带来的肉干送给他，然后胆怯地坐下来，她不知道说些什么才对劲儿。校长当然收下礼物，虽然他是汉人，却懂得我们的规矩。若是他拒绝了，等于瞧不起人。他回送妈妈两个铁桶装的牙克石牌奶粉、一包球状的彩条糖块。我们从未见过这么好看的食物包装。亮锃锃的铁桶上印着两头肥硕的奶牛，它们的乳房像房子一样巨大而温暖。至于糖块，它们真像一颗颗饱满的果实那样招人喜爱。

妈妈小心翼翼地收起来，怪不好意思地说：真是的，古迪娅在这儿白吃白住，你还要送东西，很对不住了。

校长从破旧的办公桌抽屉里找出我的画，仔细地看了一会儿，说：古迪娅，你必须先学会汉语，才能到北京深造，你很有天赋，应该走出去。

整个过程，他都用鄂伦春语和我们交谈。

他姓安，叫安文武，很奇怪的名字。

妈妈回去后，把一桶奶粉和糖块分给各家，另外一桶奶粉留给小各罗布。小家伙第一次吃奶粉尝到甜头后，嫌水沏的奶粉稀淡，干脆用手揎着干奶粉吃，结果屙不出大便。苏妮娅给他喝了许多水，才让他正常排便。直到有一天他看到奶粉桶里空荡荡的，便哭着说，他也要下山去。他认为只要下山了就会有奶粉喝了。

从第一天上课起，我的同桌嘎奇热就老用他细长的腿碰我。同寝室的乌娜堪和别雅儿告诉我，他也老找她俩的麻烦。别雅儿说：只要他犯贱，你就大声喊。

我不想喊，真希望查鲁在身边好好教训他一顿。我准备了一个铁钉，他碰我时，我就扎他一下。他居然龇牙咧嘴地冲我笑了：小母兽，看着你挺温和的，这么厉害。

教我们语文课的安校长走过来，很严肃地说：古迪娅，下课后到我办公室一趟。嘎奇热收回放肆的目光，低下头摆弄手中的铅笔。他受到了打击，安校长的态度让他隐隐感到，自己随心所欲的小草刚拱出地面，就碰上一把萧杀的钐刀。

古迪娅，好好学习吧，别打打闹闹，你是一颗优良的种子，将来会长成参天大树，玛鲁神灵保佑你吧。安校长苦口婆心地说了一大堆话，最后居然提到玛鲁神灵了。

他真的为我着急了。

我再也不搭理嘎奇热了。他刚把那张长着青春痘的脸凑到我面前，我就威胁道：我告诉安校长，你又要欺侮我。

他害怕安校长。虽然安校长从不大声说话，我们却全都敬畏这个小个子男人。嘎奇热害怕让他退学回家，尽管他抱怨土豆汤和玉米发糕弄得胃口酸溜溜的，抱怨吃不上肉，但他仍然惧怕回家。

我不想围着树转来转去，嘎奇热边大声喝汤边说，可是在这里，我又快闷死啦。

别雅儿在夜里哭醒了。我和乌娜堪问她发生了什么事。起初她不告诉我们，后来她实在忍不住，让我们看她前胸被抓出的伤痕，还有红肿的嘴唇。她傍晚出去上厕所，被一个男人摁在墙上了。我和乌娜堪也吓哭了，觉得一个看不见摸不着的幽灵就在走廊里徘徊，随时可能破门而入。

别雅儿坚决要回家，不打算继续读书了。女孩子迟早要嫁人，我不能出事，不然，男人不要我啦。别雅儿说。

第二天早晨，我们陪着她去安校长办公室。当别雅儿说明情况后表示坚决要回家时，安校长很难过。他检讨自己早就应该派女老师住进我们宿舍，然后劝别雅儿好好考虑一下再做决定。

别雅儿还是回家了。尽管安校长派了一位鄂伦春女老师住进宿舍照顾我们，别雅儿还是坐上吉普车回家了。她走后的一段日子里，安校长干脆住在学校里，从早到晚地在校园里巡视。他推断那个坏家伙一定是住在附近的盲流，所以把我们看得非常紧，轻易不准假。

嘎奇热请假次数太多了，他有许多理由要出外转悠。比如肚子疼，比如买铅笔，或者去供销社问问狍皮的卖价。安校长慈祥地点点头：你可以请假，但是要带着我。安校长跟着他去了一趟卫生所，买了打虫子的"宝塔糖"，让他吃下去，还真的打下了虫子，从此他再不吵嚷肚子疼了。

别雅儿结婚了。是和自己心仪已久的表哥结婚。我们族人的婚姻关系中，一直保留着姑舅表婚的习俗。听说别雅儿辍学回家，她的姑姑就打发儿子去看别雅儿。她一见到英俊的表哥就流下泪水。她对表哥说，如果他不娶她，她就去死，因为她差一点出了事。她不能出事，她要把自己完整地交给表哥。

当天夜晚，别雅儿和表哥住在一起了。这是别雅儿父母决定的。相爱的人应该在一起，亲上加亲的婚姻像岩石般牢固，何况族人流行婚前到女方家同居的习俗。一个月后，表哥才和别雅儿分开，他需要回家给女方家过彩礼。

那时，别雅儿已经怀孕了，她感到自己非常幸福。因为在婚礼上，大家可以看到她出世的孩子了。给家族添丁增口，会得到全乌力楞人的赞美，连玛鲁神灵都会为她祝福。

得知别雅儿订婚的消息，我们快乐极了。班长布库请求安校长让食堂为我们做一顿带肉的菜。没有肉，我们怎么庆祝别雅儿，布库兴高采烈地说，我们族人又增添一个人啦！

安校长走进教室里，向同学们宣布，中午有肉菜，但不许喝酒。他有点底气不足地开导我们：鄂伦春族迫切需要民族干部，你们必须好好学习，尤其尽快学会汉语，将来派出去到外地学习，可以与外界沟通。

当然，鄂伦民族的人口不足一千人，还处于原始社会阶段，刚刚进入社会主义社会，增加人口也是一个非常重要的问题。安校长说。

我不嫁人，乌娜堪对我说，让别雅儿多替我生几个孩子吧。

我也不嫁人，我说，让姐姐苏妮娅多生几个孩子，我要学绘画。

查鲁下山来看我。这一次他没费多少力气，因为我们乌力楞又搬迁了，离阿里河镇很近。他告诉我，苏妮娅生了女孩子，是在产房里生的。她坚决要进产房，无论妈妈怎么劝她，她还是遵守古老的规矩。女孩长得真像库列，长大肯定是美人啦。因为是女孩，妈妈和格帕欠老人略略有点失望。

查鲁一直用陌生的目光瞅着我，我低下头回避他。安校长说得对，我应该走出森林，去外面学习，查鲁该过他自己的生活。他给我带来肉干和烤饼，还有妈妈新做的狍皮坎肩。看着我穿上坎肩，他突然说：喂，倔丫头，你长得好看啦。

我用学校发的助学金给姐姐买了红糖，给妈妈买了眼药水，现在她的眼睛一上火还是马上红肿，给小各罗布买了饼干和糖块。至于库列，我想不起该送他什么，就画了一张画让查鲁捎回去。

查鲁一看那张铅笔画就哈哈大笑：你画得太像了，现在他就这副德行，死气沉沉的。

是的，我把库列的身体画成岩石了。

临走时，查鲁塞给我一沓脏兮兮的钱，是他用心攒起来的。我看了，都是贰分的毛票。查鲁说：本来还能给你更多点，不过我喝酒了，在那家小酒馆里被人掏了兜。我快气死了，这家伙就是这么不争气，还有脸说出来。我把那沓毛票塞在他的手里，恨恨地说：

你什么时候能有个样子，别这么混来混去的让人生气。我知道你瞧不起我，查鲁沮丧地耷拉着脑袋说，我怎么样你才满意，我已经不太喝酒了。我耐着性子说：你能不能像库列那样，是个真正的男人，你已经不小了。

他突然发疯地喊：又是库列，他杀了你哥哥，你还这么看重他。他有什么了不起，为了赎罪他必须那么干，一直干到死那天为止。我可不想成为他，没有一点自由，没有真实的快乐，没有自己的希望。

我哑口无言。查鲁，他捅破了一个悲惨的秘密。他没说错，我们都在煎熬。

查鲁走了，非常难过地走了。我送他走出校门后，他头也不回地走着。他身上穿的狍皮大衣剐了一个口子，在寒风中狍皮条子微微地抖动。我怪自己太粗心，没有注意到这个剐口。我喊：查鲁，回来！他像没听见，就那么走掉了。

快到放寒假时，嘎奇热出事了。每逢星期五，他都去表姐兰千艳家吃饭。兰千艳的丈夫老实厚道，是公认的好人，嘎奇热也喜欢他，两个人经常在一起喝酒。后来，嘎奇热开始讨厌表姐夫了。他跟同学们说了无数遍，他真想好好收拾表姐夫一顿，因为兰千艳不生孩子，表姐夫就想把她送回娘家。

后来，嘎奇热就经常跟表姐夫吵架。他自己也搞不清楚为什么吵架，似乎没什么大事，似乎每次争吵又因为很大的事情。比如说猎民该不该下山居住的问题，两个猎人合伙打猎怎么分配猎物，男人可不可以有两个老婆，甚至还扯到了苏联红军里有许多从牢里放出的罪犯，恶习不改到处惹祸。表姐夫说，这群人该杀。而嘎奇热说，不，他们是红军了。

那天嘎奇热出事了。他去表姐家，看见表姐夫打老婆，他就一拳头把表姐夫砸倒了。这是新社会，你不能这么对待妇女，他挥舞拳头喊，八成是你自己的肉弹臭了烂了，还怪女人不生孩子！

听了这样的话，兰千艳的丈夫一下子气昏了，他觉得嘎奇热污辱了自己，抓过猎刀捅进嘎奇热的腹部。那刀尖斜着进去，扎在肝脏上，嘎奇热倒在地上，再也没起来。

兰千艳的丈夫被关进监狱。他知道自己判不了死刑，因为鄂伦春人口太稀少，于是他天天撞墙寻死，监管人员不得不把他捆绑起来以免自杀。一个看守员听他整天哭哭唧唧地烦了，狠狠揍他一顿，然后气势汹汹地说：你想死，容易，给你老婆留个孩子，否则嘎奇热白死了。

为了稳定丈夫的情绪，兰千艳到监狱里和丈夫住了两个星期。一个月后，兰千艳知道自己怀了孕，特意到嘎奇热的坟地烧了纸。她坚决要求和丈夫离婚，她说自己活不活都无所谓，但要扶养大孩子，而这个孩子是嘎奇热用命换来的。为了对得起嘎奇热，她把孩子的姓归入到嘎奇热家族中。

嘎奇热就这样离开了我们。我们非常难过，再也看不见这个放荡不羁、快乐无比的讨厌鬼了，我们非常想念他，想念他活着时的一切。

那天上课，安校长在黑板上写了一个数字，让我们大声念三遍。他捂住腮帮子说：鄂伦春政府刚成立时，统计阿里河小镇的鄂伦春人口才有七百九十一个人，你们每一个人都要为自己的生命负责。不许打架、不许喝酒、不许擅自外出、不许下河水游泳、不许吃变质的食物。他说了许多不许，我们听得哄堂大笑。后排的男生打着呼哨大声喊：老师，饶了我们吧，我们不是小马鹿，给我们一点自由。

安校长把手从脸上挪下来，威严地盯住我们。我们吓坏了，等着他大发雷霆，继续教训我们。他的脸红肿了半边，看来嘎奇热的死对他打击很沉重。

他拍拍自己瘦弱的胸膛说：如果需要去死，那就让我去死吧！你们每个人的生命意味着什么，你们根本不懂。

我们呆呆地望着他。他慢慢地转过脸，对着黑板，突然失声恸哭。

18

终于放寒假了。当学校宣布镇政府用吉普车送同学们回家，大家高兴地跳起来。安校长表示理解，挥挥手说：想跳舞就跳舞吧。

我们没有时间跳舞。中午下课后，大家纷纷去供销社，掏出平时积攒的助学金买东西。安布伦给爸爸买了一个军用水壶，乌娜堪给奶奶买了三瓶白酒，阿冬的眼睛在花花绿绿的糖块、茶叶和盐巴上转了一圈，最后还是买了糖块。他很后悔平时贪吃没有多攒钱，现在没办法给家里买东西。男生开他的玩笑，阿冬若是再节省钱，就要变成一米八〇的倒木了，和别的男生相比，他的个头长得太快了。

同学们大多买了糖块。阿冬说得对，山上的日子比马粪包还苦涩，比乌热草还腥寒，我们需要香甜的味道滋润日子。

　　我买了一包糖块，甜甜小各罗布的嘴巴，而小阿里呐，我已经为她缝制了一套棉布内衣，她穿着一定感到舒服。妈妈肯定要唠叨自己没穿上棉布内衣，而刚来到人世的小家伙却占了先一类的话。我也很冤枉，再过两年，阿里跟着我起劲地喊老姨，我会老得让人受不了的。即便如此，我仍然喜欢她，喜欢她叫阿里，像河流一样明亮的阿里。

　　阿里没有我想象的那么胖、那么大。妈妈把布衣服套在她身上，她的小脸几乎被埋在里面。妈妈说：奶不够吃，阿里饿得长不开呐。

　　而小各罗布，已经风卷残云地把十几块糖吃进肚子。我们仅仅来得及看他嘴角淌着一道晶亮的液体，那些糖块就像雾气钻进了他的肚子。或许我们的目光吓着了他，或许他被噎住了，他哭了起来，而且咯咯地打着响嗝儿，嘴里散发着甜味儿。他脸上无辜的惊恐表情把我们逗笑了。妈妈笑得流出眼泪，她抱过小各罗布哄道：让甜甜的东西乖乖地呆在肚子里吧，我的小各罗布知道，自己要长力气呐。

　　小家伙害怕妈妈把糖块分给各家，所以把自己吃噎住了。

　　太阳刚刚落下，苏妮娅就咳嗽起来。声音一下下地敲击着我的耳朵和太阳穴。浓郁的夜色闪着星星的微光，苏妮娅还在咳嗽。妈妈私下告诉我，苏妮娅的情况有点不对劲儿，她生完孩子后，身下的血很长时间淋漓不净。库列专门抓了几只刺猬，剥下皮后用水煮成药，让苏妮娅服下后，才慢慢止住血。从那之后，她就咳嗽起来，而且怕冷。

　　夜里，苏妮娅从那边的帐篷走过来，钻进我的睡袋里，她走路真轻盈呀，像弯弯的月亮一下子滑进睡袋里。我焐着她，想把她焐热过来，过了很长时间，她的身体依然凉凉的。在微弱的火光中，我看见她没有一丝困意，睁大眼睛望着帐篷顶的天窗。

你没处朋友吗，她问我，你已经十七岁了，过了春节就十八岁了，想当老姑娘吗？

睡吧，我迷迷糊糊说了一句，想睡过去。除了这个话题，她恐怕谈不出什么了，而我也找不出我想说的话。我头一次觉得我们之间缺乏了一样重要的东西，或许是因为我上学的关系吧。半夜里，我在睡梦中听见小阿里的哭声，姐姐又跑回去。唉，她受凉又咳嗽起来。妈妈也睡不着觉，我依稀听见妈妈像猫一样的脚步声，火塘里木桦子噼噼啪啪的燃烧声，帐篷外马匹吐噜噜地打着鼾，还有夜鸟的啼鸣。

小各罗布会做梦了，他的梦常和食物紧紧相连。他学着在梦里贪吃的样子，把我们逗得哈哈大笑。这个早晨，他从铺位上爬起来就给我们讲他的梦。刚开始我们谁也没在意，库列正卸狍子，苏妮娅给小阿里喂奶，我帮助库列洗狍子内脏，而妈妈的活儿有些麻烦，她把晒干的柳蒿菜放进沸水里焯炸，捞出来用刀剁碎，准备下进肉汤里。

小各罗布又大声嚷了一遍：我梦见太阳下山了，红红的，比血还红。

妈妈举刀的手僵在半空，接着无力地垂下来，我们都沉默了。小各罗布做了一个凶梦。梦见太阳西下，预兆双亲即将离开人世。族人常用梦兆来预测凶吉祸福。连七岁的孩子都可以告诉你，梦见穿着漂亮、找到丈夫或妻子、脸发胖，是预兆要得病或死亡；梦见火烧房屋或刮大风，预兆全家要患病；梦见河水浅，预兆要发生坏事；梦见走向落日或顺水行舟，预兆灵魂走向阴间；如果梦见马匹死亡、受伤流血或者梦见屎尿，预兆狩猎运气好；梦见星星、月亮和蛇，预兆要生男孩；梦中枪打中人，预兆能猎取到熊或野猪；梦见骑马奔驰或者捉到很多鱼，预兆要下雨或降雪。

我们谁也没说话。小各罗布不知道，他的梦在我们心里投下了阴影。只不过我和妈妈为苏妮娅担心，因为看起来她弱不禁风。谁也不会想到库列会出事，他怎么能出事呢，结实得像黑熊，而且他的胃口那么好，如果吃进去一棵大树，也能拉出来一堆木桦子吧。

谁也不会想到库列会出事。

妈妈找个借口出去了。她肯定钻进附近的林子里，恶狠狠地咒骂那些妖魔鬼怪。有本事冲我来，我在这儿呢，她拍着消瘦的胸膛挑战地说，我老了可是什么都不怕，你们敢动我亲人一下，我绝不放过你们！

所以，妈妈从林子里回来，面色和蔼多了，她甚至跟我开玩笑，让我下次回家给她带回来男孩子。姐姐也开玩笑，说嫁给查鲁算了。查鲁倒腾兽皮挺来劲儿，衣兜里少不了零钱。如果我们拌嘴，我肯定不吃亏，他跑不过我。

当查鲁歪歪扭扭走过来时，我们全都笑着看他。他气恼地说：小妖婆，你肯定说我坏话啦。

乌力楞的人们因为我回来聚餐了。格帕欠老人让我坐在他身边。他明显老了，那种老不是一下子出现在你眼前的老，而是时间一点点的积累，让人欲哭无泪的老迈。他的牙口不好，嚼不烂带筋的狍子肉，他就把肉硬生生地咽下去，我能听见他吞咽肉时喉咙发出的咯啰啰的响动。我用匕首切开肉，一小条一小条地放在他面前的桦皮碗里。他觉得伤了自尊心，涨红了脸说：古迪娅，小瞧我啦，我还没老，用不着像孩子一样吃饭。

他没动我切割的食物，而是大块儿地吃肉、喝酒。那天的聚会上，所有的人都喝醉了。格帕欠老人尤其醉得厉害。我们把他扶进帐篷里，他拉住我的手说：古迪娅，库列心里很苦，他总是梦见各罗布在那儿呼唤他。库列说，每逢看见你，他就想起各罗布，你们俩长得太像了，你不要再恨他了，他受不了。

格帕欠老人眼睛里流出泪水，他睡过去，呼吸沉重。我看了身边的库列一眼，他垂下眼睑。每逢我看他时，他总是垂下眼睑，过去我以为他没把我放在眼里，现在我明白了一切。

我走出去，心里恓惶。雪地上的篝火依然旺盛地燃烧，女人们不肯离开刚才还热热闹闹的场合。她们猫腰往篝火里添木柈子，大概准备再待一会儿吧。

妈妈，我说，妈妈。我的声音怪怪的，犹如远处冬天的枯草在风中作响。妈妈有些喝高了，歪着脑袋听着，迷迷糊糊地问：你想说什么，哼哼唧唧的，像个蚊子。

她们都笑了。娜佳学着我的腔调，妈妈、妈妈一个劲儿地叫。她的声音引起了一阵哄笑。我真喜欢她们的笑声，一下子驱散了我内心毫无由来的恐慌。

从腊月初开始，乌力楞所有的男人都出外打猎，查鲁也去了，斜仁柱里就剩下女人和孩子。为了过好春节，我们需要准备大量的肉食，那样男人们就用不着每天出外打猎，可以过一段安闲的日子了。

我快忙死了。女人们正在暗中较劲，看看谁能缝制出最漂亮的新衣服，这一年她就成为受人尊敬的女王了。

古迪娅，你给我画一个"南绰罗"花，我要描下来，用皮子缝在皮袍边。楚楚婶说；古迪娅，帮我剪出云朵的图案，拉宝嫂说；

古迪娅，我可没时间啦，帮我染皮子吧，娜佳说；古迪娅，达尔西的帽子该贴上什么图案呢？灵诺跑来问道。

每天我都在这样的呼叫声里忙得团团转。我在薄皮子上剪出飘逸的云朵，让它随着拉宝四处游猎吧。我用腐朽的柞木熬水，染黄了熟好的皮子，让它裁剪成一件漂亮的"阿西苏恩"皮狍，穿在娜佳肥胖的身上；我用祭祀的黄绸缎剪出太阳神的图案，让灵诺姐姐把它缝在达尔西的帽子上，吉祥的阳光会照耀他幼小的生命。至于楚楚婶，不知道在"额勒开侬"皮裤上弄点什么样的装饰才夺目耀眼，我也感到很难下手。用狍皮制作的"额勒开侬"，式样犹如老式宽裤腰的裤子，穿时裤腰折上一些。裤长只遮住膝盖，然后把套裤套在上面。套裤上下钉着结实的皮绳，上面的皮绳系在裤腰带上，下面的皮绳系在靴鞡上。如此复杂的穿着，做出花样要费一翻脑筋。

我让楚楚婶索性在两条裤腿上镶缝风神的图案。风，多么像人的幻想，不知从何处来，又朝何处去。它既能摧枯拉朽，又能缠绵纤柔。既可穿越冰雪风雾，又可以轻拂在香花绿草之间。就让楚楚婶和丈夫的感情，像风一样，剪也剪不断。

当我把这个寓意讲给楚楚婶听，她高兴地在我额头上亲一下：人就是一根草，玛鲁神灵让它动它就摇呀摇，玛鲁神灵不让它动了，它就倒下了。孩子，祝福我和丈夫相亲相爱，你是多么善解人意的宝贝。你懂事得太早啦，是仙女下凡吧。

而妈妈则死死捂住她正在缝制的衣服不让我们看。苏妮娅猜想她给我做衣袍，怕大女儿嫉妒吧。而我则猜到她一定是给格帕欠老人缝制。她从来不做鬼祟之事，她的内心比雪还纯净，比水还透明，若是这般捂捂藏藏，真难为她了，等她自己发话吧。

　　过了两天，妈妈忍不住了。古迪娅，你给我出主意吧，库列的个头挺高的，看样子他穿不进去。她的神情有点羞怯，两只手放在膝盖间，仿佛随时准备藏起什么。

　　苏妮娅拎起皮袍的两个肩头，脱口而出：库列根本穿不进去，妈妈糊涂了，我公公穿它还差不多。

　　她一下闭住嘴。妈妈被揭了短，索性说：那就送给你公公吧，这么多年了，你也该为公公做件衣服了。

　　妈妈真的是给格帕欠老人做了衣服。苏妮娅是妈妈的幌子。我知道，是各罗布把妈妈和格帕欠老人隔开了。各罗布，我的哥哥，他永远让我们所有的亲人隔火相望。

19

　　每当夜幕降临的时候，女人们习惯聚在我们的帐篷里，围着篝火沉默地坐着。

　　男人们这次回来得太慢了，整整过了七天，他们还没回来。我们忧心忡忡地等待着。帐篷外面的飞雪声不绝于耳。雪花太大了，落在帐篷上的声音像沙子，沙拉拉地响。而远处林子里发出的雪涛声，天摇地动。

　　娜佳婶竖着耳朵倾听了一会儿，慌慌张张地说：这么大的雪，会把他们隔在半路的。她一个劲地用狍皮衣服下摆朝脸上扇风，嚷嚷着太热了。

她没说错，越来越大的雪花让我们领教了它的声势浩大。透过篝火橘黄的光晕，我看见缓慢翻飞的门帘外，一片片雪花忧郁地压下来，更远的地方，整个山林似乎被一只巨大的手用力摇撼，发出沉重的喘息。

我们心事重重地坐着。因为语言比什么都可怕，比什么都苍凉，谁都害怕轻浮的语言擦伤忧愁的心。我们像石头一样坐着，连哭泣的力量都丧失了。玛鲁神灵，保佑我们的亲人吧。这么大的雪会成为灾难，许多动物因为无法吃到深雪下的冬草而倒毙，那些打猎的男人们怎么在如此寒冷的天气里走路。

娜佳站起来，跑到桦皮桶边，用桦皮碗舀了冰水，咕咚咚地喝下去。真热呀，她大声喊，我快热死啦，说着她跑出了帐篷。起初我们没在意，以为她去解手。过一会儿阿里哭起来，她哭得那么凶，像是被什么吓住了，苏妮娅怎么也哄不住。

妈妈大声说：娜佳犯病了。

我们猛然醒悟过来，纷纷跑出去。我被一个东西绊倒，随手抓在手中，是娜佳婶的外衣。接着，我们拾捡到她丢弃的所有衣物，最后在不远的雪坑里传来了她的叫声。快热死我啦，玛鲁神灵，娜佳婶哑着嗓子一遍遍地喊，快救我呀，大火烧在我脸上啦！

我们把娜佳拽出雪坑，硬逼着她穿上衣服。她边挣扎边恸哭地乞求：我热，身体里跑着大火，我的头发烧着啦，骨头快烧塌架啦，你们为什么还强迫我穿衣服。

妈妈飞快地跑进帐篷找出绳子。我们七手八脚地把她捆绑起来。她的力气太大了，比男人还有劲儿。捆住了手脚，她仍然拼命挣扎着要跑，好像漫天大雪的世界深处有一个幽魂呼唤她、引诱她。

我们吓坏了。在阿里惊恐的哭声里，我们不得不轮番照顾歇斯底里的娜佳。

刚来到玛哈依尔家族，我们便知道了娜佳这个病是被恶劣寒冷的气候冻出来的。有一年，大兴安岭的冬季格外寒冷，零下五十多度的严寒持续了两个月，动物纷纷倒毙，连耐寒的松树都软了脊梁。娜佳也冻出大病，神经出了问题。从那以后，她容易在冬季犯病。漫天大雪会让她产生极度的恐惧，一旦她感觉到自己被烈火包围，体内奔腾着一条猩红的火龙，她就往外跑，而且脱光了所有的衣服。如果没有人发现，她会冻死的。

我们比任何时候都迫切希望男人们回家。以前，楚楚婶还嘲笑娜佳，每一次送别丈夫毛考出外打猎都像生离死别。恨不得把自己拴在丈夫身上，没出息的娘们——瞧，她就这么不留情面地形容娜佳。而现在，她也像娜佳那样大声叹息，即使隔着帐篷，我也听得清楚，她正跪在自己家中的"玛鲁"神龛前为娜佳祈祷。

快回来吧，亲人们，没有男人，女人可真是没靠山了。她最后说。

我们拼命地干活，以此来抵抗源源不断的恐惧。当然，有的是活等着我们干，鞣皮子、做衣服、用狗套上爬犁去河边凿冰块、劈木桦子。有的是活等着我们干，帐篷里每一个角落都有活拽住我们，让我们找到了很久也找不到的东西。我找到了小各罗布一直找不到的鹿哨，这是格帕欠老人做的，一定是库列想起什么，把它藏在这里。

而最令人惊心动魄的，是我发现了妈妈的秘密。她在一张皮子上画出咒符，在妖怪的眼睛和嘴巴上扎了无数的针眼。

妈妈，原来她一直生活在恐惧中。可是她从来不让我们看出来，她一直坚强地挺着。

可怜的妈妈。

除了睡觉，娜佳只要睁开眼睛，就呼唤丈夫的名字。毛考，毛考，回来吧！她呼唤着，然后昏昏沉沉睡过去。

男人们终于回来了，一定是娜佳呼唤的结果。他们回来了，营地的猎狗首先冲着远处的林子叫起来，接着发疯般地跑出去迎接他们。我们都从帐篷里跑出去。妈妈腿都软了，她把我当成拐棍扶着走一段，又甩下我快步往前走，好像跟苏妮娅比赛。跑得最快的还是小各罗布，他一下子吊在库列的身上不肯下来。库列已经累得摇摇晃晃了，他大笑着亲亲他的宝贝儿子，然后搂住奔跑过去的妈妈。我蓦然间发现，妈妈变得又瘦又老，站在库列面前，她真像个无助的孩子。

毛考听见娜佳的叫声，冲进帐篷里又走出来，脸色比雪地还惨白。谁都清楚发生了什么事情，于是大家让开路。毛考走到格帕欠老人面前默默跪下。老人用手抚摸他的脑袋，既像安慰他又像鼓励他，然后把手中的鞭子递到他手中。

我们听见毛考用鞭子抽打娜佳的声音，既结实又沉闷。没人阻拦他，乌恰奶奶活着的时候就吩咐毛考，只能用鞭打的办法让娜佳苏醒过来，否则她的灵魂会越走越远，再也返回不来。

谁也不肯举起鞭子抽向美丽的娜佳。我们都吃过她的灌血肠，都听过她沙哑的嗓音唱的情歌，孩子们都在她温暖的怀抱里呆过。尤其是猎狗，受伤时都是娜佳精心医护好的。

至于毛考，他更不愿意举起鞭子。平素娜佳叫他小亲亲，她的亲昵和肉麻让男人们哈哈大笑，女人们心生妒忌。可是毛考愿意听娜佳这样叫自己，愿意天上的月亮都羡慕他们的恩爱。而现在，他不得不举起鞭子，让老婆认出来，她的毛考回来了。

小各罗布哇地哭起来，他以为毛考欺负娜佳，大声痛哭抗议。他的脸憋得通红，把头上的狍皮帽子一下扔在地上，骂毛考是魔鬼。好像应和小各罗布一样，娜佳也哭了。她边哭边喊：救救我吧，小亲亲！

娜佳回来了。她的灵魂再一次从遥远而寒冷的孤独境地返回来了。

妈妈悄悄地对我说，冻死的人脸上都带着微笑。据说快死时，他们已经感觉不到彻骨的寒冷、刀刺般的疼痛，而是觉得被大火包围，浑身炙热难耐。

娜佳婶后来告诉我，她出现幻觉时，每一棵树都变成梯子，通向天堂的梯子。而且她看见了天堂，那里并不像人们说的美丽而温暖，那里真的很清冷、很寂寞，所以她要回来，和她的丈夫在一起。

古迪娅，小可爱，去找一个好男人吧，他会给你完整的世界。娜佳婶说。

大风雪随着男人们的归来停下了。这次集体狩猎时间长，收获真不少。他们打到五只狍子、三头马鹿、一头四百多斤的野猪。漫天大雪帮助了男人们。这些动物在厚厚的雪地上跑不过马和子弹，何况从它们干瘪的肚子看得出，它们挨饿的时间不短了。

营地重新响起了欢笑声。尽管天气阴沉沉的，阳光像金子一样稀少，女人们还是感觉到暖意融融。因为男人们正懒洋洋地躺在帐篷里休息，因为娜佳清醒过来，因为春节即将来临。女人们比任何时候都要忙碌。按照习俗，全乌力楞的人聚在一起过年，需要很多吃喝的东西，我们必须提前收拾好猎物。

孩子们围着娜佳婶团团转,她正在灌血肠。她一会儿让我用温水泡开晒干的野韭菜,一会儿让我剥几棵山葱,然后把这些作料剁碎后搅拌进血浆里,灌进一根根粗肠里。毛考知道她喜欢灌血肠,所以在林子里卸肉时,特意留下一些血带回来。娜佳一边灌血肠一边跟我唠叨,冻过的血浆就是不如新鲜的好吃。

我们灌完血肠后开始煮。沸水开了几分钟后,娜佳婶从头上取下骨头制成的发簪轻轻戳进血肠里,便眉开眼笑地喊:宝贝们,敞开你们的小肚子尽情地吃吧,不过别吃拉稀了,免得挨骂。

我把娜佳婶装进我的桦皮碗里的血肠端给库列。库列已经咳嗽几天了,苏妮娅天天为他熬百合果的汤药喝。这两天他虽然咳嗽不那么厉害了,还是病秧秧的。

我把血肠端进帐篷,看见库列盖着狍皮被躺着。听见脚步声,他睁开眼睛,一声不响地注视着我。

我用刀把血肠切好,插上一块举在他眼前:库列,吃吧,刚煮出来的。

他慢慢地摇摇头。看得出来,他不想吃,狩猎一个多星期,已经有三个男人感冒了,而库列是最严重的一个。

可是我举着血肠不放。吃下去,我听见自己的声音带着乞求,吃下去,不然你没有力气,感冒好得不快,翁基勒和拉宝已经好了,开始喝酒了。

他听话地坐起身,接过桦皮碗慢慢地吃着,额头上流出汗水。我抓过一块软皮子给他抹掉汗水。他低声说:古迪娅,你不要躲着我了,我很难受。

我不会再躲开你,库列,我说,我想明白了,除了生与死是大事,什么都不是事情。我们能在一起,这比什么都重要。

他笑了，明亮的阳光一下子照耀了他整个的心境。我刚看到你的时候，你才十二岁，又聪慧又安静，那时我就想，我等你长大，我会等到你嫁给我那一天。他望着我热情地说，急促的话语像秋季的河水从远处袭来。知道吗，我多喜欢你画的那些画，你是个有灵性的丫头，现在你长大了，真该出嫁了，去找一个用心疼爱你的男人吧。

我慌乱地望着他，天呐，他为什么都说了出来，难道他感到自己快不行了吗，所以才说出不该说的话。玛鲁神灵，我该怎么办？

我跑出去，心里像揣着一窝兔子，慌乱而惊恐，没有一点甜蜜感。库列，他不该把一切说出来，苏妮娅听了会难过的，她是那么爱他，是她在那个令人发疯的痛苦时刻嫁给了他，是她为他生了两个孩子。

整整一天我闷闷不乐，查鲁很奇怪地围着我打转。喂，想学校了吧，他说，难道那里真让你留恋吗？他的腔调听起来酸溜溜的。我马上反唇相讥：后悔了吧，开学了你跟我走还不晚。他把两只手搭在头顶上做了一个怪动作。我不笑，坚决不笑，没有什么好笑的，他不是三岁的孩子，我可不想摸着他的脑袋表扬他。查鲁自己也觉得挺没趣的，搬过一块木桦子坐在我身边，看我收拾野猪的内脏。古迪娅，我不开心，这儿被封住了，我不开心，他指指心窝，又指指脑袋。

我也不开心，到了冬季，所有的人都不开心。寒冷的天气和没完没了的大雪令人忧郁。男人们常常靠着喝酒抵御源源不断的忧伤感，而女人们则用干活来排遣内心的压力。

他喋喋不休地说，他每天都望着通往山下的那条小路，巴望我一下子出现在他面前。过去我气恼你老跟我找茬打嘴架，你走了，我连说话的人都没有，现在连你骂我都那么好听。查鲁不好意思地说，喂，你别拉着脸，小小的年龄学会拉脸，以后我还敢跟你说话吗。

我现在真巴不得他一直唠叨下去，他的话让我感到安全和亲切。看着一个男人欢蹦乱跳地跟别人捣乱，这是多么美妙的事情。他鲜活的肉身散发着生命的光彩和热力，又多么令人感动。

你上学吧，我说，咱们俩一个班，你会开心的。

他高兴地扬起头望着我，露出渴望的神情。过一会儿他变得无精打采。算了，古迪娅，我的腿这个样子，人家会笑话的，他说，在这儿，没人会看我的笑话。

我惊愕地望着他，他的胆怯瞬间照亮了潜藏的自尊。他当然想象得出，自己和一群机灵的男孩子们在一起有多压抑。别看他平时爱吵架、惹麻烦，老人们提起他就犯愁地说：嘿，查鲁吗，他是神灵派来考验我们耐性的，这个孩子比石头软不到哪儿去，我们应该学会从他身边绕过去。可是查鲁，他藏匿在自尊和自卑的影子里，让我们根本无法看清楚他的忧伤。

20

除夕晚上，妈妈在斜仁柱南面燃起两堆篝火，又在帐篷内的"玛路"正席两侧摆放十几个盛有小米的桦皮碗做香炉。我刚把一炷香插进桦皮碗里，妈妈便短促地咳嗽一下，我便把手中的香炷递给苏妮娅。姐姐勉强笑道：妈妈，别这么偏心眼，古迪娅是大丫头啦。妈妈不说话，但她梗着脖子告诉苏妮娅，这份殊荣还轮不到二女儿的头上。

苏妮娅抱歉地朝我努努嘴，恭恭敬敬地插上香。我留意到，今年的香炉里增添了炷香的数量，每炉七炷，吉利的数字。

库列已经搬进我们的帐篷里住。他虽然躺着，但感觉好一些，起码他的脸色不那么苍白。

我把吊锅支在火塘上熬汤药。除了百合果外，我又加了满山红和黄芩两味草药。姐姐说我下药太狠，格帕欠老人却认为我有道理。库列的肺病不轻，需要下重药才有疗效。

我把汤药放进桦皮碗里端过去，库列接过来默默地喝下去。他冲我笑一下，我突然感到心里纠结成一团，非常难过。因为他的微笑太像哥哥了，各罗布临走时也是这么恍惚地笑一下，犹如百合花悄然落地。

你为什么不画画了，他问我，你画得真好，将来一定要走出林子，去外面吧。

我有些生气，大声说：我不能把妈妈和姐姐扔给你一个人，这样不公平。

库列咧开大嘴笑了：我倒真希望你是个小子，咱俩会情投意合的。

他闭住嘴，脸上的表情像是吓了一跳，我低下头，什么也不说，过一会儿抬起脸时已是泪流满面。

他怜爱地用手擦去我脸上的泪水，他的手在我脸上停留的时间真长，比天还长。我绝望地想，假设各罗布没有死，我会怎么样，我会嫁给眼前这个男人吗？

小各罗布的欢笑声从帐篷外传进来，妈妈和苏妮娅帮他堆好了雪人，他跑进来让库列出去看看。库列走下铺位，拉着儿子的手出去了。我望着库列刚刚躺过的铺位想，没有假设，存在就是存在，各罗布不会复活，时光不会倒流。

我也走出去，站在妈妈身边。小各罗布已经跑进爷爷的帐篷里，拉出格帕欠老人。他穿着苏妮娅送的皮袍，很炫耀地站在那儿。

啧、啧、啧，妈妈眯缝起眼睛，打量自己做的衣服，很得意地说：亲家，你看起来像一只雄鹰，不错嘛。

格帕欠老人威严地哼了一声，算是回答了妈妈的话。他送给妈妈一条鲜红的头巾，天呐，他一定是让查鲁捎回来的，直到现在才拿出来。他又送给小各罗布一包糖，最后从怀里掏出一样东西挂在库列脖子上。不用问，肯定是专司伤寒的"额胡娘娘"神灵。他相信，只有自己亲手制作的神谱才灵验。

妈妈把头巾围在头上。我们看了都说妈妈还是那么漂亮。她满意地说：亲家，我会一直戴着它的。

每年除夕夜，格帕欠老人一定跟我们共同度过，大年初一，他才回大儿子伦巴列家。

终于午夜到了。我们把祭祀用的食品盛在桦皮盆里，准备敬奉火神。作为一家之主，库列率领我们走出斜仁柱，先朝东面一直燃烧的篝火磕头，再给西面燃烧的篝火磕头。小各罗布早已学会了敬神礼仪。看他认真地磕头，嘴巴里念念有词，妈妈喜上眉梢，郑重地对格帕欠老人说：这么乖巧的孩子，火神会降福他的。

阿里也被苏妮娅抱出来，她跪下磕头时，按住阿里的小脑袋点三下头，算是拜过火神。阿里瞪着眼睛看着篝火，忽然咯咯大笑起来。她的笑声让妈妈心花怒放，她相信阿里一定看见了火神仁慈的面容，因为只有孩子才能看见那位掌管光明的老妪真相。阿里的笑声预示了新的一年里，我们会有好运的。

我刚懂事时，爸爸家族的老人就给我讲述了火神的故事。从那以后，我和所有的鄂伦春人一样，从小就知道火神是一位白发苍苍的老妪，族人称她为"透欧博如坎"。她在哪里出现，哪里就有了光明和温暖。当然，她也会给人类带来灾难，所以，我们必须小心翼翼地供奉她。没有谁敢朝火上倒水，或者用刀叉火，没有谁敢如此胆大妄为，那样要遭报应的。有一次，我朝火塘里放一块劈柴，燃烧时发出迸射的火花，妈妈连忙拽出劈柴在雪地上熄灭了。她说火神不高兴，所以发脾气给人看，因为有人动了不该动的心思。我记得当时库列垂下了头。

在传说里，那位长着世界上最明亮眼睛的火神，永远会看到人灵魂的深处。

人是脆弱的，但人又健忘，妈妈说，这个世界里谁都不好惹，谁要是拿火撒气，他就欠教训啦。

那天夜里，我磕头磕得头都晕了。完成仪式后，我们进了斜仁柱，苏妮娅燃点上香烛，我们给每位神灵和帐篷内的火神磕过头，库列又带着儿子去斜仁柱外挂神像后面的位置，让小各罗布堆起一小堆雪，把几炷燃点的香插在上面。

库列开始祷告，祈求正在幽黯的天际里遨游的神灵保佑全家人畜平安。这次他祷告的时间比往年长，小各罗布冻得直哆嗦，跑进屋子对妈妈说：爸爸一定是和许多神仙说话呐，不然为什么用那么长时间。

按惯例，我们先拜妈妈，然后再拜格帕欠老人。我们一起磕拜妈妈，起身时，妈妈早已泪流满面。她对格帕欠老人说：库列给了我两个外孙，我心里知足啦。她一边用手揩眼泪一边大声笑道：我还要更多的外孙，喂，你俩努力呀！

苏妮娅羞红了脸，垂下头幸福地笑着。库列则用右手搂住苏妮娅的肩膀，亲昵地贴一下脸。我们哈哈大笑，为他们的恩爱，为即将到来的新年，为每一个人刚刚换上的新衣服，甚至什么也不因为。我们活着，在零下五十度的森林里活着，这就够了。

妈妈笑够了，朝我挤挤眼睛。她说过库列是苏妮娅的，至于我，应该找自己的心上人了。快乐的气氛冲晕了我，我没有感觉到妈妈的提醒。她早已看穿了我的心思，只是不流露出来而已。我笑够了，便忙碌起来，用匕首为小各罗布和阿里削掉长指甲，然后洗干净他们的脸。当我用达子香瓣水给他俩涂抹红脸蛋时，阿里很乖巧，而小各罗布却喊：我不是丫头，别给我抹红脸蛋。

我还是坚持给他抹上一层淡红。今天夜里，玛鲁神灵肯定喝多了，而花香的气味，会让它想起六月的森林，漫山遍野的达子香嫣然开放，便在感动之余垂降福禄给孩子们。

那个夜晚，全乌力楞人祭祀神灵后，聚在一起过年。由于睡眠不足，我的脑袋里灌满了风。可是苏妮娅不让我打瞌睡，一个劲儿地用马尾刷子扫我的脸，让我守夜。可是我到底没撑住，还是跑回帐篷里睡着了。在浅浅的梦境里，我听见篝火熊熊燃烧，人们唱歌跳舞，还有猎狗跑在雪地里活泼的叫声。当格帕欠老人唱起那首迎接太阳神的歌曲时，我便嗅到晨曦的味道，犹如白桦树汁一样，湿润而清甜。我就在新年的气味中沉沉入睡。

大年初一的早晨，妈妈早早地起来，很仔细地洗过脸，先给"玛鲁"神龛烧香磕头，然后跑到帐篷外察看篝火的灰烬。

谁也没有跟随妈妈出去。点燃在我们家帐篷边的两堆篝火是在清晨熄灭的。我们心里忐忑不安，还是让妈妈先看到新年的预兆吧。如果灰烬上有朝南走的脚印，预兆今年家里有老人要离开人世；如果有朝北走的小脚印，是要增添人口；如果有朝北走的马蹄踪迹，是马匹要得到繁殖。

妈妈进来了，神情一片茫然。我松口气，姐姐也松口气，没有答案就是答案。小各罗布大声问：姥姥，有脚印吗？妈妈说：当然有，是小脚印。小各罗布高兴地喊：是爷爷让我踩的，他不让我告诉你们。

妈妈猛一拍手，绷住即将绽开的笑意说：孩子，往北走的小脚印，是要增添人口啊。你许个愿吧，要弟弟还是妹妹。

小各罗布立即回答：要弟弟，咱家女的太多啦，阿里是妹妹，就会哭哭啼啼。

这话一点儿也不像四岁孩子说的。

按照规矩，我们重新燃点起帐篷前的篝火。库列认真架起劈柴。他的手真巧，劈柴错落有致地围成一堆，仿佛是心灵在对话。妈妈很满意地形容，库列送给她最美好最温暖的礼物，她会让库列的火在心里燃烧下去。

篝火燃烧起来。我和姐姐把手伸进桦皮盒里，把准备好的肉条和烧酒恭敬地投进火堆里，让火神品尝我们的供品，接受我们的诚意。我和姐姐许了愿，却没有告诉对方是什么愿。

说出来会犯忌的。关于疾病、痛苦、灾难和死亡，在新年的第一天我们不可以提到它们。也许，它们蒙着我们看不见的面纱，正站在对面，一旦有人提起它们，它们就会默无声响地跟随你。

绕过一切苦难，让生命在新的一年里继续向前延伸。这是我们共同许的愿。

21

晚上，我把吊锅底部的锅灰全刮下来后，仔细收进桦皮盒里。库列逗趣地形容我快把锅底刮漏了。我马上表示，明天早晨第一个给他涂成黑脸。

我听得见别人家也发出锅底和铁片互相摩擦的尖叫声。每户人家一定积攒了足够令人疯狂作乐的锅底灰吧。正月十五的早晨，大家会互相把脸涂成黑色取悦。我问妈妈，这个习俗从什么时候传下来的，她不知道，她的妈妈也不知道。

抹黑脸嘛，大概是讨个吉利吧，妈妈解释说，想想我们有另外一张陌生的脸，鬼神就找不见谁啦。

可是我猜测，这个习俗肯定和寻找道路有关系。每一个猎人进林子里打猎，当然要记得返回的道路。他们边走边在树身上用刀刻下路标，以防走丢。一个猎人突发奇想，他用黑色颜料涂抹在脸上，自己寻找自己。从那之后，他没有迷失过方向，因为道路就写在他的脸上。

一大清早，妈妈端端正正地坐好，等待我们给她涂抹黑脸。磕过头后，每一个人用锅底黑涂在她脸上。库列礼节性地画两下，而我们则不然，苏妮娅在妈妈鼻子边画出两道黑纹，她一下变成了威风凛凛的男人，我顺手在她额头添了三道横纹，让她变成卧在儿女身边的母老虎吧，小各罗布干脆在妈妈脸上左一条右一道地抹个没完。妈妈终于忍不住地喊：行啦，我是烟囱吗？

没照镜子她也猜得到，自己的脸被涂抹得乌烟瘴气。

之后，大家互相涂抹了脸。我把阿里的眉毛描黑了，看起来她漂亮了许多。阿里刚生下来时眉毛淡淡的，若有若无。妈妈私下里为她叹气，担忧她将来难出嫁。或许是因为世代居住在深山中缺盐的缘故，族人里总有阿里这样毛发稀少的孩子问世，他们的样子犹如只生长树干却不长树叶的怪树，令人心生忧虑。

苏妮娅看不到孩子脸上的缺憾，她把女儿当成公主，认为阿里是世界上最漂亮的孩子。

轮到库列，我毫不犹豫地在他脸上涂抹出野公鸡耀武扬威的尾巴，让尾巴梢一直翘到太阳穴。有几次我忍住笑，看他老实地坐着，任凭我涂抹。过一会儿他说：你就当我的脸是画布好了，只要你愿意画，我不怕出丑。苏妮娅在旁边赞叹道：你画得真漂亮，库列像仙境里的花公鸡，玛鲁神灵会第一个看到他。后面的话不用说，我们也都听懂了，玛鲁神灵今天一定会把福禄第一个降给库列。

那天上午，我过足了瘾。乌力楞的人都找我为他们涂脸。查鲁变成了威风凌厉的老虎，娜佳婶挑选了活泼可爱的灰鼠，毛考扮成了狼，而楚楚婶一定要变成神气的黑熊，让楚楚不再随便发脾气，老老实实地过上一天。格帕欠老人起初犹豫，想起妈妈常说狐狸聪明，他就执意当狐狸了。

那个上午我的膝盖骨都磕疼了。轮到与我平辈的人可以不讲规矩，打闹嬉笑之间，我就画完脸谱。轮到长辈，我必须磕过头才可以为他们涂脸。等到大家互相走动着炫耀自己的脸谱时，我已经累得不想说话了。

查鲁又来了，他把脸洗得比雪还白。我让你重新为我画脸谱，他向往地说，我画库列的脸谱。

我一动不动地瞅着他。他又折腾我了，这个臭小子，我回来后他一直折腾我，动不动就跟我发脾气，或者找点事情让我帮忙。

你成不了库列，我说，还是老老实实当山大王吧。

查鲁的脚开始在雪上蹭来蹭去的，我还没见过他这么心事重重的样子。我想变成库列，喂，古迪娅，我真是这么想，他伤心地说，库列勇敢、善良，长得又英俊，我是女人也愿意嫁给他。

别这么想，查鲁，我说，你是好男人，会有人喜欢你的。

他的眼睛亮亮的，很认真地瞅着我。喂，你会说话了，他兴奋地说，你从来没这么好好跟我说话，现在你有点仙女的味道了。

我大笑，我也感觉自己有点喜欢他，虽然还来不及想清楚喜欢他什么。我重新在他脸上涂抹，画出野公鸡的尾巴，它像一把神奇的扇子让查鲁露出灿烂的笑容。我的表情肯定像一面镜子让他看到了自己。嘿，玛鲁神灵该降福于我了，他高兴地拍一下我的头顶，大声宣布，因为我和库列一样讨人喜欢。

我猛然想到库列，想起他那句话，我有点儿困，他对苏妮娅说，我想回去睡一会儿。苏妮娅匆匆瞟了他一眼说，回去吧，昨天忙一天，你累了。库列从我们帐篷里走出时，脸上还带着笑意，但那笑意显得很勉强。

我朝家里跑去，查鲁站在雪地里生气地喊：回来，我有礼物送给你。我没搭理他，只是拼命地跑，大地像一只巨掌从后面推着我，让我疾跑如飞。我掀开门帘看见，帐篷里只有库列一个人，妈妈和姐姐全都不在，她们的笑声在格帕欠老人家此起彼伏，苏妮娅怎么能够把库列一个人留下。库列躺在铺位上，脸面变得模糊一片。他的手抓住一片鹿皮，上面沾染了黑色的东西，他用它擦脸了。他望着我，慢慢地说：古迪娅，给我擦干净脸吧。

我慌乱地抓过小罐里的熊油，涂在他脸上，然后用鹿皮一点点擦干净。当他的脸重新变得洁净时，我不由得后退一步。这是一张各罗布的脸，苍白，毫无生气，犹如被一张命运之手捂过了一样。他的呼吸缠绕在我的手上、脸上，比丝还纤弱，比风还虚无。我害怕了，轻轻地叫起来，库列，快睁开眼睛，你怎么了？

他睁开眼睛，用另一个世界的目光望着我。小妹妹，我要走了，他说，死神认出了我。

我抓住了他的手，害怕地大喊道：库列，库列！

他拼命地睁大眼睛注视着我，哆嗦着嘴唇说：去找苏妮娅。

我隐隐地意识到，库列留给我的时间像秋叶般短暂。一切都来不及了，来不及让他明白，我一直爱着他。各罗布的死亡阻止了我的爱，而现在，他生命即将终止时，我的爱却不可遏止地爆发了。

我俯下身紧紧抱住库列，炽热的脸贴在他的脸上。那是一张死亡的幕布，冰冷极了。等一下，我害怕极了，大声喊，等苏妮娅和妈妈！

我跑出去，跑到格帕欠老人帐篷里。我的神情让他们明白了将要发生可怕的事情。苏妮娅疯狂地跑出了帐篷，过一会儿，她撕心裂肺地喊叫传遍了乌力楞，天空似乎炸裂了一道缝隙，接着响起了滚滚的惊雷，经久不息。

我一定是眼睛瞎了，模模糊糊地看见姐姐一次又一次扑向库列，乌力楞的女人们一次又一次把她拉起来。我一定是耳朵聋了，听不清妈妈捶胸顿足，对死亡之神发出令人毛骨悚然的诅咒。库列真安静呀，比一片羽毛还安静，任凭格帕欠老人昏死过去，任凭伦巴列抓住他的双腿，他也不肯睁开眼睛。

我真不该给库列洗干净脸，死神选择了他。正月十五这一天，尽管我们藏匿在黑暗之后，尽管我们已经熬过最寒冷的冬季，然而，死神仍然抓住了库列。

他洗干净脸，他看见了它。所以他才对我说：古迪娅，你不要离开我。

我怔怔地望着眼前的一切，再一次坠入无边无际的恐惧里，再也无法承受这样悲惨的打击。库列，发发慈悲，带走你悲痛欲绝的父亲吧，他正用头一下下地猛撞木柱子，想跟随你一同走去；带走妈妈吧，她抓住衣领，紧紧勒住脖子，快疯掉了；带走苏妮娅吧，她用两只手抠着地皮恸哭，手指缝已是鲜血淋漓；带走我吧，没有你的日子，我不知道如何熬度。

已经两天了，苏妮娅抱住库列的尸体不让安葬。即使妈妈劝她，即使格帕欠老人求她，她不肯撒开手。她说库列死了，她也死了，她是一片落叶，只能随风而逝，库列就是她的风。

妈妈把哭闹的阿里送进苏妮娅的怀里，她却奋力地把孩子推出去。妈妈，让阿里活下去，她瞪着眼睛轻声说，妈妈，我的怀抱是坟墓，只能埋葬库列。

妈妈用力扇了姐姐两巴掌，可是她目光呆滞地望着大家，好像妈妈的手扇错了地方。连傻子都看得出来，她的灵魂真的跟随库列走远了。

我搂住姐姐。她那么轻盈，有一瞬间我以为搂住了一团云雾、一缕青烟、一具纸做的躯壳。妈妈气愤地让我放开手，她大声朝我俩喊：放手，别搂着她，让她自己挺过来，她有孩子，别这样要死要活的！妈妈的嗓子几乎哑得说不出话，沙哑、粗硬的嗓音却像石头一样砸向我们。我抽回了手。

苏妮娅站起来，摇摇晃晃地走到妈妈面前，朝地面呸了一口。卡思拉，她喊，你巴不得库列死掉，替你的各罗布报仇。现在他走了，你高兴了吧！

妈妈惊呆了，所有的人惊呆了。苏妮娅居然说出这么恶毒的话，真是欠揍啊。然而没有一个人指责她，还有什么场面比这更凄惨、更令人绝望的，她连孩子都不放在心上，玛鲁神灵也救不了她。

妈妈的腰板塌下去，又挺起来。她俯下身子对着躺在灵床上的库列说：我的孩子，你放心地走吧，我们留不住你了，就像晚霞留不住太阳，大地留不住闪电。我的孩子，妈妈老了，却没法代替你去那里。求神灵保佑我们吧，我还要活下去，两个孩子需要我。

我们全哭了，为库列，为妈妈和苏妮娅，还有两个孩子，我们哭泣。

苏妮娅终于同意安葬库列了。格帕欠老人跟她说，她这么纠缠库列，他在那边也不得安生，每天要惦念着与家人团聚，家人要减寿的。整个的安葬过程，苏妮娅没出一点差错，连一向挑剔的楚楚婶都无话可说。

当库列的躯体被高高地举在风葬架上后，格帕欠老人老泪纵横：儿子，放心地走吧，玛哈依尔家族的人会照顾好她们。我老了，很快过去陪你。等着我吧！

妈妈再也挺不住了，大声恸哭地说：库列，别惦念我们。我把小各罗布归还给你们玛哈依尔家族，他该随你的姓氏。

苏妮娅扑通一下，跪在妈妈面前，当她匍匐在地磕了三个头时，我们以为她感激妈妈的决定。有了小各罗布这条清澈的小溪流淌进玛哈依尔家族的河流，库列在天之灵该感到欣慰了吧。可是妈妈突然哀号起来，猛然扑向苏妮娅。然而，一切都来不及了，苏妮娅已经把匕首刺进自己的心脏。她刺得那么狠、那么准，整个匕首从敞开的衣袍深深刺进去，只剩下木柄把露在外面。她躺在妈妈怀里说：妈妈，把我葬在库列的身边。苏妮娅说完这句话便合闭了眼睛。

所有的人站在苏妮娅身边一动不动。空气凝重得令人窒息。我们吸入的是寒气，呼出的仍然是寒气。格帕欠老人明白了，为什么苏妮娅跟他说一定要选择风葬，她已经打算跟随库列踏上漫漫的死亡长途。他走到妈妈面前，脱下帽子痛苦地说：卡思拉，苏妮娅抛弃了我们。

妈妈直直地站立着，比树木还挺拔。她抓过祭祀的白酒，仰着头咕咚咕咚地喝进去。苏妮娅，你走吧！妈妈红着眼睛喊，你这个胆怯的臭丫头，连自己的孩子都扔给了我们，去陪库列一个人，我恨死你了！

我们没有带回苏妮娅，她留在库列身边。当我随着送葬的人们往回走时，不由回头看了风葬架一眼。他们并排躺在高高的风葬架上，像活着的时候那样，相依相偎。寒风吹动着林子，发出呜呜的哀鸣。我不知道，那是谁的叹息。

我想起苏妮娅说过的那句话，库列是她的。

第四章

山下是陌生的世界，让人无从把握。而在山上，我们能够找到食物。可是山上的日子太苦了，饥饿、寒冷、疾病，各种各样的麻烦和意料不到的死亡危险总是跟随我们。

22

妈妈老了，彻底老了。她的头发在一夜之间快掉光了，稀薄的头发盖不住头顶。残留的头发像婴儿的胎毛软软地趴在脑袋上。这让她看上去像在暴风雨中挣扎的老猫。

阿里改了名，叫苏妮娅。妈妈抱着她轻意不肯撒手，尽管这样干起活来碍手碍脚。苏妮娅，她叫道，各罗布，她叫道，然后怔怔地瞅着他们。只要哪个孩子咳嗽一声，她便扑过去，心惊肉跳地看着他们正在张开粉嫩的咽喉。她喂小苏妮娅肉粥，因为害怕粗硬的肉干伤害她虚弱的肠胃，便在吊锅里一个劲地煮肉干，直到煮烂为止。

没有了库列和苏妮娅，帐篷里变得空空荡荡。只要妈妈抱着小苏妮娅，小各罗布便挤进她的怀里。他害怕一个人待在火光无法照耀到的任何角落，害怕凌厉的寒风刮过森林发出的呼啸，害怕雪地上不明真相的脚步声。他害怕，那么小的孩子，他就知道生命有多么脆弱。

妈妈用繁重的劳作压制自己源源不断的悲伤。她找出所有的兽皮鞣熟出来，那是本该在温暖的春季里干的活。她敲打着疼痛的膝盖，用狍子筋线给两个孩子缝制衣服。我必须做出五年的衣服给他俩备着，她对格帕欠老人说，我要是死了，这三个孩子无依无靠啦。

除了夜里回去睡觉，格帕欠老人白天就待在我们帐篷里。他已经离不开妈妈和两个孩子。妈妈跟他一遍遍地唠叨：亲家，我连走路都害怕自己突然倒下去，睡觉怕醒不过来。我不是怕死，早就活够了，我就怕这三个孩子又趴在我身上哭。她抽泣一下：听见他们的哭声，我走不了。她默默地流淌眼泪，我走不了，苏妮娅已经替我走了，这个烈性的女儿，死得轰轰烈烈，她哽咽着说。

那天早晨，我一下子醒来。妈妈在帐篷外呼喊：卡思拉，你回来！我醒了，妈妈在外面，在阴沉沉的林子边，正在呼喊自己。她出了事，她发现自己丢了，所以寻找丢失的自己。我连忙爬起来，连帽子都没戴就往外跑。妈妈，她出事了，她找不到自己，她会一个人钻进林子深处，去找库列和苏妮娅。她看见自己还在他们身边，在那片风葬她两个孩子的林子里。现在，只要她走进冰天雪地的林子深处，她不会回来的。

我拼命地奔跑，野风灌进我的嘴里，灌进我的肺子和两条腿里。妈妈，我喊，拼命地喊，但是我听不到回音。声音在我头顶，在我四周，在遥远沉默的山顶，我听不到回音。妈妈就在我前面，我却追不上她。她走得真快，仿佛两只脚踩在旋转的风里。

比我跑得更快的还有一个人。格帕欠老人从我身边呼哧呼哧跑过去，他追上了妈妈，一把抓住了她，让她的脸对着自己。他们互相凝视着，也许是一瞬间，也许是一生。妈妈挺得直直的腰杆，慢慢弯曲了，因为格帕欠老人说：卡思拉，苏妮娅有库列，你有我，我们在一条河流里，而他俩在另外一条河流里，你为我也要好好活下去。

妈妈瞅着地面的厚雪，又瞅着远处的林子，那里风葬了她的两个孩子，也是格帕欠的两个孩子。不是她一个人因此绝望，还有一个人因此伤心欲绝，这个人就站在她眼前，像活的誓言，邀请她跟随自己一起行走。妈妈抓住了格帕欠老人的手，转身朝营地走来。这一对老鸟，似乎刚从大火中逃生，神情严肃、脚步匆忙，却又坚定不移地向我和两个孩子走来。

我也反身往回走。他们在互相援救，却无法结合。死去的亲人既是河流又是绳索，既隔离他们又让两个人无法分离。

玛鲁神灵，它在天上看着，两个老人正在遭受煎熬。

第二天早晨，我从木柱子上拿下库列的枪，妈妈就哭了。她跪在"玛路"铺位上，捂住脸抽泣着。悬挂"玛鲁"神龛下的铺位，是男人们才能歇息的地方，它曾躺过我的父亲、哥哥和库列。而今，我拿起枪替代他们走进森林，妈妈再也忍不住泪水。玛鲁神灵，她呜咽地说，玛鲁神灵，她只能反反复复地念叨这句话。

我没安慰她。家里已经没有食物了，两个孩子不能总是吃肉干，他们的肠胃受不了。小苏妮娅嘴里的溃疡总是下不去，能喝到鲜肉汤就好了。整个乌力楞的人已经有七天断了肉食，只能用肉干充饥。该死的大雪一个劲儿地下，那些野兽恐怕跑到了更远的地方觅食，男人们很难打到猎物。

我没安慰她，而是拎起库列的枪走进森林。寒风吹干了我眼睛里的泪水，吹散了我心中的悲伤和忧愁。必须生存下去，这是森林法则，是人和动物共同遵从的信念。我们必须活下去，除此而外，所有的伤感都无济于事。库列的孩子就是我的孩子，因为我爱他，就像爱哥哥一样。如果他活着，会用他的爱告诉我，活下去，这就是一切。我必须活下去，让妈妈和孩子们活下去。就这样，哭是没用的。

妈妈从身后追上来，她呼哧呼哧地跑着，被一根倒木绊了一下。我牵着马大步朝前走，不时回头挥手让她回去：妈妈，回去，你要摔成瘸子啦！她追上了我，气喘吁吁地喊，臭丫头，瞧不起你妈啦。她举着各罗布的枪嚷嚷，你爸死后，是谁把你们三个养大的？现在你居然拿我当废物啦。她挺着胸膛，像个骄傲的母鹰，只不过这只母鹰瘦骨嶙峋，而且快掉光了毛，站在那里，双腿微微颤抖。

别怪罪苏妮娅，妈妈在寒风里边咳嗽着边喘着粗气说，她是好女人，她说过她和库列生死不离，她做到了。我什么也不说，只是一个劲儿地往前走。我忌妒姐姐，她掠夺了我的记忆和想念，这回她好了，拥有了库列的一切。乌力楞的人提起苏妮娅便说：那孩子吗，现在和库列在一起，谁也不能把他们分开。

我和妈妈一起钻进了林子，猎取那些瘦弱的动物。灰鼠、兔子、山鸡、狍子，只要逃脱不掉的家伙，我们绝不放过去。我常常放空枪，妈妈补过枪后边叹着气边去拾倒在地上的兔子或山鸡，连理都不理我，直到我奇迹般地放倒一只狍子，妈妈牛哄哄地夸耀：到底是我女儿，虽然比起我来差远喽。

那只狍子自己撞到我的枪口。在向阳的山坡上，狍子用身体蹭着树干，发出嚓嚓的响声。枣红马放轻了脚步，耳朵竖起来倾听着。我跳下马背端起枪瞄准了它，妈妈也跳下马背，她并不奢望我能打中猎物，所以先开了枪。狍子怔了一下，然而来不及了，我也开了枪，它应声倒下，而妈妈那一枪打偏了。妈妈牵着"追风"马走过去，我愣了一会儿也走过去，每次打中猎物后，我都需要站在原地稳稳神。看见它睁大眼睛仍然惊悸地望着天际，我很难过。妈妈看出我的心思，训斥我：别这个样子啦，难道让孩子们饿死才对劲儿吗?

我们用匕首卸开狍子。当妈妈打开它的胸膛,我就开始反胃了。妈妈找到狍子的心脏,用手勾扯下来牵连腹腔的肉,狍子的心脏就像成熟的硕果被摘下来。她割下一块狍子心递给我说:吃下去,扛饿。我接过那块血淋淋的东西,感觉到上面尚存的体温,便硬着头皮吃下去。吃着吃着,胃里面伸出一只手拼命往上推。妈妈看我难受的样子气坏了。嘿,咽下去,她用枪托砸我一下,咽下去!

我当然咽了下去。我需要保持体力,把这个庞然大物用马驮运回家,何况宰杀它的过程很长,我需要源源不断的力量。我咽下在嘴里打滚的肉,眼睛里冒出泪花。妈妈什么也不说,抓过一块生的狍子心吃起来。她用牙齿撕咬着,像野兽一般连嚼带咽,她的喉咙间出现了一块可怕的硬块,她抓过一把雪吃下去。谢天谢地,那块肉总算吞噬下去了,没卡住妈妈的喉咙。我不再犹豫,用匕首切割狍子心,一块接一块地吃下去,吃饱为止。

妈妈割下狍子肉,一条一条地喂马。马吃肉的速度特别快,肉条仅仅来得及在它嘴里转两下,便被咽下去了。我拍拍马背说:库列,你饿了多少天,现在痛快地吃饱了吧。妈妈装作没听见我的话,但我看见她收紧了肩膀,仿佛准备承受什么,或者说迎接什么,可是转瞬间她放松了自己,对着马喊:小子,看你的了。

我们卸完狍子,把肉装进皮囊里搭在马背上。漫天的大雪又飘落下来,寒风裹卷着雪花肆意地打着旋儿。妈妈被呛得咳嗽着说:孩子,你真难嫁人啦,有我们拖累你,谁也不会娶你啦。

我不嫁人,我说,我要养大两个孩子。

我的枪法越来越准了,营地的男人们开玩笑说我前世一定是个男人。只要饥饿跟随着我们,只要看到两个孩子四处寻找食物,我和妈妈就毫不犹豫地出猎。我的枪法越来越准了，很快做到弹无虚发。我打到最多的是山鸡、兔子、灰鼠，而尽可能绕过那些凶猛的动物，因为我们不是对手。只要枣红马嗅到狼群和野猪的气味，就马上站下来不再朝前面走，而妈妈骑的"追风"马也跟着停下来。每逢我们躲过狼群或野猪群，妈妈便说：库列保佑我们呐。

格帕欠老人总给我们送来食物。那个时候，妈妈就坚决地推辞：亲家，等我躺下动弹不了的时候，你再送肉也不晚。格帕欠老人当然斗不过妈妈的嘴。他眯缝着小眼睛气冲冲地回嘴：难道让我把皮袍脱下来还给你吗？

妈妈脸上浮起羞赧的红云。她怪罪的样子让格帕欠老人明白，他真不该用这么大的嗓门揭她的隐秘。多么苍老的女人站在太阳下，也要用东西遮一下脸面吧。所以，他就讲和地建议，他要留下来吃饭，就用自己带来的肉食讨一顿饭吃好了。妈妈顿时高兴地忙碌起来：亲家，尝尝我做的肉汤，味儿美极了。

妈妈调制肉汤的鲜味儿是一绝。女人们曾经瞪圆了眼睛站在她身边，看她究竟用什么神奇的办法调制美味的，但她们失望了。别猜来猜去啦，妈妈说，女人做饭一定要用心，这样做出的食物才好吃。

开春的时候，查鲁和翁基勒下山了。回来时带来两个人。当安校长走进我们帐篷时，我一下子怔住了。他们给两个孩子带来了奶粉和面包。他把食物分别送给孩子们时，妈妈便捂住嘴无声地抽泣起来。

让古迪娅上学吧，安校长求妈妈说，她是太好的学生了，应该读书、绘画，走出大山。

妈妈什么也不说，因为我们无话可说，因为两个孩子需要我。与生命相比，任何事情都不重要。

安校长他们在乌力楞住了四天。他们原本以为能看到我们吃饱了后便唱歌、跳舞，原本以为我们能向他们展示热气腾腾的生活，但是失望了。

妈妈向他解释：玛鲁神灵说过，万物有灵，灵魂会发出声音的。乌力楞的人已经习惯在寒冷的季节里平静地生活，用心倾听万物的声音，所以我们不觉得孤独和寂寞。

他们谈话时，一只乌鸦从帐篷顶上呱呱地叫着飞掠过去。妈妈凝神地倾听了一会儿，自言自语地说，乌鸦是一种特殊的鸟，它从遥远的古代飞来，又朝另一个古代飞去。这个黑色的幽灵听够了人们的坏话，人却无法猜出它想告诉地面的生灵，它看到了什么。

安校长懂了妈妈的意思。无论唱歌、跳舞，还是寂静中的端坐，乌力楞的人都活在自己的世界里，别人很难懂得他们。

他们骑着马下山了。他会让我继续上学的，安校长向妈妈发誓，他要让所有鄂伦春的孩子上得起学。政府会帮助你们的，他说，一个新的时代已经来临，你们应该过上幸福的生活。

我们很怀念安校长，他成了我们的朋友。森林里没有时间，回忆就是时间。安校长，他是一段时间、一段回忆。玛鲁神灵说，把世界放进心里的人才有灵魂。

他是有灵魂的人。

23

小苏妮娅经常拉肚子。听见她扑哧哧地拉屎，小各罗布便捂住鼻子叫喊：臭死啦，妹妹的肚子是沼泽地吗？小苏妮娅边拉边哭，因为肚子疼，不明真相地疼。妈妈认为她消化不良，用山鸡的鸡内金给她治病。她的肚子刚好些，又患上了盗汗的毛病。白天，她的衣服总是湿漉漉的，每逢夜晚刚躺下，她的虚汗便从头发里、皮肤里渗出来，而入睡后开始做梦。它在那儿，小苏妮娅把手从睡袋里伸出来，拼命推着压住她的阴沉的噩梦，它在那儿，她叫醒了，脸蛋发热，眼睛里充满恐惧。

妈妈把小苏妮娅紧紧搂在怀里，沉默地垂下头。她不再像从前那样大声咒骂看不见的厄运，不再折腾自己到处地埋咒符，不再用对抗的姿势表明她不屈不挠。她垂下头，甚至没有泪水。

一连两个月，小苏妮娅都这样发低烧。我每天用开水冲泡熊胆喂她。喝了一段时间，她的病症时好时坏。格帕欠老人只要有时间就过来守着她。两个老人像两只无助的老鸟痛苦地守望，让我心痛欲裂。他最后担忧地说：这孩子怕是保不住了，她得了肠结核。

妈妈感到膝盖骨被抽空了，那儿剩下两个黑洞，黑暗的风飕飕地灌进去，充满全身。整个阴冷的秋季压在她的胸口，像石头一样沉重。救救她吧，求你啦！妈妈突然抓住格帕欠老人的手，捂在自己脸上，泪水潸潸。

格帕欠老人和儿子伦巴列送我们下山了。我们找到阿里河镇政府。我们找的正是时候，小苏妮娅住进了卫生院后，医生告诉我们，再拖一个星期，孩子就没命了。

小苏妮娅住院了，妈妈看着输液的吊瓶，担心地问医生：魔鬼莽盖不怕水，你们用长长的针往孩子身上灌水，莽盖根本不怕，还是请萨满跳神驱灾吧。

医生给她讲了相关的医学知识，妈妈半懂不懂地听着，还是想请萨满跳神。

医生急中生智，认真地告诉妈妈，他已经在药水里加进了神灵，是医学的神灵，它们像天兵神将，会战胜小苏妮娅身体里的病魔。妈妈当然相信医生的解释，因为她亲眼看见小苏妮娅的低烧退下去，而且胃口好起来。那些源源不断的神兵快把莽盖打败了。

一物降一物，现在该死的莽盖碰到对手啦，妈妈后悔不迭地说，早知道这样，就该把库列送进卫生院，这样苏妮娅也不会离开我们。

小苏妮娅出院时，妈妈竟然有些留恋。她抚摸着铁床悄悄对我说：真想把它扛回去。我开玩笑说，扛回去一张铁床，谁都想睡在上面怎么办，总不能一人轮一夜吧。

医生找到镇政府派一辆吉普车，送我们返回了山上。当车开到乌力楞的营地时，妈妈一眼望见枣红马躺在我们帐篷前的地面一动不动，一种不祥的感觉猛然击中了她。古迪娅，古迪娅，她抓住了我的手紧张地咳嗽起来。车刚停下，我冲出去，跑到它身边。它睁开眼睛看着我，又看着妈妈，喉咙间不时发出古怪的响声，四肢无力地抽搐颤抖。它挺了几天了，站在一边的毛考低声对妈妈说，它等着你们，一直等着。

我们用刚带回的小米煮粥，给它灌进去，可是粥很快便顺着它的嘴角流淌出来。即使一棵草也看得出来，马快死了。我在它头顶的方向点燃篝火，跪在雪地上祈祷。妈妈把手按在它头顶，悲伤地呜咽：库列，你又走了，这一次你是替小苏妮娅走的。走吧，我们留不住你了，一颗高贵的灵魂，就这样离开我们，在黑夜与光明之间游荡。你的路就是我的路。

天黑下来的时候，枣红马咽气了。它倾听着远处森林里一只猫头鹰悠长清冷的叫声，慢慢合闭了眼睛。库列，我喊它一声，它睁开眼睛，像人那样瞅着我。库列，我轻轻喊道，库列。它合闭了眼睛，眼角流下一滴泪水。我知道，它不肯走，不肯离开我们。去天堂的路遥远极了，它自己走太孤单了。妈妈在一旁给它擦去泪水。她伤心至极，没有流下一滴泪水。我再也流不出泪水，她对格帕欠老人说，我的心被苦难勒得紧紧的，它很快像秋天的树叶那样从我身上飘落。

我看见了枣红马的灵魂，它从苦难的大地上升浮起来，顺着黑暗中的光明飘向了天际。那些遥远的星星发出轻声叹息，而树木在微风中抖动着无数树叶，和大地的脉搏一起跳动。

我们开始频繁搬迁营地，因为我们总是逢遇那些外来的人。他们是林业工人，砍伐树木后用火车运出林子。为什么要砍下那么多的树，查鲁问道，难道它是罪人吗？他像傻子一样追问每一个人。大家被他弄烦了，都说他越来越不可理喻，尽想别人不想的事情。所以当他问到毛考时，毛考便给了他一个嘴巴，终结了他无休无止的发问。

那些动物受到惊扰后格外警觉，钻进了更茂密的林子里。当贝加尔湖的凉风吹进林子，它们才稍微放慢逃窜的速度。来自动物的嗅觉让它们警觉地意识到，前面是更寒冷的山林地带。

我们跟踪猎物的足迹，频繁搬迁营地，男人们经常抱怨打不到猎物，而女人们则更关心孩子们的入学问题。因为镇教育科几次派人来乌力楞，动员孩子入学，动员所有的猎民搬迁到山下定居。当乌力楞的人开会，决定是否下山居住时，妈妈强烈反对。要走你们走好了，我不会离开这里一步，妈妈说，我的孩子和丈夫都留在这一带，我不走，死也和他们死在一块儿。

　　大家沉默了。我们不愿意离开山林。山下是陌生的世界，让人无从把握。而在山上，我们能够找到食物。可是山上的日子太苦了，饥饿、寒冷、疾病，各种各样的麻烦和意料不到的死亡危险总是跟随我们。孩子们需要学习知识，总不能让他们一辈子也过着动荡不安的生活吧。至于亲人的灵魂……还是随他们自由地游荡吧。也许它们会认为在山下更好一些。格帕欠老人第一个离开会场，走回自己的帐篷，别的人也都回去了，他们需要好好想一下怎么办。

　　回到帐篷，我生气地责怪妈妈：你想一个人呆在山上吗，两个孩子有病怎么办？妈妈立刻回答我：你领孩子下山，我要守着你父亲。我气哼哼地反唇相讥：还以为谁都听你的吗，我父亲和苏妮娅会跟着孩子们下山的。妈妈正敲着木勺上面的泥巴，小各罗布用它挖泥来着，她怔了一下，接着把木勺朝我扔掷过来，砸在我的肩膀上。欠收拾的丫头，这个家谁说了算？她怒不可遏地教训我说，我还能站起来，没你说话的份儿！妈妈的心眼已经封死了，她看不明白，乌力楞的人们最终要下山了，因为政府要求我们下山居住，结束猎民动荡不安的生活方式。妈妈不走，乌力楞的人是不会走的，库列家族的人永远选择跟我们在一起。

　　格帕欠老人没告诉任何人，独自骑马走了。大家心照不宣，他去请阿摩萨满。妈妈不走的决心已定，谁也撼动不了她的想法。既然她相信神灵，相信萨满能看清楚未来的道路，格帕欠老人只有让阿摩解决悬而未决的问题了。

　　阿摩萨满从另一处山谷被请来了。他和格帕欠两人一起骑马来到营地时已是凌晨。当马蹄声渐渐接近营地时，男人们穿上衣服站立在凉风中肃立等待。阿摩萨满的名声比天空还辽阔，比太阳还明亮，他传奇般的人生经历早已如风般不胫而走，让所有的鄂伦春人耳熟能详。他本该在阳光明媚的白天到达，谁也没有想到，在茫茫的黑夜里，他领着格帕欠老人穿越了障碍重重的森林，抵达营地。

阿摩萨满从马背上跳下来，天际间便泄露出淡淡的晨光。这个不谋而合的迹象足以令人相信，他是超凡脱俗的先知。

我们在格帕欠老人的帐篷前清理了一块草坪，然后用一人多高的倒木搭建了篝火架。当祭祀的食物摆放在熊熊燃烧的篝火前，阿摩萨满便从摘下了沙克围子的帐篷那端走出来。他穿着全套的萨满服饰稳重地站着。缀满沉重铜镜的神服似乎想把他拽向深沉的大地，而那手中轻盈如羽的神鼓则想把他拉向浩渺的天空。他很老了，时间真是格外眷顾他，时间没有吞噬他，而是美化了他，让他看起来深不可测。

整个祭祀的场面跳跃在篝火的热流里。我没有坐在人群当中，他们面对着萨满，随时准备奉献朝拜的歌声，因为阿摩需要他们的热情与狂迷。我隔着篝火去看萨满跳神。火光和热流把他的身影晃动得虚幻而迷惘。我们看不清楚他的面貌，不仅是由于神帽上垂落的密集的缨穗遮盖了他的脸、他急促的雷电般的舞姿划破了灰暗的天色，而且还因为那嘶哑的歌声直刺我们的眼睛。他吟唱的神歌让我们想起乌恰奶奶，她最后的绝唱犹如血雾般灿然绽放在所有人的视野中。我猛然想起乌恰奶奶临终时说的那句话：智者无家可归。我终于理解了其间的含义，我们活着，并且终生行走在寻找的道路上。我学着妈妈，双手紧紧握在一起，放在胸前祈祷。阿摩萨满，带着我们行走吧，去找回我们已经丢失的归宿，也找回我们的安宁和梦想。

智者的归宿就是融化在自我放逐的河流中。

我用一直珍藏的白纸和铅笔画下祭祀的场面。当我描摹舞蹈中的阿摩萨满，感到他就是明天的我。我们的不同之处仅仅在于，他在风中寻找方向，而我在水中寻找归宿。没有谁可以帮助我们，我们跟随自己的身影，在光明与黑暗的交接处生长或死亡。

阿摩萨满和风一起凝固在我的画面中、我的脑海里。他凭借祖先神的力量，在想象中远征沙场，和所有阻止我们前进的恶魔作殊死的搏斗。他在我们对面，在我们目所不及的场地，进行着一个人的战争。神鼓像一片树叶在半空中翻飞，发出悠远圆润的音响，明艳美丽的朝霞燃烧在天际，远处的溪流弹拨着一个女人的歌喉，发出轻柔而忧伤的吟唱，它时隐时现，薄如草芥，却闪动着犀利的刀光剑影。

阿摩萨满在舞蹈中飞腾起来，犹如一片羽毛落入篝火。看他在燃烧的火中来回穿行，小各罗布哇地哭起来。我们惊恐地注视他，他走过的地方是大地的一条黑线，他身后的火焰比太阳还明亮，他的脚下出现一团黑色的旋涡紧紧地围住他，让他毫发无损。时间太漫长了，从我们眼睛里、喉咙间和每一个毛孔向外流淌，源源不断，我们没有办法让时间停下来。

他终于像火鸟般从烈火中飞出来，安然无恙地落在地面。

那场搏斗从清晨开始，一直持续到傍晚。当悠然的晚霞吹响夜风时，阿摩萨满稳稳地站立在地面，无言地宣告祭祀结束。他的脚下，大片的草地被踩踏得露出深褐色的泥土、盘根错节的草根枝须。一个深深的土坑里突然冒出汩汩的泉水。他平静地宣告：神已经告诉我们，放弃固执，寻找新的命数。它赐予这股泉水洗濯我们的眼睛，让我们看得更远，破解存在之谜。

妈妈在一条鹿皮绳上打下四个结，挂在祭祀的树枝上，别的人家也如此悬挂上打着结的皮绳，表示全家人听从神灵的指点，下山定居。所有的人吃过祭祀的肉食后，围着阿摩萨满坐在篝火旁，共同迎来又一个黎明的曙光。看到夜色中燃烧的篝火渐渐露出疲倦的神情，我们就知道，接替它的黎明即将到来。当水一样流泻的天光抹去篝火橙黄色温润的光芒时，阿摩萨满站起了身，仰起头对着天际做了最后的祷告：万能的火神，我们一直生活在森林的怀抱中，一直追随着猎物过着游荡的生活。现在，我们要下山定居了，另外一种日子和新的时代一起到来。请你继续保佑我们，赐给玛哈依尔家族平安和富足！

24

当第一场大雪被暖流融化后，乌力楞的人集体搬迁下山了。整理东西时，妈妈拿不准是否带上"额尔敦"兽皮围子，最后还是放在马背上。我们的"奥伦"高脚仓库里的食物被妈妈留下了，留给打猎者经过时食用。

妈妈从"玛路"（正铺）上方的柱子请下神袋时，用手抚摸着铺位。这个位置向来是家中男人居住的席位，她一定是想起了父亲和儿子。而我看着左侧的"奥路"席位也黯然神伤。我和苏妮娅曾经睡在一个睡袋里相互取暖，而她和库列之间浓浓的爱意，曾经让我多么嫉妒和羡慕。

妈妈抱住小苏妮娅没头没脑地亲一口。小命根，我真是老糊涂了，我不会永远活着，现在就应该乖乖地守着你们。

马队沿着静静的多布库尔河走下去。搬迁那天是少有的好天气，阳光照亮了每一个地方。地面铺着厚厚的土质层、绿色褪尽的树叶，马蹄踩在上面，发出绵软的声音，好像另一个马队，从远方向我们走来。看着结着薄冰的河面闪烁的阳光，妈妈大声唱起那首人人会唱的民歌：

> 住了一辈子斜仁柱，
> 不知遭受多少苦难。
> 霜来了，
> 草荒了，
> 我呀，也和荒草一样，
> 等待着冬天的大雪。
> 生命像河岸的岩石，
> 慢慢滑入秋水里。
> 孩子们，
> 记住妈妈，
> 她正在衰老，
> 她的歌声，
> 留下永远的回忆。

妈妈忧伤的面容和初冬的阳光让我相信，她真的把灵魂留在了山上，留在了高高的风葬架，跟随马队行走的是她的躯体。那一瞬间我明白了妈妈，也明白了阿摩萨满为搬迁所做的祈祷。一个人死亡的时间太漫长了，我们每个人都会走进那个漫长的永恒之中。与死亡相比，活是瞬间的，也是幸运的。当一个人懂得了活，才可能明白什么是真正的死亡，那是灵魂对生的回顾，永无休止。

我们搬进了政府为猎民搭建的木克楞房子，它们正等待着我们。用原木建造的房子支撑着高大的身躯，像巨大的仆人严肃地站立在呼啸的北风中。我们搬进了属于自己的房子后，小各罗布奇怪地看着玻璃窗，小心翼翼地用手戳几下。他搞不清楚，谁能把河里的水变成薄冰镶在木格子里。

是新玛鲁神灵吗，他跟在我身后一个劲儿地问，我们到山下了，归新神灵管啦。

最后他大声喊：冰会融化的，难道新神灵想不到这一点吗？

我们把火炕烧得烫人。小苏妮娅脱掉鹿皮袜子，光着脚在上面跳来跳去的。妈妈每隔一会儿便走出屋子透气，她嫌屋子里憋闷。像亲人一样的空气被厚厚的墙挡住，让她觉得自己的肺子像扇子一样地拼命摇扇，才能进入足够的空气。妈妈抱怨地说，屋子里肯定点不了篝火，火神待在狭小的土灶里，连腰都伸不开，真是大不敬。至于天窗，已经开在南面的墙壁上，屋子里的人只能从那里看外面的风景，而无法直视苍天。

古迪娅，我怎么和苍天对话，妈妈犯愁地说，你爸去世后，每天夜里我都从天窗望着夜空，总觉得老天在倾听我的心声，可是现在有难处了，我们谁也看不到谁了，它肯定误以为我进了棺材，再也不能思考人间的事情啦。

过了一个星期，妈妈到底找伦巴列在院子里支起帐篷。当我们用兽皮围好架子后，妈妈拍几下巴掌大笑地说：又闻到熟悉的味道啦，真亲切呀。

　　不错，连马都闻到帐篷的气味，一下子振作起来，用热情的目光一个劲儿地朝帐篷里看，好像里面正举行宴会。面对自己的创举，妈妈得意地扭了扭腰，大笑道：看来我还能跳舞呐，我的胯骨还好好地长在两条腿上。

　　阿依玛罕和楚楚婶过来一趟，回家就让丈夫搭建了帐篷。了不起的主意，乌力楞的人全学着妈妈在自家院子里支起帐篷。我们恢复了山上居住的形式，随时可以进帐篷里点燃篝火，支起吊锅过日子了。

　　我们渐渐地习惯住在木克楞房子里，习惯没有天窗的夜空，习惯用灶塘做饭。有一天夜晚，我们从呼啸的大风中醒来，听见屋外的帐篷发出骨折似的摇动，吱嘎嘎地响个不停。妈妈打了一个长长的哈欠说：睡吧，这房子挺结实，看来房顶砸不下来。

　　席兰嫂动辄就往我家跑，后来干脆和我们住在一个大火炕上。她不喜欢住在木克楞房子里，因为听不到别人家的声音。第三个孩子流产后，她再也没有怀孕，伦巴列总是给她脸色看。库列走了一个多月后，她便犯了胃肠病，吃东西就呕吐。伦巴列害怕了，以为她被库列传染上了伤寒，可是过不久大家就看出来，她的肚子迎来了春天，里面孕育了一个姗姗而来的小生命。格帕欠老人悲喜交加地跟妈妈说，一定是库列转世了。尽管听起来更像梦话，妈妈还是愿意相信库列正在返回玛哈依尔家族。当格帕欠老人走之后，妈妈潸然泪下，古迪娅，你快结婚吧，给我生十个儿子、十个女儿，她坚定不移地宣布，我不能让自己的怀抱空空荡荡，小苏妮娅满地乱跑啦，我抱什么呐，难道抱木头才对劲儿吗？

　　席兰嫂让妈妈劝伦巴列，把她送回山上的娘家居住一段日子。她害怕那些纷纷倒下的木头伤了胎气。她说自己晚上刚躺下就做噩梦，树木像人一样倒下去、倒下去，没完没了地倒下去，她的尖叫变成飞扬的尘土，飘在梦境的上空。我这儿难受，席兰嫂指着自己的心窝，愁眉苦脸地说，那些外乡人一股股地涌来，他们钻进林子里砍伐树木，然后倒运出去换粮食吃，他们什么都不用干了，靠这个活着呐。那些原来活得好好的、站在那儿的树木，顷刻间没了命。我的孩子，他来得不是时候，我真怕伤了胎气。

妈妈无言以对。尽管弄不明白胎儿与树木之间有什么神秘的关系，她还是相信，席兰的不安并非无事生非。族人烧火时，从不砍伐活着的木头，而是选择已经倒下的枯木做木柴。即使刚出生的孩子也知道树木是有灵魂的，但为什么那些乡下人朝它们举起了刀斧。至于席兰，因为每天目睹那些大树倒毙而心烦意乱，肚子里的孩子也会受影响。

妈妈和格帕欠老人总是凑在一起嘀咕。我刚出现在他们面前，俩人便一起闭住嘴，抬起头望着天空，仿佛正看到有人顺着阳光向上攀援。其实，我很清楚他们的烦恼，他们有得是烦恼。他们不想送席兰回娘家，而伦巴列要带狩猎组进山打猎了，席兰一向是安安静静的，却在这个时候添乱，伦巴列从来没遇到这么麻烦的事情。还有，政府发给我们一些粮食，用不了多久，粮食很快被吃光。

小各罗布早晨起来刚闻到玉米粥味儿，就耍赖不肯穿衣服。我饿，他喊，我快饿死啦。而妈妈用稀粥喂小苏妮娅时也犯愁：这些比水稠不到哪儿去的粥会像秋天的雨水一样，抽打人的筋骨。大人挺得住，孩子受不了。

单枪匹马进林子打猎，收获甚微。因为林业工人采伐树木，用汽车运走一批又一批木材，动物都吓跑了，钻进更深的林子里。

我和妈妈每一次出猎，都必须走出很远，才能打到大一些的猎物。乌力楞的其他人家的情况也差不多。待到五月的"鹿茸期"到来，男人们便组织"安嘎"狩猎组，准备返回多布库尔河一带打猎。他们还需要三个女人做饭、喂马、晒肉干、收拾猎物。我说服了妈妈，要跟随他们进山。妈妈找到伦巴列，让他同意我进"安嘎"狩猎组，因为伦巴列是大家选的领头"塔坦达"，但他说什么也不收我，还说了玛哈依尔家族应该照顾好你们一类的话。我生气了，直接去找他。他把脚举起来说：看见了吧，我的脚成什么样子啦。我当然看见了他的脚，扭曲变形的脚，而且脚趾甲也变了形，厚厚的，像松树皮。古迪娅，你是丫头，要是长了这样一双臭脚丫，丈夫会嫌弃你，还是好好待在家里，帮席兰嫂干点活。

我不出嫁，我理直气壮地说，我也不怕烂脚丫。

他搔了搔脑袋，慢慢收回自己的脚。当他穿好靰鞡鞋后改变了主意。行啦，你去吧，死犟的丫头，库列怎么就看上你了。他闭住了嘴，垂下眼帘，朝身后退一步，因为他看到泪水突如其来地涌上了我的眼睛。

狩猎组出发了。席兰原本很安静地站在人堆里，却突然冲出来抱住伦巴列哭泣了。伦巴列一动不动地站在马跟前，忍耐了一会儿说，好了，接着他骑上马。这是一声号令，我们都骑上马，告别家里人，朝林子里走去。

小各罗布在我们身后大声嚷嚷：我也要去！

我不会让小各罗布走库列的路，他应该活得比我们好。他应该读书学知识，过上与我们截然不同的另外一种生活。这就是我为什么翻身上马，钻进林子里打猎的全部理由。

25

我们的马队行走的速度很快。老马识途，它们嗅出了远方多布库尔河的气味，便不知疲倦地赶路。走了两天行程后，当一条无名的河流像亲人一样拦住我们时，伦巴列跳下马，决定就在河边搭建帐篷。

古迪娅，你今年多大了？伦巴列没头没脑地问我一句。我不明白他是什么意思，正打算回答，他却说：最好忘掉年龄，森林里没有时间，只有四季。过去的时间在我们后背，未来的时间在我们胸膛，而我们将要经历的人生，会一个个地撞在身体上。

说完，他朝我笑了一下，我头一次注意到，他的笑像一个人。是的，是像他。另一个他，他们告诉我，什么是时间；他们告诉我，无论一个人走出多远，最后还是回到原来的地方。

我和娜佳、灵诺卖力地往男人们支起的帐篷架上捆绑兽皮围子。她俩总背着我说悄悄话，我不高兴了，娜佳哈哈大笑道：古迪娅，你还吃素呐。我顶她说：我也吃肉哇。娜佳转过脸对着灵诺挤眉弄眼地说：不吃肉可不行，男人晚上连女人身体都懒得挨啦。我怔怔地望着她，隐隐感到她在说什么。灵诺捂着嘴笑一下：快结婚吧，到时候就明白这些话了。

望着男人们忙碌的身影，我忧伤地想，我再也看不见库列了。许多年来，仇恨蒙住我的眼睛和心，让我来不及懂得爱。库列走了，我的爱才苏醒，我的爱看不见库列，也就看不见别人。

男人们出猎后，我们三个人便忙碌着准备饭菜、煮好马料。等到他们打了猎物，我们就忙碌得停不下来。还是灵诺心细，总是把肉条挂起来风干，这样我们会带回更多的肉以便贮存。沿着多布库尔河有一些不错的碱场，男人们只要不惧怕多走些路，就会遇见舔碱土的野鹿。男人们就在这个时刻射杀了它们。

半个月过去后，我们积攒了三架鹿茸，也晒了不少肉干。连马儿都因为吃肉干和鲜肉变得膘肥体壮。我们几天内转移到另一个狩猎场，总会碰到铤而走险的野鹿，去碱场舔食碱土。野鹿在鹿茸生长期格外需要盐分，它们找到一块儿好碱地很不容易，即使意识到有危险，还是要去的。

没事干的时候，我更愿意一个人沿着河边走动。五月的河水还像一个刚刚睡醒的少女，安静地流淌。我把双手伸进水里，感到寒冷极了。男人们喜欢在河边痛痛快快地洗脸，甚至洗头，女人却害怕寒凉，喜欢用热水洗头。来到河边，我试探着像男人们那样，把脑袋扎进水里，却猛然跳起来。水太凉了，像无数的冰棱刺向我。库列坐在河边看见我冷得直打哆嗦，微笑地奚落道：别逞能了，你这个丫头，小心感冒。而他身边的苏妮娅怂恿道：别怕，妹妹，你什么都别怕。我闭上眼睛，无声地流下泪水，吞噬了两个微笑的亲人。我不敢睁开眼睛，更多的泪水从我头顶上倾盆而下，我在泪水中看到，沙滩上空空荡荡。

我又把头深深地扎进水里，我的头在燃烧，浓密的头发犹如沸腾的火焰，升腾在水里向上跳跃。它们簇拥在一起，拥抱过去的一切。我慢慢地把整个头部深深地埋进水里。我不能呼吸，也不想呼吸。我在窒息中感到了未来，感到了即将来临的东西，它们一个个地袭击我，用我无法预知的方式和力量。我的脸很疼，全身很疼。我突然想到，也许死亡是一种解脱吧，就这样神不知鬼不觉地顺水漂流，一直漂流回到我的身后，归回漫长的过去。

我跳起来。不，我不能死。没什么理由，活着就是一切。湿漉漉的头发像鞭子一样抽在我脸上。我慌乱地挤出长发里的水，像捆草一样胡乱捆成一团，塞进狍皮帽子里。古迪娅，没人看到这一切，没人知道你想什么，忘掉刚才的一切。忘掉它，忘掉这种丑恶的脆弱。我命令自己。

我在刚才库列坐过的沙滩上信手画起来，阳光在我脚下一步步地挪动着，我沿着沙滩一路画下去。不知过了多久，我站下来，拍掉手中的沙子，朝前面望去。我抬起头，因为更强烈的阳光灼疼了我的眼睛。过一会儿，我看到了自己的画，那些动物，那些神祇，都在阳光下微微跳动，它们既清晰又陌生。我想，它们一定在我的脑子里潜伏已久，今天才会呼之而出。

可惜，水浪会冲没这些画。我头一次心疼地这样想，应该用纸张和颜色挽留它们，或者画在白桦树上。桦树具有非凡的记忆，会用细腻的皮肤留存我的一笔一画，留下每一处隐秘的呼唤和祈祷。

我和娜佳、灵诺住在一个帐篷里。起初娜佳没说什么，过不了几天，她就赖在毛考身边不愿意回来。所以大家又为他俩支起了帐篷。最近毛考打猎的运气不好，大家就让他避开老婆一段时间。可是娜佳眼泪汪汪的样子让毛考于心不忍，虽然他很后悔把娜佳带出来，最终还是和她住在一个帐篷里。乌力楞的人都知道娜佳离不开丈夫，她也承认这一点。我不在乎做不做那件事，娜佳向我们解释，但我要跟他在一起，否则我会做噩梦的。

尽管男人们嘲笑毛考，其实很羡慕他有福分。男人和女人就应该这样相亲相爱。

昨天下午，男人们打猎回来后，娜佳一看见毛考满身血迹，惊叫一声扑了上去。毛考推着她逗趣地说：刚打了一头野猪，又来了一个女妖。

毛考打中了这头大野猪。男人们用子弹封锁了它的退路，它就朝没有枪声的方向跑。毛考是沉得住气的男人，他埋伏在那里一动不动，当野猪快跑到他眼皮底下，他才勾动水连珠枪的扳机，子弹漂亮地钻进它的心脏。

这家伙性子烈，毛考拍拍野猪头赞叹道，它一蹦老高地朝我扑上来，上当的滋味挺他妈难受。好样的，两条獠牙一下子划破了我的胳膊，然后才扑通倒下了。

娜佳看着那头野猪，后背渗出一层冷汗。那头三岁的公猪太大了，嘴里伸出的两条獠牙像锋利的短剑，连熊都让它三分。所以，吃过晚饭后，她和毛考提前回帐篷，男人们用最粗鲁的话亲昵地骂他俩要孩子去啦。

灵诺却是郁郁寡欢。她的男人嘎乌热不仅贪酒，而且嘴巴像个娘们一样唠叨。只要睁开眼睛他的话就像寒风一样刮起来。乌恰奶奶活着时就断言他早晚死在自己的烂舌头上。乌恰奶奶死后，嘎乌热仿佛从身上掀掉了一块大石板，逢人就说再也没有人诅咒他了。查鲁因为这个跟他打了一架，结果被嘎乌热打得鼻青脸肿。他真是欠揍啦，嘎乌热振振有词地说，他管到我头上了，难道我没有说话的权利吗？

灵诺被嘎乌热的饶舌和尖酸折磨得越来越沉默，越来越消瘦。想当初她刚嫁过来是多么快乐的人。她的痛苦谁都知道，谁也帮不上忙。楚楚婶让她多向玛鲁神灵祈祷，或许会出现奇迹，说不定哪天嘎乌热灵魂开窍，改掉了他的坏毛病。可是灵诺摇摇头，她了解丈夫，他对每个人都挑三拣四，对每件事都吹毛求疵，自私得无可救药。

大家不喜欢嘎乌热，只因为可怜灵诺，狩猎组才带上他。至于用餐时，他贪吃最好的肉，贪喝点酒，那就随他吧。但是灵诺坚决不跟他住在一起。她也想离婚回娘家，但是儿子达尔西太小，嘎乌热用儿子牵制她。要走你自己走，达尔西想跟你嘛，我就拍折他的腿！他用这种话要挟灵诺，而且恬不知耻地告诉男人们，灵诺别想嫁人了，除了达尔西，她再也生不了孩子，晚上他一挨到她，她那个地方就疼，是真疼，疼得全身都出汗。

乌力楞的女人全都说，灵诺废了。

早晨，我悄悄起来点燃篝火。我喜欢在清晨如水的光线中倾听篝火发出温暖的燃烧声。过一会儿，灵诺和娜佳就要起来做饭了，热烈的篝火会让她们温暖许多。我看见嘎乌热从帐篷里钻出来。他的胸口鼓鼓囊囊，塞了不少东西。过一会儿我听见他的铁青马咔嚓咔嚓嚼肉干的声音了。这家伙每天晚上纠缠灵诺多给他肉干，他偷偷喂马，让马长力气，能更快地撵那些比鸟还灵敏的鹿。

他探头探脑进了我们帐篷，想叫醒灵诺。我说你别叫她，还没到该她起来的时候。他便一屁股坐在我对面诉苦。他总是诉苦，没完没了，好像他刚从地狱里返回来。古迪娅，我昨晚做了一个稀奇古怪的梦，他唠叨起来，达尔西光着脚丫在雪地里跑，他喊渴了，我急得不行，找了一棵桦树用刀划开一道小口，树汁就流出来了。达尔西喝过树汁又跑了，我再也找不到他了。这小子真欠揍，我在梦里都想揍他。古迪娅，梦到冬天的树流汁液这是怎么回事？他直直地瞅着我，好像我脸上有答案。

你除了打人、骂人还会什么？我生气地指责他，一个人心地不善，风会扇歪他的脸，鸟儿也恨得在他脑袋上拉屎。你的梦告诉你，别折磨孩子和老婆了，冬天的树流下的是眼泪，它们都可怜达尔西获得不了父亲的温暖。

嘎乌热把手里的肉干扔到我脸上。他骂我是巫婆、嫁不出去的丑丫头，还骂我们都是背地捣鬼的恶魔，然后冲出帐篷，一个人去野地里发疯。灵诺在他的骂声中坐起来，看我低头抹眼泪也跟着哭泣起来。那顿早饭我做得真不怎么样，肉是半生不熟的，汤里没放盐。灵诺添柴火也是漫不经心，割肉时伤了手指头。但是大家吃得津津有味，仿佛我们的眼泪变成了一道神奇的作料，让他们的味觉发生了变化。

吃过饭后，大家还是不理睬嘎乌热，不仅仅因为他骂了我。他太自私了，男人们的心胸无论多么宽容与厚道，还是计较这一点的。灵诺那可怜的目光落在每个人身上，希望我们原谅嘎乌热。她太可怜了，谁也承受不了她的目光，那是比月亮还温柔的语言，足以溶化任何一块坚硬的岩石。男人们最后还是带着嘎乌热进林子里打猎了。灵诺高兴地放下桦皮碗后马上干活。我们手头总有干不完的活，泡马料、鞣皮子、搓鹿筋、晒肉干。我们忙得没有闲暇的时间，灵诺比我俩还能干。娜佳悄悄地说：让灵诺忙碌点吧，嘎乌热快折磨死她了，她只有干活才能暂时忘记那些烦心的事。

哼，看着吧，今天毛考非教训嘎乌热不可，他要好好收拾这家伙了，欠揍的！娜佳得意洋洋地说，好像已经看见嘎乌热趴在地面求饶的样子了。

我开心地拎着桦皮桶去河边打水。欠揍的，我想，嘎乌热才欠揍呐，除了欺侮老婆和儿子、偷东西，他那张烂嘴惹出多少麻烦，真该有人好好教训他了。

离帐篷不远，流淌着一条无名的小河，它最终要流进丰饶浩荡的多布库尔河。也许是从山顶上流淌下来的缘故，它显得很有气势，不像别的小河流那样温和。我喜欢在深处的水流里打水，那个地方窝着许多鱼，甩进桦皮桶，准能捞上几条两巴掌长的大鱼。我用鲫鱼和细鳞鱼熬汤，男人们不喜欢喝，但我用哲罗鱼熬汤，他们就喜欢喝了。因为哲罗鱼有一股特别的清香味儿。以后，我就把鲫鱼和细鳞鱼烤成鱼片，这样，他们都抢着吃了。

天光有些阴郁黯淡。春风像一把大扫帚，四处飞腾地打扫着，发出躁乱的响动。我看见一只小黑熊站在齐腰深的水里捞东西。过一会儿，它举起一条大鲤鱼，高兴地叫起来。它是聪明的家伙，选择的地方正是水流顺势而下的大陆坡，那些个头大的鱼还没来得及滑入下一段的水流里，就被它逮个正着。它举起鲤鱼，看鱼在手里有力地扇动尾巴，一口咬住鱼头，还没等我再看清楚，就把鱼吞进黑洞洞的嘴里。

我站在那里，感到眩晕。它离我们太近了，周围一定有母熊，它不会离自己的孩子太远。库列早就警告我，去河边打水要带上枪。他是对的，该死的，他总是对的，尤其是现在，我早该记住他的话。

大概吃饱了，它横躺在河卵石上，任凭河流舔着它圆滚滚的肚子。一条从高处水流跌下来的鲑鱼，竟然落到它身上。它抓住它，凑近鼻子边嗅了嗅，又扔进水里，接着就在深水里扑腾起来。这家伙一点儿也不怕冷。

我慢慢后退着，然后跑起来，手里的桦皮桶来回摇晃着。我飞快地跑回帐篷，不用问，她俩马上就猜出我遇见了什么。两条年轻的猎犬从我身上嗅出了危险，开始焦躁地来回走动。索索是有经历的猎犬，它扬起头，鼻子用力地嗅嗅，警觉地站在帐篷门前，朝河水的方向凝视。

我们已经在猎枪里填上大粒的铅弹。时间一分一分地过去了，谁也不说话，只能躲在帐篷里等待男人们回来。四周异常安静，不远的林子里传来啄木鸟的敲啄声，清晰而富有节奏。鸟儿似乎告诉我们，这一带很安全，那个小黑熊大概走了。

索索垂下了一直竖立的耳朵，另外两条猎犬也松懈下来，走到索索身边与它站在一起。我从它们的目光里看见了阴郁的、思考的幽光，和一种承担责任的勇气。它们不是胆小鬼，因为经历了无数次与野兽的厮杀，因为衰老下去，它们比我们更懂得对手有多么强大。

26

我还是拎着桦皮桶去了河边。索索走在我面前，它走得很快，毫不犹豫。我刚把桶拎在手里，它就窜跑出去很远，然后站在那里等着我。已经到了下午做饭的时间，但是没有水，所以我必须去河边打水。

索索是一条老猎犬，上次捕捉野猪时伤了前腿，男人们就留下它养伤。几天来它一直沉睡，所以它的伤势恢复得很快。灵诺总是单独喂它食物，她把肉汤留给它，还有汤里熬烂的肉干。它对灵诺的感激是高傲地望着她，从来不围着她打转转。灵诺说，这是一条稀有的猎犬，因为它懂得尊严。说完这句话，她痛苦地低下头，她想起了嘎乌热，一个连狗都不如的男人。

灵诺和娜佳跟着我。她们不放心我，那就跟着吧，我可不想像松鼠一样被困在帐篷里。我站下来，朝身后挥挥手，让她俩别紧跟着我，拉开点距离。我失望了，不仅她俩齐心合力地跟随我，那两条猎犬，去年夏天还摇晃小脑袋找奶吃的半大家伙，也紧紧追随在我身后。

真像一支敢死队。

我们来到河岸。河面空空荡荡，清冷的风扫在水面，激起阵阵涟漪，一束阳光从阴郁的云缝间透射在水面，泛起明亮的波光。一切都显得那么平静。

小黑熊走了，或许它自己走了，或许跟随母熊走了。

索索飞跑到前面的沙滩上。它迷惑地转了几圈，然后站在原地等待我们。我们走过去，看见沙滩上几条死去的鲤鱼，它们的个头很大，有成人的胳膊那么长。看来，小黑熊玩耍着把它们扔上河岸。我的鼻子里马上灌进一股凉气。从河水的中央把鱼甩到这面的岸边，可见它的力量非同寻常。

一条鱼突然拍了几下尾巴。索索咬住它的头，用力甩一下，鱼便无声无息地躺在那里。索索后退两步，抬头望着我，它既不亢奋也不惊恐，显得冷静而若有所思。它的目光像老人一样藏匿着许多东西。

它还会来的，我蹲下去，拍拍索索的脖子说，你没猜错，下一回它要带着母熊一块儿来，它没玩够。就在明天，当太阳升得很高，沙滩变成暖金色。这是小黑熊的乐园，它会来的。

我们搬进了男人们的帐篷里，那里宽敞些，可以容纳三条猎犬，至于马匹，就呆在外面吧。快到凌晨时，我们才睡了。起初还能听见夜鸟偶尔的啼鸣、风刮在草地的沙沙响动，还有马打喷嚏的响动，之后，我便什么也听不见，进入了梦乡。

我醒了。索索的喉咙里正发出压抑的低吠声，我抓过枪，身体瑟瑟发抖。地面的篝火快要熄灭了，帐篷里充满寒凉的气息，这个时候猛然惊醒，心脏跳动得很慢，四肢也显得僵硬和无力。

帐篷外的三匹马惊恐地嘶鸣。我从未听见马匹可以发出这么令人惊悚的声音，嗓子眼里似乎有许多尖锐的石头互相碰撞、挤压、迸裂。我冲出去，把缰绳从木桩上解下来，以防它们受野兽袭击。在猎犬疯狂的吠叫声中，一个庞然大物从不远的林子里出现了，它慢慢走来，高大的身影压住了所有的黑暗和微弱的光线，地面松软的土层发出了被挤压的呻吟，连绵不断。突然，它站起来，像人一样观望着，然后一步步朝我们走来。三条猎狗疯狂地吠叫着，它们的叫声和马匹的嘶鸣撕碎了天空，阴郁的晨光像水一样波动着。

灵诺和娜佳迅速跑到我身边举起枪。

它大声吼叫着朝我们扑来，我嗅到它身上的臭气，和不可一世的霸气。已经来不及恐惧，来不及躲闪，从我左边蹿出了两条猎狗，疯狂而尖厉的吠声让黑熊迟疑了一下，接着我开了枪，还有灵诺和娜佳同时开了枪，空气里响起一片迷雾般的喧哗。

索索冲了上去，它在我右边射出去，像黑色的箭直直地射出去，它发出的吠叫有一种拼死的力量，吸引了黑熊的注意。它毫不畏惧地冲上去，腾空而起，咬住黑熊的喉咙。另外两条猎犬也冲了上去，它们混淆在一起，发出震耳欲聋的吼声、厮杀声。我们端起枪却无从下手，黑熊倒在地上，用两只巨掌扑打猎犬，两条猎犬机灵地躲闪着，而索索拼命咬住它的喉咙不放。

黑熊站起来，在我们的枪声中站起来，它好像是从地里刚刚长出的一棵巨大的怪树，一直在生长。有一瞬间我以为它要长到天上，和微弱的晨光融合在一起。它一把抓住了索索扔出去，我看见索索像枯叶般从这棵大树上飞落出去。黑熊的前胸出现了空当，我们一起勾响了枪，射中黑熊。那匹铁青马从旁边飞奔过去，挡住了向我们扑来的黑熊，黑熊发疯地抓住马的前胸，但是马的前蹄已经踹在它肚子上。它摇晃了一下，掉转身子逃走了。

我们跑过去，俯身看着躺在地上的索索。它的皮肤被扯烂了，耳朵撕扯掉一只。我试图抱起它，它凌厉地叫一声，它的脊椎全折了。灵诺飞快地跑进帐篷，拽出一条狍皮，我们把它挪移到上面。

娜佳的铁青马一动不动地躺着，呼吸急促，它的肠子全从巨大的伤口里露出来，黑熊扯烂了它的肚子。它看着哭泣的娜佳，眼神里流露出无限的眷恋，娜佳一向待它如同自己的孩子。为了保护主人，铁青马不惜生命和黑熊搏斗，娜佳因为这一点终于失声恸哭。在越来越亮的天光中，它的腹部瘪下去，内气丧尽，生命的火花在它黄色的瞳仁里顽强地闪动着，最后熄灭了。

我跪了下去，把手放在它眼睛上。我跪了很长时间，真想一直跪下去，再也不起来。

我把索索抬到我的床铺上，它一直无声无息地躺着，偶尔睁开一下眼睛，好像要记住什么。男人们回来了，他们是中午返回来的。他们看到了已经死去的铁青马，看到了比草叶还安静的索索，他们站在铺位前围住索索，它睁开了眼睛，鼻子翕动了几下。

伦巴列把帐篷的围子掀开，让刚出现的阳光直接晒在它身上。索索一向喜欢阳光，喜欢在阳光里奔跑。老人们曾经说过，索索获得了太阳神的力量，所以才变得勇敢无比。在生命的最后时刻，太阳神也格外垂怜于它，从厚厚的云层里露出脸。那天的阳光很温暖，让人想流泪。五条猎犬和我们一样，静静地守候在索索身边。

索索死了，它死得太安静了。当它最后一次睁开眼睛看着这个世界时，想把阳光和开始泛出葱茏绿意的树木，以及远处清澈的河水都收藏在心里。

它合闭上眼睛，再也没醒来。

男人们抓起枪走出帐篷。我们没有时间考虑，这件事情应该有个了结。

我们来到了河边。就在昨天小黑熊呆过的地方，我们看到了母熊。它已经蹚过河流，在对岸的沙滩上躺下，阳光照在它身上，它一动不动，像一块黑色的岩石。那头小黑熊正用力地推着母熊，嘴里发出凄凉的呼唤。

母熊负了重伤，子弹打中了它的肚子，而铁青马又踹上了致命的一击。它看见了我们，喉咙里发出低低的咆哮，既警告我们，又提醒身边的孩子马上离开。

那个半大的家伙朝我们掉转身体，愤怒地号叫起来。猎犬们散开后冲它们狂吠着，单等着主人下命令让它们冲上去。空气和阳光在撕心裂肺的叫声中凝固了，有一瞬间我甚至看见河水也凝固下来。只要伦巴列吹一声口哨，一场厮杀就开始了。

小黑熊被猎犬声东击西的吠叫弄得晕头转向，完全没有注意到迅速从浅水处蹚过去、隐藏在灌木丛里的猎人。谁也没有料到，母熊突然站起来，一下子挡在小黑熊前面愤怒地号叫。它挡得正是时候，子弹全打在它的腹部上，猎犬们也像离膛的子弹飞射出去。在猎犬们沸腾的撕咬、狂吠声中，它笨重地抵抗着，边用短促的声音让小熊离开。枪声又响了，母熊做困兽之斗时，抽空给正在厮杀兴头上的小熊一巴掌，然后挥舞巨掌打倒一条又一条紧紧咬住它不放的猎犬。两岸回响着一片喧嚣，新的喧嚣撞击在重新返回的噪声里，掀起了更大的声浪。

离母熊最近的伦巴列开了枪。他身后的嘎乌热开出的第一枪射向小黑熊时，他就知道，母熊会疯狂地报复。这个气势汹汹的母熊会把躲在灌木丛里的嘎乌热追得屁滚尿流，最后把他撕个稀巴烂。他开了枪，他不得不开枪，混乱的局势让他必须开枪。母熊径直朝他扑过去，他来不及躲闪，也来不及装上子弹，便从腰间掏出匕首，毫不犹豫地迎上去。母熊这次没有挥动巨掌击打他，而是朝他张开了双臂。那把匕首闪着寒光，一下刺进母熊胸前长着焦黄毛发的心脏部位，用力捅得更深。母熊抱住他倒下去，后背重重地摔在地面，在母熊的怀抱里，伦巴列像个婴儿，然后，我看见了终生都难以忘记的惨状，母熊翻过身把他结结实实地压在身底。

密集的枪声让母熊重新站起来，而伦巴列一动不动地躺着，血肉模糊。母熊看着小黑熊已经逃离到远处林子的背影，发出最后一声吼叫，和自己的孩子告别。那声音充满了悲恸和留恋，还有不可摧毁的威严。它走了两步后轰然倒下去，像一棵上百年的松树被截断根部，重重地直直地倒下去，再也没有醒过来。

我们围住了伦巴列，他睁着眼睛凝望着天空，像是活着，又像是死去。看见了我们，他的嘴角牵动了几下，我们听见他说：它睡啦。毛考跪下来，用力地点着头回答他：它睡了，再也醒不过来啦，天上的乌鸦带走了它的灵魂，风蒙住了它的眼睛。

好样儿的，伦巴列由衷地赞叹着那个置他于死地的对手，别打死它的孩子……

我们低垂着头，无声地望着伦巴列。他睁着眼睛，但他看不见任何人了。

玛哈依尔家族中最优秀的猎人离开了人世，他倒在了猎人应该倒下的地方。

27

我们下山了。沿着长满茂密丛草的山路往下走，可以看到四周的林木正泛出浓郁的绿意，每一片树叶都渲染着热烈的春意。

我们骑着马离开营地，那里一片凄凉。没有一个人回头望着那座不知名的山峰，因为上面风葬着年轻的伦巴列、忠诚的狗和马，还有那个为了孩子牺牲性命的母熊。

当狩猎组的人仇恨地吃掉母熊的肉时，我无法咽下一口肉。我想起了小黑熊跑进森林的背影，想起了席兰的孩子们。

我骑着伦巴列的马跟在马队后面，它走得真慢，仿佛不打算离开山里。伦巴列和马的感情太深了，没有食物时，他宁可自己挨饿，也要把肉干喂给马吃。伦巴列死了之后，它伤心得吃不下去食物，几天就瘦下来许多。马队走到山腰时，它站下来，朝着山上长长地嘶鸣几声，向主人告别，娜佳和灵诺顿时哭起来。而嘎乌热耷拉着脑袋，很内疚地瞅着地面。伦巴列用死亡唤醒了他的良知，他对灵诺不再像从前那么粗暴和野蛮，但是，灵诺并不原谅他，她想起嘎乌热一次次殴打儿子瘦弱身体时的疯狂，就恨不得哪一天杀掉他。

我们返回了阿里河小镇，迎接我们的是席兰的哭声。她从窗户望见我们回来的马队，看见丈夫的马背上没有她日思夜想的亲人，就猜测到发生了什么事情。尽管那天的阳光很温暖，但我感觉寒冷的冬天跟随席兰嫂的哭声回来了。

格帕欠老人在炕上昏睡了三天。他醒过来时先看到了守在一旁的妈妈。卡思拉，他说，我看够了死亡，我也想走了，走是一件多么容易的事，太阳下山了，我也下山了，伦巴列就该回到我的身边，还有库列和苏妮娅。

妈妈什么也没说，让席兰的两个孩子跪下，小各罗布也跑过去跟着一起跪下。格帕欠老人一下子从炕上坐起身，大声喊：把吃的东西拿来，我饿了。

在供销社，男人们用四支鹿茸换回了布匹、粮食、火药和铅弹，还有几桶白酒，余下的五支鹿茸换成钱分给各户。他们把东西拉回来，放在大院里吩咐女人们挨家挨户平均分配，而他们则围住篝火喝酒。在席兰的哭声里，他们个个喝得酩酊大醉，几桶酒被他们喝空了。伦巴列的死亡给乌力楞的人打击太沉重了。

终于席兰停止了哭泣，她用酒浇灭了自己的悲恸。她成了酒鬼，比男人还能喝酒，不用吃任何下酒的东西，她端起盛酒的桦皮碗，一下子喝得滴酒不剩。这样的后果的确令人始料不及。起初他们让席兰少量饮点酒，是想减轻她的痛苦，大家不想让她变成第二个苏妮娅。可是，玛鲁神灵，她居然酗酒成性，整日神志不清，这可不是伦巴列愿意看到的。于是男人们在梦里看见他们思念的伦巴列了，他给每个男人一记耳光，疼痛地甩着手腕隐入梦境的后面。但那巴掌如此有力，第二天，他们的脸上还隐隐作痛，嘎乌热的脸甚至红肿起来。

为了弥补过失，男人们都藏起酒。可是席兰像山猫一样，总会找到让她飘飘欲仙的东西。她用不着跟谁打招呼，进到别人家大模大样地把酒壶从某个隐秘的地方掏出来，然后像喝桦树汁似的咕咚咚地灌进去，过一会儿轻盈如风地飘走了。

席兰，这个可怜的女人，没有救啦，她连自己的孩子都快认不出来啦，妈妈边唠叨边把肉粥分盛进四个桦皮碗里。各罗布，去叫他们吃饭，她吩咐着坐在炕上用木头削枪的小各罗布。

小各罗布当然知道他们是谁，飞快地跑出门。妈妈趁我转身时，迅速舔干净木勺子蘸的米粒，又抓起孩子们啃剩的骨头重新啃一遍。我和妈妈尽量从自己嘴里省食物，让席兰的两个孩子吃饱。席兰清醒时能给孩子和老人做一顿像样的饭，酗酒后她就什么都不管不顾了。至于格帕欠老人，他从不埋怨儿媳妇，而是自己拿起枪进周围的林子打猎。但他常常失望地返回来，除了灰鼠、兔子和山鸡，那些大动物已经跑到森林深处。在冬季黑龙江结冰后，它们就跑进苏联境内。

古迪娅，咱们又多了两个孩子，现在连傻子都不娶你啦，妈妈心疼地对我说。

席兰流产了。她找不到酒喝了，因为女人们知道把酒该藏在哪里。她找不到酒喝了，却在风里跑，在雨里跑。她跑累了便想起两个孩子，于是呼唤着他们的名字跑回家。她看见孩子们已经躺在热炕头上睡着了，便怔怔地想着什么，又什么也想不起来，躺卧在孩子身边睡过去。然而那个早晨，席兰忘记了野地的风、林子里的鸟儿，却朝我们家跑来。妈妈正在大院里摆放我劈好的木桦子，看见席兰奋力地奔跑，手里的木桦子掉下来砸在脚背上。古迪娅，她喊，古迪娅，快出来。

我跑出去时，席兰已经站在妈妈面前。她慢慢弯下腰，好像那里压着一块石头。我肚子疼，她抽着冷气轻声说，她的声音真轻啊，比羽毛还轻，而脸上却淌着豆大的汗珠。我背着她进了屋，让她躺在炕上，一缕血流从她裤角流出来。妈妈失声尖叫道：玛鲁神灵啊，伦巴列的孩子没啦！

席兰在我家躺了三天。当她从炕上能坐起来时，我们都以为她刚从棺材里爬出来。三天前她是到处蔓延的大火，现在她是微弱的风。妈妈说，席兰燃烧尽了，不会再奔跑了。

我找来"嘎胡库如"和"那拉格塔"两种灌木枝熬水让席兰喝。喝了七天的汤药后，她总算能挺起腰，下地慢慢走动。对于失去的孩子，她并不难过，反倒有些欣慰。没有父亲的孩子多么可怜，她说，我害怕黑洞洞的屋子，没有伦巴列，哪里都是黑暗的。

我害怕，她说。

所以她才到处奔跑，躲避心中的黑暗。

我去找镇长。我们的生活面临很大困难，我们家没有男人，总是吃其他猎人打的猎物，这不是长久之计。我想问问镇长，我们应该怎么办。

镇长是鄂伦春人。他听我磕磕巴巴讲完了面临的困难，拍着桌子上厚厚的文件说：我们的男人越来越少了，这是个问题。

他跳起来匆匆走出办公室，我紧紧跟在后面，然后和他一起坐着一辆吉普车回到我们的住处。他挨家挨户走一趟后，又一言不发地钻进车里走了。妈妈生气地说：这家伙干什么来啦，难道这里有他值得炫耀的东西吗？

第二天早晨，镇长又来了。一辆大卡车停在村口，他从车里跳了出来，紧接着出现了矮小的安校长。安校长看见我就激动地说：就是她，你昨天刚问我有一个女孩没上学，我就知道肯定是她。

镇长让我画一幅画，我略略想一下，就在他的笔记本上画起来。当女人们兴高采烈地扛着粮袋回家的场面出现在纸上，他们谁也没说话，好像怕把画里的人吹散了。

镇长郑重地说：古迪娅，安校长找我说过你的情况，他是对的，你应该出去学习，建设美好的社会主义，建设我们的家乡。

我不能走，我低下头看着自己的脚，有点难过地说，各罗布还小，苏妮娅的结核病没好，妈妈已经老了，我不能离开她们。

镇长阴沉着脸骂了一句粗话，表示他的烦恼。要想办法，古迪娅，面包会有的，一切都会变得美好起来，咱们要有信心。他说不下去了，猛然挥一下手，似乎眼前有许多蚊蝇。这是一场无法继续进行的谈话，妈妈领着小各罗布走过来向他致谢时，他匆忙地掏掏衣兜，可是里面没有糖果一类的东西，所以他把两只手背到身后，这样看起来自己像点样子。

安校长嘱咐女人们让孩子上学。他走后，女人们互相商量着要领孩子去学校报名。席兰说她在世的时间不多了，如果没有孩子陪伴，她会死得更快。妈妈听了勃然大怒，指着席兰呵斥道：想死就快点死吧，你这个没用的娘们，让孩子陪你一块儿完蛋吗？伦巴列如果活着，非揍得你找不到自己的脸！

格帕欠老人没有责怪儿媳妇。不是每一个女人都能像妈妈那样，勇敢地接受命运一次次的打击，不是的。席兰，她的心灵如同百孔千疮的树叶，经不得一点点的打击了。

我领着席兰的两个孩子和小各罗布去学校报名。格帕欠老人说得对，不能让孩子生活在席兰的阴影中。

经过镇政府大院时，小各罗布看见房顶端挂着国徽，好奇地问我是什么。我解释说那是国徽，他还是不懂什么意思。它是神灵，我说，它会保佑我们的。

三个孩子看着上面的图案后大惑不解。那个神灵居住的圆盘上没有枪、没有熊和野猪、没有乌麦鸟和帐篷，甚至没有多布库尔河。

玛鲁神袋里装着那么多的神灵呢，小各罗布唧唧喳喳地说，干吗不弄一个更大点的国徽，把所有的神灵都画上。

小各罗布第一天上课回家后，兴冲冲地告诉我们，他明白什么叫国徽了，那里有五星红旗、农民种的谷穗、工人制造的齿轮，还有北京天安门，里面住着中国部落的首领。

长大了我要去北京，小各罗布宣布，我让爷爷把天安门搬回森林，它离咱们近点吧。

28

查鲁跟随杂耍班的人去了齐齐哈尔，结果被商贩算计了。他住在一家肮脏而潮湿的小客栈里一直喝酒，直到瓶底朝天后，他才清醒过来，知道自己上了天大的当。幸亏他还没忘记给自己留下买火车票的钱，最后算是顺利地回了家。

小镇的夏季里出现了一个杂耍班。他们带着猴子和驯养的八哥出现在那条唯一宽敞的大路上已是傍晚时分。无所事事的查鲁首先被猴子迷住了，那家伙衣冠楚楚，捧着一顶肮脏的帽子向行人要钱。查鲁从猴子手里抢过帽子戴在头顶，得意洋洋地打着口哨，脸上顿时挨了一记耳光。那个眼睛长得像猫头鹰似的女孩摘下他头顶的帽子时，他还晕头转向地朝人家嬉笑。可是过了一会儿他就笑不起来了，火辣辣的脸蛋让他恼羞成怒。班主怕事情闹大了，送他两瓶白酒，又用两枚圆溜溜的镜子、一件肮脏的红绸坎肩换掉他腰间扎捆的鹿筋皮带。

结果，查鲁收集了各家的兽皮和两支鹿茸，跟着杂耍班去了齐齐哈尔城。女孩引着他，把所有的山货送进一家隐藏在居民区的杂货店。他被店主算计了，人家多给了他几瓶烧酒，他就乐颠颠地答应了交换条件。

查鲁带着东西在半个多月后出现在我们面前。当他打开三个巨大的兽皮袋，倒出里面的货物时，我们的期盼比鱼泡破灭得还彻底。那里面装了一些什么呀：花花绿绿的布头、化成坨的糖块、铁皮制作的匕首、稀奇古怪的梳妆木匣子、掉到地面便摔成八瓣的蓝边粗瓷碗、颜色杂芜的玻璃纽扣、压扁的纸风车。而我们需要的粮食、食盐、子弹、药品，连影子都没有。

他收集各家的兽皮、鹿茸时，只是说已经和一个商贩讲好了价格，高于供销社的价格。这样，大家也没过问什么，把东西交给了他。现在，他给我们带回了一堆破烂，气得男人们真想狠狠揍他一顿。然而，大家又一次想开了，查鲁就是查鲁，他不出错才怪了，以后小心点就是了。

查鲁骑上马跟随我在附近的林子里打猎。政府给我们发放了粮食，但我们需要吃肉食，所以我常常一个人进林子里打猎。查鲁大早晨站在外面张望着，一看见我拎着枪出来，他便回家骑上马，跑到路口堵住我。

那天我们的运气不错，打到三只野兔和两只山鸡。查鲁慷慨地说，这些野物全归我，他到我家蹭一顿饭就行了。我知道他很郁闷，齐齐哈尔一行对他打击很大，他对那个长着猫头鹰大眼睛女孩的迷恋，很快变为憎恶。古迪娅，她是个骗子，他恨恨地说，她把我诱骗到城里，让商贩宰我一把，现在她该高兴地嘲弄我是个傻子了。

我隐隐感到了他对那个女孩子产生的感情。她很是老到，不像查鲁想象得那么直露和简单，这样的把戏她干得多了。这个杂耍班来到阿里河的目的不言而喻，会有猎人继续上当的。查鲁回来后，总去马路上寻找杂耍班，他们却像一团污水般蒸发了，而在马路上出现了更多的林业工人，还有跑起来尘土飞扬的大卡车和解放牌汽车。他嗅着充满汽油味儿的空气，眼巴巴地等待那场骗局重新上演。

你怎么办，还像上次那样，让女骗子再扇你一下吗？我奚落地说，她不会赔你钱的。

我不让她赔钱，查鲁的表情冷冰之极，我就想知道，她凭什么骗我？他说。

情况变得糟糕了，他就是这么较劲儿，对那个女孩子，或者说对那个女骗子，他是认真的。我隐隐感到，他掉进自己挖的陷阱里不肯出来。

妈妈把猎物分成两份，一份送给席兰家。席兰总算正常起来，可以为孩子们做饭、洗衣服，只是病病恹恹地提不起精神。娜佳说，席兰该爱上哪个男人，才能振作精神。我很怀疑她的说道，谁比得上伦巴列呢？每一个鄂伦春女人心里，丈夫就是自己的一切。席兰不是轻浮的女人，所以她才那么痛苦。

查鲁终于找到了杂耍班。他骑着马在小镇里整天转悠，相信一定能找到这些骗人的家伙。他要杀了那帮骗子，是的，骗子的下场就该如此。鄂伦春人最痛恨说谎话的人，骗了人，那就有付出性命代价的危险，而这帮外来人居然敢用谎言欺辱他。满肚子怒气折腾着查鲁四处寻找，他的坚持终于有了结果，在另一处乌力楞居民区，他找到了杂耍班。班主正让猴子捧着帽子一遍遍地收钱，查鲁冲上前揪住班主，一拳头砸过去，接着举起枪喊：我要杀了你这个骗子。突然有一双手拽住了他的双腿，查鲁低下头时看了一眼便垂下手中的枪，那个长着猫头鹰眼睛的女孩，像蛇一样盘坐在地面，正仰着脸看着他。

她瘫痪了，被一辆拉着木头的拖拉机挂住后，又甩了出去伤了腰。这个戏剧性的结果并没平息查鲁的怨气，但他开不了枪，因为玛鲁神灵惩罚了她。他踢翻了杂耍的摊子，又被气恼的猴子抓伤了手，很失败地回来了。

喂，古迪娅，外面没有什么可看的，那些外来人，他们说谎、骗人，你出去会吃亏的。他忧心忡忡地警告我。

我知道，查鲁真的怕我离开他。在他看来，外界是另外一个与我们格格不入的世界，充满了凶险，需要带上枪，还有玛鲁神灵。

安校长来我家几趟，都没见到我。那一段时间，我一个人进周边林子打猎。妈妈已经习惯我独来独往，在四壁上挂着兽皮和旧枪的高脚仓房里，需要贮藏过冬的食物。除了依靠我，她没有别的指望。她每天早晨坐起来，听着浑身的关节发出"嘎巴嘎巴"的响声，就觉得自己的骨头变成黑洞，许多老鼠正在那里自由地出入。有一天，她终于老老实实地承认，她已经骑不上"追风"了，再也不能像年轻时那样威风凛凛地打猎了。

每天早晨，她望着我骑上"追风"走在草地上，慢慢隐入林子。于是她就用一整天的时间幻想，一串串晒干的狍子肉或鹿肉挂在仓房的铁钉上。可是等到我傍晚归来，看着马背上干瘪的兽皮袋，她就泄气了。她对小各罗布说：孩子，家里只有你一个男人啦，你快点长大吧，我快急死啦。

那天傍晚，在返回家的小路旁，安校长截住了我。

我跳下马，走到他身边，把头埋进他的胸膛流下泪水。

古迪娅，不要担心家里，政府会想办法解决你的困难，安校长慈祥地说，世道变了，鄂伦春人应该成为这片土地上真正的主人，你们的政府还很年轻，需要自己的干部，所以你必须出去学习，不仅成为干部，还要成为鄂伦春族第一个画家。

外边的人会欺侮我吗？我痛苦地问道，我们总是挨骗、受欺诈。

安校长沉默了，他终于理解我不想出去的深层原因，感到很难回答我的问题。多少年来，我的族人受尽了土匪、奸商、国民党政府和日本人的欺凌、压迫，甚至无缘无故地被人打死，族人轻意不敢出山，只能过着与世隔绝的生活。查鲁每次从山下回来，都痛苦地告诉我，那些人如何欺骗他，甚至辱骂他是讲牲口话的野人。我无法忘掉这些屈辱。

安校长不知道怎样回答我，这是一个复杂的话题，他没法一下子跟我讲清楚。他想了一会儿认真地说：古迪娅，你是有勇气的女孩子，你说的都是事实，但是外面的世界变了，究竟是什么样子，你应该自己出去看看。

他沉默了一会儿说：卡思拉大妈说过，她再也不想让你过像她从前那样的日子了。

他的话深深打动了我。

查鲁知道我去北京上学的消息后，开始躲避我。他变得消沉、冷漠，谁也不搭理，骑着马到处乱逛。他常去的地方是火车站。看着南来北往的列车，他内心很矛盾。有一次他向玛鲁神灵请求：让这些该死的家伙四脚朝天好啦，古迪娅就会老老实实呆下来。可是另一次他祈祷：玛鲁神灵，让古迪娅出去吧，自从她姐姐死后，她再也不画画了，今年她才十九岁，难道这样的生活还要继续折磨她吗。

妈妈说：可怜的查鲁，库列在他这个年龄已经是两个孩子的爸爸了，这家伙还在晃悠。他想等你一辈子吗，缺心眼的捣蛋鬼。

我内心很烦乱。如果上学，我只能把妈妈和两个孩子委托给乌力楞的人们照看，这样会给他们添上许多麻烦。但妈妈执意让我上学，我无法违抗她。至于格帕欠老人，听了妈妈唠叨我不想上学，什么话也不说，有一天夜里把两个孩子领走，留在他家里过夜。那天夜里，我和妈妈躺在烧得烫人的火炕上，翻来覆去睡不着。我终于没忍住，小声问妈妈：我走了，你搬过去吗？

我不搬过去，妈妈忽地坐起身坚决地说，我不搬过去，这样会乱套了，别人会怎么想。

我看不出妈妈和格帕欠老人有什么前景，他们顾虑得太多，连玛鲁神灵也帮助不了这两个在内心苦苦挣扎的人，可是我多么希望他们勇敢地走到一起。

政府发给妈妈第一笔生活费时，她站在我面前显得怪不好意思地说：行啦，放心走吧，我们不敢拖你的后腿啦，每个月我们都得到生活费，有吃有喝的，你没有理由不走。

最后她大声补充一句：别忘了和查鲁道别。

临走前，我找不到查鲁，就骑上"追风"去了车站，果然在那儿找到了他。他坐在堆积得一人多高的原木上发呆，他的枣红马在不远的草地上慢悠悠地吃草。

我跳下马朝他走过去。在我身后，"追风"打着响亮的喷嚏朝枣红马跑过去。以往在山上狩猎时，各家的马都聚在一块儿饲养。定居后，马被圈在各家大院里，所以我身后传来两匹马兴高采烈的呼唤声，说明它们有一段时间没混在一起了。

查鲁冷淡地看我一眼，掉过头继续看远处铁轨的转弯处。一辆小火车出现在那里，正在迅速地朝火车站驰来，发出轰隆隆的巨响。

瞧着吧，这家伙进林子里就拉出一串串火车皮，里面装满木头，他突然跳起来激动地对我喊，没有了林子，咱们靠什么活，难道天天吃政府发的粮食吗？

火车经过我们面前时，司机从里面探出头向我们招手，又拉了一下汽笛。那短促、尖厉的叫声震耳欲聋。我俩紧紧塞住耳朵，望着火车驰过车站，径直开进远处的森林。铁路两边葱茏的灌木像巨大的绿色屏障，遮挡住它们。

查鲁在脚下找到几块石头朝铁轨砸过去，铁轨发出砰砰的响声。我恨这些怪物，它把树木拉走了，把你的心也拉走了，他边扔石头边喊，你走了，除了喝酒，我跟谁说话去？

他猛然抱住脑袋哭泣起来。古迪娅，我是个蠢笨的男人，不会说讨你喜欢的话，可是我真的想娶你，他边哭边说，本来我不想说这些话，我真的不想说，玛鲁神灵作证，可是你来了，我再不说出来就没机会了。

我从怀里掏出狍皮巾替他擦眼泪。这块狍皮巾原本是妈妈给我鞣熟出来，让我带走。现在我想留给他做个纪念。

他愤怒地推开我指责道：你是个巫婆，臭丫头，你下生就是折磨人来了，走吧，快走吧，别再让我看到你！

我没有动，站在那里等他安静下来。查鲁，我不怪他，他是我的另一部分。他替我抱怨、痛苦、仇恨、盲目地与外界抵抗，所以我不再抱怨、痛苦、仇恨和抵抗。看到他，我才清楚自己该怎样做事情，怎样活下去。

查鲁，他是我们。

我抬起手摸了摸他的脸颊。他一动不动，好像我的手在抚摸与他无关的东西。他粗糙的脸一点也不像年轻人，而像个老人。我的手摸在他开始硬起来的胡须上，他是个大男人了。有一天他会找一个心爱的女人结婚，会自然地忘记我；有一天他见到我时会说，臭丫头还逛什么呢，我的儿子会打枪了。或许会说，你还等着我吗，臭丫头，男人到时候一定要结婚的，你还是找自己的那一个吧。

查鲁一下子搂住了我，他的两条胳膊真有力量，快把我挤碎了。古迪娅，你走吧，我等你自己回来，他凝视着我热情地说，我多傻，干吗不等着你，我有的是时间，有一辈子的时间，你走到哪里，也走不出我的心。

他放开了我，后退两步哈哈大笑道：真想亲亲你，但我要到婚礼时当着全乌力楞人的面亲你，让他们看看查鲁对爱情多么执著！

第五章

画面上的多布库尔河开始变得神秘莫测，它完全超出了自然的形态，好似在漫天大雪中悸动地舞蹈，整个画面成为让人捉摸不透的画谜，和奇妙的陷阱。

我很快坠入了连绵不断的梦境当中，大朵大朵的雪花像温暖的棉花铺满了大地，查鲁从遥远的地平线向我跑来，他的腿健美而修长，奔跑起来犹如雄健的野鹿……

29

我醒了，走廊里传来了脚步声和说话声。学校礼堂放映的电影散场了，同学们正在返回宿舍楼，每逢星期六夜晚，同寝室的人都去看电影，楼里显得格外安静。我便一个人躲在寝室里拼命抄写赵兰的课堂笔记。抄着抄着，浓郁的困意袭上来，我就一头倒下睡过去。

我醒了，透过窗户看见对面的教学楼亮着彩灯。刚过"十一"，北京的温度依然很温暖，一些女同学仍然穿着布拉吉裙子，像鲜艳的花朵四处开放。这里的冬天来得很晚，而在我的家乡，多布库尔河畔早已结冰，森林里到处飘落着枯黄的树叶。在梦境里，那些树叶贴着我的脸徐徐飘落，我听得见它们滑在空气里如水的流动声，和擦身于大地的细响。

赵兰走进来打开灯，递过来一个烤红薯让我趁热吃下去。每次看完电影，她一定跑到学校门口买红薯带给我。卖红薯的老人每个星期六夜晚都守望在校门前，等待饥肠辘辘的学生。

毕素芬和韩文慧也回来了，毕素芬进门时说：古迪娅，今天你错过了机会，赵丹演的《乌鸦与麻雀》好看极了。

　　我茫然地望着她们。她们起劲儿地聊着赵丹，赵丹的英俊、演技，赵丹的私生活，还有一串我记不住的名字。我在她们兴奋的交谈中睡过去，而且做了一个长长的梦。美术老师石峰举起一幅素描，那上面画着一棵白杨树，它像女人一样的身躯在风中瑟瑟打抖，树枝却光秃秃的，没有一片叶子。

　　古迪娅，你想告诉我们什么？石老师的额头上出现了川字，让我想起了山林间的河流。真是糟糕，我盯着画一言不发，却不由自主想起森林、河流和天空。你想告诉我们什么？他额头上的川字越来越深，认真地追问我。

　　冬天、死亡和寂寞，从我身后传来一个人的声音。我很想扭过头看看他，但我的脖子变成了树干，无法扭动一下。那个声音消失了，但那个人存在。他是谁，我知道，他在天堂。

　　石老师消失了，我进入了连绵不断的睡梦中，那些汉字像大水一样包围了我。

　　星期一早晨上课了。我刚走进教室，吴仁杰就冲我微笑。我坐下来瞅了一下他，他还在微笑，真是莫名其妙。走廊里传来脚步声，石峰老师在门外清清嗓子，走进教室。他站在讲台上，我便想起了连日来的梦境，深深叹了一口气。上他的课真不轻松，同学们经常遭他的白眼。当然他不批评谁，但他的严肃令人生畏。韩文慧说过，石老师不该留校任教，应该去收检所当警察。

　　石老师刚举起手中的作业，我的心就怦怦跳起来，想起自己连篇累牍的梦境。在他逐一举起的素描画上，我看到了自己。我没想到有六个同学把我画在素描作业里。当然，我也看到了自己的作业，吴仁杰正凝神望着窗外。

　　请同学们看看，哪一张素描像古迪娅？石老师眯缝起他那双鹰一样犀利的眼睛，向我们发问。没人接他的话题，谁也不想当他的枪靶。

他很满意我们的沉默。挥了挥手中的作业作小结：哪一张也没画出古迪娅，你们以为看见了古迪娅就看见了鄂伦春人，你们把她画得半妖半神的，这种猎奇心理很可怕，我抗议！

大家哄地笑起来。吴仁杰笑得最响亮，他嘴里的热气从后桌喷到我脖子上了。石老师一反常态，突然恼怒起来。他从素描里找出一张重新举起来说：看看吴仁杰的作业，古迪娅好像刚从非洲回来。

我看见了自己，我穿着一件天鹅羽毛制作的衣服，头上插着一支长长的鸟羽，手中拿着一朵野菊花，而脸上露出幸福的微笑。

它完全可以做宣传画了。

石老师板着脸问：吴仁杰同学，你想告诉我们什么？

吴仁杰尴尬地站起身，椅子在地面划出一声尖叫。有人笑起来，又马上闭住嘴。因为石老师的目光斜视过去。吴仁杰不好意思地说：老师，我们都选同学画素描，古迪娅为人善良，所以我们画了她。我们都在歌颂她。

石老师挥挥手让吴仁杰坐下，有点疲倦地拽一下衣领说：你们觉得把古迪娅画得很美丽，不是吗？天鹅羽毛衣服、羽毛头饰、鲜花、微笑、神奇、奥秘，应有尽有。但那不是她，是你们不动脑子强加给她的，是为了让你们的素描夺人们的眼球。而真正的古迪娅和她的民族需要你们知性的认识，那就真要看你们有没有造化了，有没有画家的天赋。

我咬一下自己的手指甲，尖锐的痛感让我倒吸一口气。妈妈望着我大声训斥：别咬啦，你会咬死自己的，你干了什么坏事吗，这么紧张，没出息的家伙。

我咬住手指头，痛疼让我安静下来，妈妈的责骂声消失了。我大着胆子看石老师，他正瞅着天花板滔滔不绝地讲话。最后，他用手指头敲击几下讲台说：一个民族区别于其他民族，不在于服饰、饮食、风情，而在于他们独特的思维方式，这才是你们了解古迪娅的方向。至于服饰，不是不可以画，但别出笑话。非洲人居住地气候炎热，用羽毛做裙子装饰还算说得过去，可是古迪娅会告诉吴仁杰，大兴安岭的冬季非常寒冷，即使在盛夏的夜晚，居住在林子里的人，也会用被子裹严自己，因为林子里的潮气伤人的骨头。总之，山里人的服饰以御寒为主，修饰性不强，搞明白了再动笔。

当石老师把我的素描轻轻放在桌子上时，我低下了头。他欲言又止，从我身边走过。偌大的教室里，他的脚步声和窗外的风声萦绕在一起，慢慢消失在门外。

下课了，我和赵兰一起去食堂。吴仁杰从身后冲上来，敲着饭盒说：今天我请客，你们吃什么？我俩戒备地瞅着他，谁也没搭话。他打扮得过于招摇，在整个师范学院里，他太显眼了，穿的红格衬衣让他看上去犹如翩翩飞舞的蝴蝶。这么惹眼的家伙，我们心存芥蒂。

他坚决地跟随我们排队买饭。他买了两份肉菜放在我们的餐桌上，自己端着饭盒去了别处。我莫名其妙地问：喂，这是什么意思？赵兰连想都不想地说：吃吧，他爸爸是高干，家里有钱，你又老实地让他画了素描，他应该请你。我高兴地说：一起吃，我们族人没有吃独食的。那顿饭我俩很开心，几分钟就把菜吃得见了盒底。

但是他第二次第三次这么干，我就为难了，为了不欠人情，我决定送他一件礼物。临来北京之前，妈妈为我缝制了一个鹿皮手提包。她在仓库里找出四个鹿腿，用匕首顺着鹿腿的皮划一刀，剥下来鞣熟后，依照鹿皮黄灰相间的颜色设计出美丽的图案，缝制出手提包。她对自己的作品相当满意，神气地说：嘿，整个北京城，只有我的女儿有这么漂亮的手提包，让他们眼馋吧。

　　我来到了北京，看见了妈妈一辈子也看不见的东西。那只手提包如同胆怯的长尾巴灰鼠躲藏在兽皮袋里，我没有拿出来。用它还一份儿人情，妈妈肯定要骂我，但我没有别的东西送出手。

　　妈妈，原谅我。

　　在教学楼梯转弯处，我拦住了吴仁杰，他正和几个男生下楼。我拦住了他，那几个同学从我们身边绕过去后，好奇地回头望着我们。吴仁杰听我说送他东西，很困惑地看看提包，突然生气地说：你知道自己干什么蠢事吗？这么珍贵的东西怎么随便送人。

　　我转身走了，我当然知道自己在干什么。如果他去过我们乌力楞就会明白，与善良的心地相比，再昂贵的东西也是寻常之物。

30

　　妈妈来信了，她找到小学校的老师写的回信。妈妈说，她很好，两个孩子也很好，政府的人经常看望她们，粮食够吃了。妈妈说，毛考又带着狩猎组进山了，格帕欠老人居然也跟随而去，骑着伦巴列的枣红马。妈妈说，查鲁开始酗酒了，总说活着没有意思的话，他喝多了就喊，要去北京看你。

妈妈说，今年的雪下得早，大雪已经一场一场地下起来，没过多久，小各罗布就能用爷爷制作的爬犁滑雪了。想到他从山坡上往下滑爬犁，她的心就骇得怦怦跳。每天早晨，她带着小苏妮娅去卫生所打针，可怜的孩子，她的结核病又犯了，妈妈每天夜晚都在"玛鲁"神龛前为她祷告。妈妈说，也许是搬家的缘故，她很久没梦见在天堂的四个亲人，大概他们忘了她。

同学们都走了，教室里只剩下我一个人。赵兰从外面探进头问我去不去吃饭，我摇摇头。我没有食欲，而且想一个人静静地坐一会儿。透过窗户，我看着操场上活跃的学生们正在打篮球，他们穿着背心和短裤，跳跃着、奔跑着，脸上的汗水泛出青春的光泽。

而我的家乡正是大雪纷飞。

我坐在画架前，用铅笔慢慢勾勒出斜仁柱的轮廓，然后把颜料挤在调色板上调色、涂色。斜斜的夕阳从窗外一点点地在画面挪移，又一点点地挪移下去。室内残留的光线如同淡淡的炊烟，散发出傍晚间森林的气息、河流的清冽。

我多么熟悉这些气味，它总在我最需要的时刻降临我内心，像一道隐秘的咒语，划开了我和森林之间的所有屏障。

我打开灯，重新坐在画板前画着，忘记了饥饿和寂静，还有来到北京的种种不适应。七座神话般的斜仁柱逐一出现在画面上，它们沉默、坚挺，在漫天飞雪里矗立在森林的边缘。和它们同样沉默的，是不远处的多布库尔河。而猎狗索索让整个画面充满了飞雪激扬的声音，它站在河边摇动着尾巴，正等待着狩猎的男人们走出森林。

我的脸变得滚烫起来。是的，我回到了家里。妈妈的脸庞从帐篷上面隐现出来,那些围着帐篷的兽皮花纹是她饱经沧桑的皱纹,她的额头间游走着山林里的动物,她的头发里流淌着一片片疲倦的白云。

我低声哭泣起来,现在我可以流泪了,许多天来我一直憋着,没有理由,就是想默默地哭一场,就这样。教室里回响着灰鼠咀嚼松果仁的细响,它们听到我的抽泣停住嘴,一起望着我。

我说:卡思拉,她是了不起的女人,她已经老了,还养着两个孩子。

有人在走廊里走动。我屏住呼吸,慢慢地转回头,石峰老师已经站在门口。屋子里只有我一个人,这出乎他的意料。他生气地问:为什么只有你一个人?我不得不提醒他,今天是星期六,学校礼堂放映电影。

他站在门口略略思忖后朝我走来。他本来要看同学们绘画,现在只看见我一个人,有些生气。他站在我身后,一言不发,我有些不安,便从座位上站起来。他用右手指头擦一下鼻梁,若有所思地说:小时候你听过许多神话故事吧。我点点头说:多布库尔河一带冬季特别寒冷,老人们在夜晚里常常给我们讲故事。我闭住了嘴,脑子里出现大雪纷飞的山林,妈妈抱着刚降生的我,对着天空祈祷:万能的神灵啊,赐给我的孩子平安吧。是的,我听懂了她的话,从降生开始,我就听懂了她的话,直到现在,她的祈祷声一直萦绕在我耳畔。妈妈就是神话故事。

玛鲁神灵说:生命是有记忆的。

他清了清嗓子说:你让我想起了画家康定斯基,他是俄罗斯人。他早期的作品就把现实和神话糅合在一起,表现出了对民间传说和宗教题材的兴趣。你的画很有民间艺术的特色。

他拿过画笔看了看我，我明白他的意思，点点头。他用油彩在画面的河流上抖动出许多亮斑，得意洋洋地说：古迪娅，你非常聪慧，来，试一试用抖动的笔调画出无数发亮的斑点，让风景变得抽象一些。

我惊呆了。画面上的多布库尔河开始变得神秘莫测，它完全超出了自然的形态，好似在漫天大雪中悸动地舞蹈，整个画面成为让人捉摸不透的画谜，和奇妙的陷阱。

老师，我刚刚叫了他一声，他就举起手，像在课堂上阻止我们说话那样。我充满感激地望着他。是的，他知道我想说什么，他知道我的惊喜和感动，还有长期置身于黑暗，突然被一束光明照亮的醒悟。

小朋友，你马上会招来许多人的指责，他热情地望着我说，或许他们认为你的创作是故弄玄虚、无知大胆，总之，你会感到自己很孤独，因为没有人能像你那样发出梦幻的声音。绘画就是梦幻，是梦幻在一瞬间的凝固。我们太喜欢热闹了，必须扎堆才能证明自己的存在。而你不一样，孤独会陪伴你一直寻找艺术，至于能不能找到，那是另外一回事。祈祷你的玛鲁神灵吧。

说完，他离开了教室。

赵兰发现我的手提包不见了，我只好告诉她，我送给了吴仁杰。为了还人情吗，赵兰责怪我说，你知道自己在干什么吗。我想起吴仁杰，他也说了这么一句话。

这几天晚上我回宿舍，推开门时，她们三个本来正在说话，见我回来马上闭住嘴。我终于没忍住，生气地问道：你们背着我搞什么鬼。可是没人回答我。上床后，我睁着眼睛想了半天，还是猜不出她们有什么事情瞒着我。若是在乌力楞就好了，每个人心里藏不住东西。尤其是查鲁，他要不把当时的想法嚷嚷出来，做梦都会打挺。而我同寝室的三个丫头，心眼比草籽还多，她们不想告诉我的事，一定和我有关系。

后来我还是知道了。韩文慧见我闷在鼓里的时间太长了，于心不忍地告诉我。原来吴仁杰同宿舍的男生放出话，说我看上了吴仁杰，还送他一个精美的手提包，吴仁杰为此揍了那个男生，事情就闹到石峰老师那儿去了。石老师息事宁人，自己掏钱买了提包，准备让同学们当作临摹的静物。

我没想到自己干了一件傻事。赵兰说得对，我不知道自己干了什么。我早该想到这里不是乌力楞，不能把自己的东西随便送给男同学。在我们那儿，没有人说这样的闲话，而在这里，事情就麻烦了，我变成了班级里第一个受人非议的女生。

幸亏查鲁不在这里，否则他会把那个男生揍个半死，说不定顺便也把吴仁杰扔到操场去。这帮龌龊的山猫，给他们每人一粒枪子就闭嘴啦，他肯定要这样骂来骂去。

那一段时间，吴仁杰不想让这件事如此草率地了结，他成了斗志昂扬的小公鹿，把好斗的鹿角随时挑向任何一个对手。但是没人给他机会，传闻在他听不见的地方一遍遍回响。总之，大家需要故事，需要别人为自己的生活涂上色彩。

毕素芬又听到班级一个女同学讲我的新故事，马上去找石老师为我打抱不平。我不知道她跟老师讲了什么，总之，石老师找到了我谈了一次话。古迪娅，你要正确对待同学们的玩笑，他说，当然，我要制止这种传闻，你是少数民族，同学之间要注意民族团结。

这件事令他不安，一个手提包惹出意料不到的麻烦，这让他非常恼火。他怕我想不开，干出让他控制不了局面的事情。

我很平静地说：老师不用担心，我不会找谁打架，也不会再让男同学说三道四。我说话时并不看着他，而是望着别处。同学们正在周围活动，他们的目光不时瞟向我们。事后，赵兰说，石老师特意找同学们上体育课的时候跟我谈话，颇有用意。

石老师无可奈何地摇摇头：古迪娅，你在心里跟我说话，你想说，我打的猎物多去了，让这些半大家伙闹腾去吧，小兔崽子。

我吃惊地望着他。是的，他看穿了我，看穿了我对男同学那种难以察觉的淡漠。用不着任何解释，他理解了我并不介意这个让他头疼的传闻。这真是令人轻松的时刻，我们一起轻声笑起来。

然后，我给他讲了库列和苏妮娅的故事。在阳光灿烂的操场，在同学们的注视下，我讲了那场风葬，讲了在大雪纷飞的另一天，我独自去了风葬架前，默默地看着库列和苏妮娅躺在一起，像活着的时候一样，相依相偎，须臾不离。漫天的鹅毛大雪飘落下来，覆盖在他们身上，犹如苍天撒下的花瓣。

他听着，眼睛里倏然间闪过泪花。他垂下眼睛，又抬起来，目光清亮而温和。

31

我坐在画架前的时间越来越长，凭着记忆，我画下乌力楞里所有人的素描。这很有难度，没有真人在我眼前，我只能靠想象再现他们的音容笑貌。时间在我的笔下倒流回去，时间让我返回到我降生的那一时刻，然后，我在时间的河流里重新生长一次。玛鲁神灵是对的，它说过一个人无论走到哪里，最后都要返回原来的位置。

吴仁杰把画架挪到我跟前，也开始很有耐心地画素描。不得不承认，他很有天赋，对传统的再现观念和手法运用自如。石峰老师常常拿他的素描让我们观摩，这让他很骄傲。要知道，石峰老师对学生的要求有多么苛刻。

古迪娅，你身上肯定有魔力，吴仁杰一边用铅笔勾勒静物的轮廓一边说，我坐在你身边就能沉住气，可以画很长时间。他歪着脑袋仔细看看构图的对比均衡关系，打了一个口哨，表示很满意。

后面有人窃窃私语，一把椅子蹭在水泥地面，发出刺耳的声音，又有一个人笑了一声，但很快闭住了嘴，短促的笑声像一滴水马上渗进地面，了无痕迹。谁都看出来吴仁杰正在表演，他想用这种公然的姿势告诉大家，他才不在乎流言呢，他不仅不在乎，还要推波助澜。现在，他不再避讳跟我打交道，甚至没事找事地跟我去图书馆、去食堂。他走在我身边，滔滔不绝地说着班级里层出不穷的笑话，两只手插进裤兜里，摆出很潇洒的样子，穿着白色回力鞋的脚不时地踢一下路边的石子。

他的斗志很快地松懈下去，因为同学们的注意力不再集中于他身上，而是转向了石老师。听说石老师开始谈恋爱了，女朋友是美术系的肖老师，她的父亲是京城的著名画家。

现在，我需要自己记笔记了。同寝室的三个同学似乎商量好了，在石老师的课堂上不记一个字，仿佛跟他有深仇大恨。尤其是赵兰，她的变化让我感到满头雾水。以往我抄她的笔记时快累死了，在石老师的课上，她几乎成了快速记录员，恨不得记下他每句话、每个呼吸、每一个停顿。在笔记本上，她常常写下让我心惊肉跳的评语，什么永恒寂静的世界啦，什么一个孤独、苦恼、疑惑的灵魂啦，什么温暖的声音和色彩啦。现在，她的课堂笔记却是一片空白。

赵兰并不避讳我什么。我信任你，古迪娅，她抱着膀子怕冷似的说，如果你要不可靠，这个世界就没人值得信任了。然后，她滔滔不绝地讲起了对石老师的迷恋：从他走进课堂的那一瞬间我就爱上了他，没什么理由，他一出现我就完了，上他的课是一场接着一场的折磨，无论他的目光落在哪儿，我都觉得他正在瞅着我。赵兰跟我说话时，整个身体蜷曲成一团坐在床铺上。她很冷，即使室内的暖气热烘烘地烤着我们，她还是冷，那是心底深处的寒冷。

石老师让我到办公室一趟。他从办公桌里拿出我的一幅风景油画，郑重地放在桌面上问：有人想买下它，你同意吗？

有一瞬间我以为自己听错了。我望了望画，又望了望石老师，他神情严肃地等待我回答。我咧开嘴笑起来，也许我应该掩饰一下自己的激动和兴奋，但我还是咧着嘴笑着。妈妈说我一旦笑起来，连乌麦鸟神都惊奇，可见我笑的时候太少了。

石老师也笑了，他咧开的嘴不比我小到哪儿去。我突然发现他笑起来变得像个孩子，平素的威严荡然无存。于是我板住脸冒失地说：老师，你不能笑。他马上收回笑意，眼睛里露出困惑。你一笑就糟啦，我只好提醒他说，你一笑同学们就不怕你啦。

我都不怕你啦，最后我补充一句。

他真的大笑起来，有人从办公室门口探进头，想看看屋里发生了什么快乐的事。接着，他打开办公桌的另一个抽屉，拿出一个信封说：这里面装着买画的钱，你可以买颜料、买自己喜欢的东西了。

我打开信封，从里面滑出了一沓钱。石老师看我目瞪口呆的样子，替我数点了钱，一共是三十元钱。天呐，我一下子成了富人，这些钱可以让我买多少颜料啊！我快乐得要晕过去了，我从来没见过这么多的钱。

石老师被我的惊喜和恓惶感染了，他温和地对我说：相信生活吧，一切都是美好的，一切都是刚刚开始，你会成为出色的画家。

我晕头涨脑地走出办公室，来到校园里。阳光出奇地温暖，十一月初的北京温度依然很高，校园里到处是学生。与阴凉的教室相比，他们更喜欢洒满阳光的校园。我紧紧攥住钱，把手揣进裤兜里，那些钱像饱满的兔子一下下地跳动，敲击着我的手指头。我脑子里装满了花钱的计划，当然我要先买颜料。那天，石老师在课堂辅导我们时，看着我把最后一点粉红色的颜料涂在画中的山梁上。我用颤抖的笔触，以横向的趋势运行，那些光点像精灵般在空间漂浮，整个山脉似乎正在与壮丽的晚霞融为一体。可惜，颜料没有了，我沮丧地停下笔，只听身后传来一声惋惜的叹息，我回头时看见了石老师站在我身后。

我找到吴仁杰，求他带我去王府井商店，他爽快地答应了。他没有问我为什么不和同寝室的女生一起逛街，他没问，这很好，我想让她们高兴一下。赵兰早就想买一个绸缎面的日记本，韩文慧喜欢丝巾，至于毕素芬嘛，她在穿着上大大咧咧的，我就为她选一副毛线编织的手套吧。现在，我终于可以还人情了。很长时间里，我每天只吃两顿饭，因为我要省下学校发的助学金买颜料，她们三个人知道我经济拮据，经常给我买饭。

我们一起去了王府井。跟在吴仁杰身后，我感到很踏实。在北京，大路上川流不息的车流常常让我产生错觉，我是在河流里行走，而那一条条的斑马线随时会从地面站起来，像猝不及防的栅栏拦截我。而在我们生活的小镇里，喝醉酒的男人们走在大路上，汽车都要绕开他们。

吴仁杰非常熟悉路途。我们走了三个多小时，在一条条胡同里穿行，最后来到王府井大街。古迪娅，咱们避开横穿马路十八次、被红灯拦截二十次的麻烦了，他得意洋洋地向我宣布，我的方向感好极了，真该学地质学，或者当猎人。我也很开心，自从来到北京，我还没有这么痛快地长时间徒步。毕素芬她们从来都是坐公共汽车。每次跟她们逛街，我都被汽油味儿熏得吃不下饭。她们让我多锻炼，可是我实在受不了汽油味儿，比熊身上的臭气都难闻。

我们都饿了。吴仁杰领着我进了一家小吃铺，要了三斤饺子。那顿饭让他吃得声情并茂，他一个劲儿地在碟子里添辣椒面儿，辣得鼻尖渗出一层细汗。剩下最后六个饺子时，我放下筷子，他也马上放下筷子。你给我吃下去，我说，你是男生，饭量大。他想了想说，咱们还是扔钢镚儿决定吧。我摇了一下头，抬手拽下一根头发说，咱俩打赌吧，用头发丝打赌，谁的头发丝被拉断了谁吃下这些饺子。他看着我手里又细又黄的头发，一下笑起来。说话算数，不许耍赖，他说。

他用自己又黑又粗的头发拽住我的黄头发，结果出乎他的意料，他的头发居然被拽折了。他呆呆地望着我说：不能吧，你施了魔法吗？你那根小胎毛，风一吹都断了。

我忍住笑，让他吃掉盘子里的饺子。他当然该输了，这个粗心大意的家伙没看出来，我用了两根头发击败了他，就是这么一回事。他把饺子夹进我的碟子里时，我毫不客气地用筷子拍他的头：别耍赖，懂吗，这叫以柔克刚。

进了商店，我想买的东西太多了。带花边儿的儿童太阳帽、暖色的毛衣、漂亮的方格围巾，还有北京特产的果脯和酥糖。我走来走去，一时做不出决定。但是站在玩具专柜前，我就不走了，因为我的耳畔想起了小各罗布的哭声。在小镇那家杂货店，他看见了一个能在地上跳来跳去的铁皮青蛙，非常想买下它，但是没有钱。那天他哭得很伤心，拒绝吃晚饭，气得妈妈不搭理他。可是晚上睡觉时，她借口火炕太热，翻来覆去睡不着。

现在，这个铁皮青蛙就在柜台上摆放着。

我给小各罗布买了两个拧上弦就能蹦蹦跳跳的铁皮青蛙，为小苏妮娅买了一个躺下便闭上眼睛的布娃娃，为妈妈买了两套棉布的衬衣衬裤。经过衣帽柜台前，我被一排滑冰帽吸引，站住脚。我想起了查鲁，想起了他在白雪皑皑的大地上滑雪的样子，就给他挑选了一个艳红色的滑冰帽。当我付款时，吴仁杰拿起滑冰帽，仿佛不经意地问了一句：你有弟弟吗？他的眼睛很明亮，有一种光芒闪动一下。我说，不是弟弟，是一个小伙伴。接着我又补充一句：一个麻烦的家伙。他垂下眼帘，半开玩笑半认真地说：喂，问问你妈妈，放寒假我想去你家做客，老人家同意吗？

我边走边说：这有什么难的，赵兰早就想跟我回家了，多你一个人更热闹。

我的身后没有回音。

32

妈妈来信了。她告诉我，已经收到了邮包，和邮包里的钱。她把所有的酥糖全分掉了，小各罗布的铁皮青蛙当时就被席兰的儿子玩坏一个。妈妈吩咐我，再买玩具一定要挑结实的，怎么砸也不坏。

查鲁高兴极了，妈妈说，他天天戴着那顶滑冰帽，没过一个礼拜，帽子就和野猪味儿差不多了。因为这顶帽子，勒日钦老人老跟她打招呼。

我把信捂在了胸口，感觉它就是明亮的篝火，温暖着我的全身。

每逢十五日，赵兰她们三个人似乎相互间受了传染，相继来了月经，屋子里隐隐散发着特殊的气味儿，只有我洁身自好似的没有状态。时间一长，她们终于觉察到了我的异常，劝我去医院看病。但我坚决拒绝了，我说害怕碰到男医生。她们听了我的理由感到可笑，狠巴巴地指责我。没想到你这么封建，古迪娅，你是新中国的女性，是一名大学生，她们说，难道只有女的才能当医生吗？因为我的固执，她们最终还是妥协了，选择了北京中医院。走在路上时，韩文慧逗趣地说，古迪娅是旧时代的小姐，医生也只能隔着帏帘为你诊脉。她们善意的笑声，像蓝天里正在飞翔的鸽子，刺痛了我的眼睛。我什么话也不说，只是一个劲儿地朝前走，生怕她们看到我脆弱的泪水。已经有三个月我没来月经，这对我来讲是常有的事。过去我在家的时候并不十分在意，然而现在，我却越来越强烈地意识到我是女孩子，我应该和别的女同学一样，每个月在固定的日子里半抱怨半欣喜地迎接老朋友，嗅着身体里淡淡的梅花气味入睡。走进医院的长廊里，我的心脏因为希望扑通扑通地跳着，我想起了妈妈，她多么盼望我能正常起来。为此，她经常向玛鲁神灵祈祷，让我喝她熬的汤药，后来，她失望了。

一位脑门宽阔的女医生给我把过脉后，默默地开出方子。我不安地问，医生，我的病能好吗？医生说，先吃一个月的中药看看吧，你身体里的寒气太重，子宫发育有些不良，一定要坚持就医，否则无法进入婚姻生活。

我们走出诊室后，她们沉默了，显得心情比我还沉重。因为她们知道，我降生在白雪茫茫的冬季，我生长在大兴安岭地带，那里的冬季非常漫长，比地狱还漫长。毕素芬搂住我的脖子边走边安慰我：咱们相信医学，一切都会好的。赵兰在我的身后说：喂，别这么泄气了，古迪娅的人缘一向很好，又那么讨人喜欢，咱们四个女生，她肯定第一个出嫁呢。

我们走出了医院。坐在公共汽车上，我从窗户又看到了那群美丽的鸽子，它们仍然在天空中一遍遍地盘旋、飞动，悠扬的鸽哨声在阳光里鸣响。我紧紧抱住书包里的药，把头靠在窗户上。温暖的阳光洒在我身上、脸上，我很快睡过去了，耳畔却仍然鸣响着忽明忽暗的鸽哨声。

当同学们嗅到我身上那种挥之不去的中药味儿，我已经认真服过二十服汤药了。一个月后我去中医院复诊时，女医生很有把握地告诉我，回去等待吧。那个夜晚下起了绵绵的小雪，黏稠的雪花无声地落下，玻璃发出扑扑的细响。我从睡梦中醒来，发觉裤衩湿了。我嗅一下闻到一种久违的气味，是女人生命的气味。我慢慢坐起来，拿过纸垫在身下，坐在上铺看着窗外。没有拉严的窗帘之间好像是一个新的窗口，让我看见了从前没有看见的东西。也许是悠长的雪夜让空气变得越发湿润的缘故吧，染着橘黄灯光的夜色沉甸甸地铺在空旷的校园里、房屋顶。我似乎听见深夜的光线垂落在大地后飞溅起来的声音，寂静而辽阔，犹如木克楞房檐在春天里融化的冰凌，闪动着幽静的光泽。

我又躺下了，希望重新进入梦境，玛鲁神灵说过，梦境是一条道路，它让人预先知晓明天将向你走来的一切。我很快坠入了连绵不断的梦境当中，大朵大朵的雪花像温暖的棉花铺满了大地，查鲁从遥远的地平线向我跑来，他的腿健美而修长，奔跑起来犹如雄健的野鹿。他来到我面前，怀疑地问道：我快认不出你了，你跟我回家吧。他抬抬腿说，我的腿完全好了，我可以领着你走到世界的任何角落。

我隐隐记起一件事，急急忙忙拉住他说：你为什么说要等我一辈子？他灿烂地一笑，转身想要离开我。你回家了，我就告诉你，他边说边往身后退，一直退到浮起的大雾里。我跑上前想抓住他，却看见他像水一样慢慢融化，很远很远漂浮着他的声音：再给你一点时间，你才能看到自己。

系里要求同学们学习交谊舞，参加与外校的联欢活动。每天傍晚时，她们三个人梳妆打扮后，身上带着淡淡的胰子味儿去学校大礼堂。我不得不跟随她们去了，班主任要点名的。当音乐声从喇叭里热烈地播放出来，同学们纷纷走进场地学跳舞时，我便偷偷向门边撤退，准备溜走。班主任早就盯住了我，我刚走出大门，他就在我身后喊：古迪娅同学，你回来。我不得不转身走回去站在他身边。你不要溜号，这是政治任务，他说，你应该融入火热的生活当中，这是一个到处沸腾的时代，你不能缺席。我不好意思地说：老师，我记笔记的速度太慢，每天晚上要借同学的抄写下来。他迟疑了一下后还是说，不行，你必须参加学校的各项活动，你要有全局观念。

我返回去了，我只得返回去。班主任离很远就招唤吴仁杰，让他教我学跳舞。吴仁杰跑过来，满脸是汗水，他已经教过几个女同学跳舞，刚才我已经看到，他成了众目睽睽的目标，招惹人的红色秋衣、热气腾腾的身体、奋力向上左突右奔的舞姿，都令人感到他青春的活力。班主任吩咐他：吴仁杰同学，你必须教会古迪娅跳舞，班级里的同学要一个不落地参加联谊会，谁也不许溜掉。

吴仁杰拉着我学跳舞，我们跳得满头大汗，一点儿也不敢懈怠，因为班主任坐在旁边盯着我们，他带着我一遍遍地练习舞步，直到我跳得像模像样了，才让我休息。班主任露出胜利的微笑，很有成就感地说：很好，古迪娅。在第二天的班会上，他继续表扬我：古迪娅同学还有什么干不了的吗？很好。

石峰老师因病请假了，尤佳老师代他的课，当我们的素描作业全部发下后，没有我的作业。她把我叫到办公室，从抽屉里拿出我的素描轻轻放在桌子上。古迪娅同学，你要把握人物的比例，这是基本功，你瞧瞧这里，还有这里，她用铅笔指了指画面上人物的脸，还有臀部，很惋惜地说，一个摇摇欲坠的女人面对摇摇欲坠的世界，这是多么颓废的意识。

我看着素描，是的，我故意这么画的。那个女模特坐在靠背的椅子上，面无表情，同学们抱怨尤佳老师找的模特相貌平平，但是过一会儿我们就平静了，她的身材真美丽，稀有的美丽正在考验我们的结构能力。

有人叹息一声，她的美丽是画不出来的。

望着女模特，我的脑袋里灌满风。她让我想起了我的族人。自然的风霜雨雪像粗暴的工匠，在他们身上、脸上生拉硬扯，每当我看到面部不对称的男人或女人，看到身体有缺陷的族人，真是感到生命的脆弱。所以，我把女模特的脸画歪了，把她的臀部画得瘦小干硬，与大腿相比失去平衡，于是，整个人显得摇摇欲坠，仿佛只要有人打个呼哨，她就落入尘埃。这幅素描里，充满了我与自己的冲突和碰撞。我不想躲避自己，只能迎向我，打开我自身的某一角落，让它变成通向外界的道路。

如此混乱的想法，我无法向她述说清楚。

这个晚上，同寝室的人又去看电影，我坐下来给妈妈写信。每逢遇到心里有麻烦，我就很想和妈妈谈谈。但她在远方，在我目所不及的地方，我只能借助写信的方式回到家里。在活跃的同学当中，我感到了孤独，而妈妈能够理解我的孤独，在森林里、在河流里、在岩石中生长的孤独。而我在这样的孤独中，却找到了苦思冥想的答案。我铺开纸，想了一会儿，兴奋地写道：

妈妈，我越来越清晰地意识到，我离不开这座城市，毕业后我不回去了，我要留下来参加工作，还要把你们接过来和我住在一起，这样我就能够独立地走进这个城市了，因为有你们支撑着我，我就有了根基。

在这里，我是孤独的，像一滴神秘的水滴，无论掉落在哪里，我都无法融化。在这里，我会保护好自己，成为完整的自己，把家庭和森林都留在我的身体里、精神深处，它是我能够画下去、能够为自己而不与别人混淆的理由。而回去，回到森林里，我会遭受破坏，和那些自然中挺立上百年的树木一样，只要有人对它举起斧子，它就会悲惨地倒下。我不想再被贫困的生活压垮下去，我要画画。

33

石峰老师又出现在讲台上，已经是一个多星期以后的事了。他显得憔悴、消瘦，好像得了一场大病。

晚上，赵兰她们三个人谈起了石老师。他和肖老师很早就认识了，在一次画展中，他们站在同一幅画前，他说了一句话，她也说了一句话，他们就认识了，然后相爱，至今仍然像刚刚结识时那么相爱。他见她时一定要穿得西装革履，她也要穿上漂亮的裙子，冬天也穿上厚厚的裙子。这一对唯美的恋人成为学校的童话，令许多人羡慕。但是石老师的父母始终不同意这桩婚姻，理由是女方家庭背景复杂。

她们谈论石老师时，我坐在上铺编织小毛衣，给小苏妮娅的毛衣，复杂的花纹牵扯了我的注意力。听到最后，我突然问一句：什么叫家庭背景复杂？

她们三个一起瞅着我，好像我问了一句需要让她们费力思考的话。这种情况经常在我身上出现，比如说什么叫四合院、北京中年妇女的脸形为什么多是银盆大脸、梅兰芳是否可以算是美男子，因为他长得很黏稠，还有动物园的动物如果被同类虐待，却无处逃生，算不算人类正在犯罪。她们很难回答我的这些问题。你让人感到很累，古迪娅，她们常常拍着我的脑袋说，你是人类的朋友，喂，别太烦人啦。

什么叫家庭背景复杂，韩文慧说，石老师出身于军人家庭，他父亲是高干，但是肖老师家庭复杂，爸爸是画家，爷爷是大商人，一个叔叔跟蒋介石跑到台湾做了大官。

我明白了石老师的父亲不会要这样的女人当儿媳妇的。

赵兰一下子坐起来，话里有话地说：石老师是个真正的男人，他懂得感情，不会让步的。

未必，毕素芬马上反驳道，没有父母承认的婚姻比杂草还虚弱，难道他们能扛住家庭压力吗？她说得那么不容置疑，我们知道这些经验来自她的父母。那对热恋后私奔的恋人，似乎受到了诅咒，贫穷的日子腐蚀了他们的爱情。毕素芬是在父母争吵声中长大的，她曾说过，她一定要嫁给有钱的人，钱会带来她需要的平静。

赵兰从铺上举起手表示反对：爱情就是要冲破世俗观念，勇敢地走下去，我支持他们。她这样子像刘胡兰，英勇不屈。韩文慧扑哧笑道：心里装着别人，自然就把人家的事放在心里。然后，她又冲我说：古迪娅，别闷葫芦啦，你也说说看法。

我放下手里的针，迷惑地看着毛衣上已经出现的花纹，它们像刚刚开始编织的迷宫，还没来得及设计出口。迷宫只有一个出口，但却可以有无数进口，当人们开始进入事情的迷宫时，总会相信找到那个唯一的出口。不过这需要他们行走，在时间里行走，在越来越难以抗拒的迷惑中行走，没有答案，或者有无数的答案。而石峰老师能找到那个被堵住的出口吗？

他们不会顺利结婚，我说，石老师的父亲是军人，不会让肖老师走进自己的家庭里，因为那个家庭的血液是红的。

三个人沉默了，这是我们共同看到的结果。我们白白地为石老师担心，除非他死了这条心，除非他和女朋友逃到深山老林，像风一样漂泊。一想到这些，我们都很泄气。

我喜欢去图书馆，一排排的图书架散发着木头的气味，我熟悉的气味。它萦绕着我，甚至在梦中，我都悄悄地出现在一排排的图书架之间，等待多布库尔河从我的头顶漫过。我去了图书馆，走到那排摆放人体画册的书架前，我看见了石老师，他正低头看着一本画册。那一瞬间，我想躲过去，因为在昨天夜里，我们还在谈论他和他的婚姻，现在我不想面对他。

石老师抬起头，无声地朝我笑一下。古迪娅，你为什么躲着我，他扬着手中的画册说，来看看雷诺阿的画，色彩明亮饱满，他按自己的要求安排题材，接着像一个孩子那样朝前画下去。

我听懂了他的意思。他在肯定我，肯定我运用本能和直觉画画。他和尤佳老师谈过我，是的，谈过我的那幅素描，但他们的意见不一致，当然不会一致的。石老师看到的，尤佳老师无法看到。石老师看到了一个由自身决定的素描，而尤佳老师看到的是比例和画面。

我牢牢记住了他手里举起的那本画册，他把它插放在原来的位置。等他走后，我会重新找出来，用他的目光仔细看画册里那些震撼世界的美术作品。

我转身朝另外一排书架走去，我看见了韩文慧，她的表情让我想起了她的南方梅雨季节，阴冷潮湿。我耳边响起了昨天夜里她说的最后一句话，何苦呢，她说，石老师为什么和父母过不去，他完全可以找别的女孩。她的声音如同一只美丽的狐狸，向我们露出了一截藏匿已久的小尾巴。

森林里有一种长着绿斑的蝴蝶，当它想找到自己意中的配偶时，总是通过另外一只同性的蝴蝶去判断，它们常常三影成舞。

韩文慧，我喊了她一声，她转过身仿佛刚看见我，脸上露出欣喜的微笑。我是来还书的，她说，你要走吗？

你刚才看见我了，为什么装成没看见啊，我说。当然，我没有说，我不愿意听别人撒谎，我不愿意。如果在我们乌力楞，一个人撒谎要付出代价，没人相信撒谎的人。我看见她慢慢地红了脸，你是个傻瓜，她勉强笑一下说，你不要用这样的腔调跟我说话，这里不是森林，你别弄错了。说完，她反身走回书架前，哗啦啦地翻着书，不再理我。

我碰在一根柱子上了，我边走边想，我早就碰在柱子上了，只不过浑然不觉。你是个傻瓜，她说对了，这里的规则，需要我慢慢熟悉，我应该忘掉我的森林，和森林里的规则。

但是不可能，我在内心里大声对自己说，我无法忘掉森林，那么就当傻瓜好啦。

吃晚饭时，赵兰告诉我，系里要挑选十幅油画送至北京美术馆参展。我不知道她的消息来源是否可靠，默默地看着她。

是吴仁杰告诉我的，赵兰一边飞快地朝嘴里扒拉饭一边说，他是系主任的跟屁虫，消息来源一定可靠。铁皮饭勺在她两排牙齿间滑动一下，发出清脆的响动。我跟石老师说了，一定让你的作品参展，她得意洋洋地说，石老师还不相信我的消息，瞧吧，过几天咱们班就热闹了。她用饭勺拍我的鼻梁一下说：瞪什么大眼呀，傻乎乎的，就我罩着你，还不快点准备呀，你长点心眼吧。

班级里果真热闹起来，吴仁杰几乎长在画架前画画，他买了几包饼干充饥，不太去食堂吃饭，还有几个男同学，也悄悄地出现在教室里画画，除了上课，平时在教室很难看到他们。吴仁杰一边画画一边讥讽地说：没有人的时候，我还没想到害怕，现在你们都挤进屋子里，我感到害怕。接着他就唱起了歌，一首接一首没完没了。起初我们还忍着，等待他自己闭住嘴，最后我忍不住了，对他大声喊：喂，你有完没完，把嘴巴闭上！他瞪大眼睛委屈地喊：古迪娅，你从来没这样对待我，你快变成小巫婆了。我没时间搭理他，这家伙就是想引起我们的注意。最近他脸上长出几颗耀眼的青春痘，情绪也显得亢奋，毕素芬逗趣地说他该处女朋友了，所以他显得吵吵嚷嚷地并不奇怪。

我坐在椅子上，面对画架一动不动。我已经坐了一个多小时，手中的铅笔始终举不到画布上，因为我不知道自己画什么参展。屋子里总算安静下来，听着别人在画布上涂抹的声音，我很泄气。我只能提供我所有的，给出我的存在。我和他们不一样，这些城里来的学生，他们比我更知道参展绘画的技巧、构思，和表现的艺术精神。也许我犯了一个错误，进入学院后，我不应该直接插入油画系大二的班级学习，我应该老老实实地从基础开始学习，而不像现在，在半空中悬着。可是妈妈每天夜晚总出现在我的梦中，她举起双手默默地为两个孩子祈祷，为我祈祷。在梦中，我看得清楚，她脸上每一道深深的皱纹、紧闭的嘴角和充满孩子气的眼神，她担心自己能否养活两个孩子。入校时我就做出决定，缩短学习时间，尽快回去，回到多布库尔河，回到小镇。可是现在，另外一条路在我眼前隐隐闪动，我喜欢北京，真想留在这里。

我昏头涨脑地走出教室，一个人在校园里走动，不时地抬起头望着我们教室的窗户。那里灯光明亮，同学们都在认真地绘画。划破黑暗的灯光让我既紧张又羞愧，我的大脑里空空荡荡，想不出来用怎样的绘画内容表达一个整体，森林的整体。

远处传来脚步声和说话声。我站住了，不假思索地躲在一棵树后面。因为我听出了一个是石老师，另外一个是毕素芬，她的话把我死死地钉在地上。

老师，你给我一个机会，我能证明我不比古迪娅差，毕素芬说，古迪娅的色彩感觉非常好，可是她的画怎么说呢，总让人感到她对事物和人发生错觉，构图缺乏平衡感。

石老师站下了，他沉默一会儿说：古迪娅很有天赋，这一点你们谁也比不上她，可以说她无师自通。她在图书馆看了所有的西洋现代绘画画册，她的画风里就出现了异于寻常的想象，还有你所说的错觉，这些正是绘画需要的品质。现在国内搞美术的没有什么出路，因为我们一直坚持现实主义，视西方的现代艺术如毒蛇猛兽。我不想打扰古迪娅，真希望她像孩子一样自由地画下去。中国将来真正的画家，有一部分可能从民间产生，他们没有约束，是自由的，想怎么画就怎么画，而学院派的画家受条条框框的束缚，艺术感觉容易变得麻木，出不来好作品。

老师，请你给我一次机会，毕素芬很焦急地打断石老师说，古迪娅即使没有机会也能走得很远，可是我需要这次机会，我想留在北京。

石老师快步地往前走，他的速度真快，毕素芬一路小跑地跟着，最后走不动了，停在那里大声喊：老师！

石老师继续走着，很快隐入教学楼门内。毕素芬难过地站在那里，消瘦的肩膀无力地向下耷拉着，像受了伤的山猫。她让我心生怜悯，我真想走过去告诉她，如果你需要任何东西，从我这里拿走好了，柯尔特依尔家族的后代不会跟任何人争抢。但我不能动，不能让她发现我听到了不该听的话，那样她会很尴尬。是的，她没有错，她仅仅想争得一次机会，仅此而已，用不着走到她面前，向她证明我的坦荡，用不着。格帕欠老人早就告诉过我，不要把船顶在头上，你已经渡过了河流，就把船留下来继续走路，如果你放弃不了船，把经历人生河流的每一条船顶在头上，那你就会成为疯子，你的人生变成沉重的负担，你就没有办法飞翔、流动，最后你守着一堆破烂不堪的船，连一条小溪都走不过去，到了死的那一天，你才懊悔，因为无数的欲望牵扯了你，无数没用的东西拖累了你，你在人生的路途上仅仅走了一少部分，白白度过了属于你的生命。

毕素芬走进教学大楼，我望着她消失地方向，慢慢转过身体，想返回宿舍。一个人站在离我不远的地方，然后走过来说：古迪娅，我都听见了，她是你的朋友，我没想到她会这样，平常看她挺老实的。

现在轮到我困惑了，吴仁杰，他为什么跟踪我。我下楼时，他正在忙碌着画他那幅老是完成不了的画。凭他的才华，入选画展没有任何问题。他跟在我身后，我却浑然不觉。

你为什么跟着我，我生气地问，你吓了我一跳。吴仁杰从裤兜里掏出封信说：对不起，我忘了把信给你，下午传达室的人让我把信捎给你。

他居然一个下午没把信给我。这只小狐狸，还以为我能被他蒙住了。我拿过信后要走，他一把拉住了我。古迪娅，你听我说，你绝不能放过这次机会，他坚决地说，毕素芬没说错，这次如果能参展，就能留在北京工作，几家出版社缺美编，要在画展中选人。

让她去吧，我平静地说，大不了我回林子。

那我呢，他激动地说，你考虑过我吗？

我们俩一起怔在那里，为他的一句话怔在那里。我听懂了他的意思，却怀疑刚才他的话。看我想走开，他一下子急了：古迪娅，我早就喜欢你了，但你心里没有我。

我慌张地问道：你喜欢我什么？真的，我猜不出他为什么喜欢我，和别的女生相比，我是又笨又傻，一点儿也不灵活，班里的男同学给我起了一个绰号：可爱的闷葫芦。

傻丫头，他热情地叫一声，我就是喜欢你的纯朴、善良，这是中国劳动妇女的美德，我妈见到你，一定会喜欢的。

真是的，说什么呀，我低下头害羞地嘀咕一句，怦怦跳动的心脏像燃烧的篝火，舔着我的脸面。幸亏是黑天，他看不到我红红的脸。我们面对面地傻站着，听着对方紧张的呼吸。他实在忍不住了，长叹一口气说：真是紧张啊，害怕你拒绝。

我害羞地一笑：我也害怕。

他马上高兴地说：你害怕了，这太好了，这说明你不反感我，喂，握一下手吧。他朝我伸出手，紧张地等待着。

我屏住呼吸，慢慢向后退两步。一切都来得太突然了，我根本来不及思考，那只手像一个问题悬在我眼前。不能这样，我摇摇头说，我要养妈妈，还有姐姐的两个孩子，这很麻烦，你不应该面对这些麻烦。

他朝前走两步，坚决地伸着手说：我都知道，我愿意和你一起分担这些困难。

我想起了石老师、石老师的父母、那两个军人的严肃表情。吴仁杰的父母是南方一所大学的教授，他们不会容纳我的家庭。他们会说：去找门当户对的女孩，难道你要钻进深山老林活一辈子吗？

我什么也没说，转身走了。即使我不回头也知道，吴仁杰伤心地站在那儿一动不动，因为他不明白我弃他而去的理由。在他的头顶上，树梢被夜风摇曳着，发出轻轻的响动。我边走边望着宿舍楼里的灯光，好像在迷失的旷野上寻找方向。手中的信一遍遍地告诉我，就在这个夜晚里，多布库尔河将迎来又一场大雪，我看到阿里河小镇的大街上狂风席卷，房屋上盖满了厚厚的积雪，看到炊烟散在阴暗的半空，眼泪便静静地流下来。

34

古迪娅，我想你，我死吧。

查鲁邮给我的这封信，一张白纸上就写了这么一行字。我坐在床铺上，连续看了五遍，不由得哑然失笑，真难为他了，每一个字都写得如同匆匆搭起的篝火架，七扭八歪、支支楞楞。为了写信，他可真没少卖力气，也许他就想吓我一跳，让自己开心。

他的信让我感到温暖，我把信放在枕头下面睡着了。那天夜里，大雪飘飞的声音一直响在我的梦中。

毕素芬晚上回来的时间越来越晚了，每次她打开门悄悄走进来，我们都已经入睡了。她窸窸窣窣地脱掉衣服钻进被窝，马上就睡过去。第二天早晨，我们三个叫她一起吃饭，她让赵兰捎两个馒头，又睡过去。

在去食堂的路上，赵兰憋不住话，有些生气地说：毕素芬太有心计了，至于这么卖命吗，不就是参展吗。韩文慧同情地说：她知道自己的画技不怎么样，所以才这么努力呀。赵兰不屑地哼一声，扭头问我：你怎么没开始画呀，想拿旧画参展吧？我低头走路，沮丧地说：我脑袋钻进了大雪，什么也想不出来。赵兰和韩文慧相视而笑。你再不动笔，石老师让你罚站三天，赵兰吓唬我说，你小心点。

下午，石老师让我去他的办公室。他感冒了，边咳嗽边不客气地说：你很反常，最近一段时间没有作品了，你给我的是作业，懂吗。你告诉我，你有什么理由回避这次画展？

我站在那儿一言不发。每逢妈妈气急败坏地教训我时，我就站在她面前一声不吭，她就扑通一下跪在"玛鲁"神龛前痛斥那个离她而去的亲人：玛鲁神灵，求你告诉我的丈夫，他的古迪娅脑袋是石头，一点也不开窍，她能直通通地跳进深水里再也出不来啦！

我站在那儿一言不发。石老师愠怒地说：你倔得没道理，真是少数民族的脑袋，你以为你不参展就让毕素芬去了吗？咱们班同学每人要交一幅作品，系里组织评委会集体投票产生参展作品，懂了吗？他挥了挥手，似乎想说什么又欲言而止。

我感动地抬起头望着他，这是他第一次没头没脑地教训我，却令人感到格外亲切。老师，我马上画画，我笑了一下老老实实地回答，我不想惹你生气。

他的目光柔和起来，口气温和地说：古迪娅同学，艺术家需要有一颗孩子的心，不被任何事物污染，他无论被逼到任何一个角落，都将爱惜自己卑微的一份自由，去老老实实地做事、绘画。你现在还年轻，还来不及体验更多的东西。万幸的是，你已经学会了用画笔思考，而不是用嘴思考。

我似懂非懂地点点头，走了出来。那天晚上，我坐在画架前对着画布沉思一会儿，抬起铅笔用力地画起来，画布上逐渐出现了绵延的山峦、三棵粗壮的大树、妈妈的面庞。我耳边响起了小各罗布敲打狍子腿骨的节奏，还有他那稚嫩的嗓音唱出的歌曲：

> 妈妈，你是昨天的树；
> 妈妈，你是今天的树；
> 妈妈，你是明天的树。

　　小各罗布的歌声变成茂密的森林生长在画面里。我的妈妈，她的身体是三棵古老的树木，粗壮的树根延伸进深厚的大地。她的双手变成了树木的枝条，又似野鹿的五叉犄角，在头顶上齐齐地绽放，仰向蓝天，为世间万物、为所有的生灵祈祷。那三棵带着魔咒的古老的大树，象征着过去、现在和未来。

　　我的妈妈，她是一个整体，森林的整体。

　　我沉稳地画着。妈妈的轮廓越来越清晰，她的头发像柔软的兽皮缠绕在树枝上，那些纷繁的树枝如同云烟般朝天空伸展、聚拢。而深深扎根于大地深处的根须犹如家庭的血缘结构图，时隐时现，盘根错节。

　　昨天的妈妈，隐隐出现在苍茫的山峦那一面；今天的妈妈，正朝向我们；而明天的妈妈，背向我们，迎向过去与现在。

　　我画着，即使没有回头，我也感觉到，几个同学正站在我的身后，他们无声地凝视我用画笔缓慢地勾勒母亲，以及她的家族与自然世界的深奥关系。

　　一个星期后，我把这幅名为《血缘》的油画交给石老师。我站在他面前等待着，但他没有说话，眼睛被画吸引了过去，脸上慢慢呈现出惊愕的表情。那幅画的色彩非常浓丽，三棵大树的根部血红浓艳，如同沸腾的血液在大地上滚滚流淌，幽蓝的山峦把人们的思绪拉回了古老的幻想和追忆，里面潜藏着一只只轻盈欲飞的野鹿、狍子和山鸡。画面上的母亲身穿鹅黄色的皮袍，像太阳一样灿烂，像月光一般柔滑，她举起双手，默默地祈祷。

　　石老师抬起头，表情复杂地问：你想告诉我们什么？

　　我思忖一下后回答道：我们的玛鲁神灵说过，无论是过去还是未来，都流淌在你现在的血缘里，你从自己的身体里能找到逝去的亲人，和将要缅怀你的后人。

他什么也没说，点了下头。

系里组织的评委会集体投票的结果，全票通过《血缘》。

又一场雪纷纷扬扬地下起来。北京的雪下得安静、黏腻，完全不像大兴安岭的雪下得气势汹涌。透过学校大门的铁栅栏，看得见对面的街道上堆起两座白白的雪人，吴仁杰和几个同学便跑到门口支起了画架，在画布上画下丰腴的雪人、欢快奔跑的孩子们，和雪地上留下的一串串活泼的脚印。

我端着午饭回寝室。毕素芬的画落选后心情很忧郁，而且得了重感冒。虽然在校医室打了三天针退下烧，但仍然咳嗽得夜里睡不着觉。每逢夜里我被她的咳嗽声震醒，便悄悄下了床，把她的暖水袋重新换上热水，放进她的被窝里。我的手无意间触摸到她的脸，上面有着湿湿的泪痕。

中午吃饭时，我发现她没来，就给她带回去两个馒头、一份炒白菜。走出食堂后，黏腻的雪花粘在我脸上、身上。校园里积了很厚的雪，而道路上的雪已经被来往的行人踩踏得灰蒙蒙的。我不由得想起多布库尔河一带茫茫无际的白雪世界，这是整个大地洁净身躯、脱胎换骨的时节。

我推开门，毕素芬慌乱地把一样东西扔在我上铺。不用问，我知道那是我的素描本。我装作没有看见，反身关上门，把饭盒放在她面前的桌子上，轻声说：吃饭吧，不要饿着自己，身体会垮掉的。

她接过饭盒，用勺慢慢地喝着白菜里的汤水，眼睛湿润了。我想了想说：我在你肘弯放点血吧，咳嗽会好得快一些。她仍然不吭声，只是慢慢地吃馒头。我感觉得到她的心事重重，就跃身上了床铺，想补充一个午觉。

肖老师住院了，她突然对我说，我在医务室打针时无意间听到医生对别人讲，石老师的未婚妻住院了。

我一下子清醒过来，那个美丽的女教师，一直保持着温和笑意的女人，为什么住院了。

她是割了手腕的动脉，被家里人发现后送进医院的，医生说晚一步就没命了，毕素芬说，一个女人为一个男人可以去死，这真是骇人听闻。

我的脑袋嗡地响了一下，里面乱糟糟的。我想起了库列和苏妮娅，想起了查鲁的信，突然觉得透不上气。她一定留下了信，我大声说，她要走了，一定会留下信。

毕素芬惊讶地抬起头望着我：你猜对了，肖老师给石老师写了一句话，石峰，我想你，然后写上自己的名字。

我在铺上翻着书，很快找到夹在书里面的信。古迪娅，我想你，我死吧。查鲁只写了这么一句话，然后写下自己的名字。而为爱情寻死的肖峰老师，也只给石峰老师留下这样一句话。查鲁，他想告诉我什么？他的信的确让我不安。

我下了床铺，把查鲁的信递给毕素芬，她仅仅看了一眼，便失声尖叫了一声。是的，我在她惊恐的脸上听见了她内心发出的尖叫。我们都想到了割腕的肖老师、查鲁与她不谋而合的信。我努力平静自己，甚至笑着说，只要我为她放点血，她的病就会好一些。她顺从地把手背举到我眼前，看我用火柴烧过的缝衣针扎在她肘间的粗血管上。一股紫黑的血从针眼里冒出来，我用一团棉球轻轻擦去，安慰她说，你很快会好的。

你恨我吗？她突然问道，吴仁杰告诉我，那天晚上你听到了我和石老师的话，他说真没想到，你们居然是好朋友。

我勉强笑一下，控制突如其来的心慌，因为查鲁的信引起的心慌。别多想，我轻声说，在我心里没有怨恨，因为那些死去的亲人告诉我，他们很留恋活的世界。你会完全好起来的，等放假去我家住一段时间，我妈妈做的肉汤很好喝。

她望着我，神情明显变得轻松了。我知道了，吴仁杰为什么喜欢你，她脱口而出，和我相比，他的确应该喜欢你。

还有两个星期就放寒假了，但我等不及了。一个声音告诉我，我应该快点回家。我找班主任请假时，他告诉我请长假找校长。

我去了校长办公室，把请假条递给他。校长仔细看着假条，微微皱着眉头说：再坚持两个星期就放假了，古迪娅同学，你没有充分的理由马上回家。我张张嘴，却什么也说不出来，只好转过身慢慢地走出去。门在我身后合闭上了，悄无声息，我很想再次推门进去，把查鲁的那封信拿给校长看。但是，他不会相信我的预感，不会相信查鲁用这句话告诉我，他很危险。其实连我也无法确认，自己的恐惧是来于幻想还是未曾揭开的事实真相。

我慢慢地走在长长的走廊里，周围不时有老师经过，我礼貌地向他们打招呼，心里突然涌出一个念头，不辞而别。一想到这里，我飞快地跑回班里，打算听完石老师的课之后，马上收拾东西回家。

我刚刚坐下，上课的铃声响了，石老师夹着教案走进教室。同学们马上寂然无声，齐齐地望着他。他很平静，像往常一样平静，看不出发生了什么事情。他从教案里拿出两张油画让我们传看，一张是法国画家瓦尔什的《小雪》，另一张也是法国画家的作品《卡瓦里埃尔松林》，画家的名字叫芒甘。我拿到两幅画时注意到，它们是从外国绘画杂志上剪裁下来的，画面下有英文简介。

石老师介绍说，他在一个画家那儿看到了这两幅油画资料，借来给我们看看。瓦尔什的画笔离不开法国百姓熟悉的现实，油画《小雪》蕴涵着风俗画的因素。这幅画面里被雪覆盖的乡间一派萧索、阴冷，裹着厚实冬装的女人和孩子匆匆行走，更让人感到冬天的寒冷。深暗的线条、沉郁的色调和枯涩的笔触，活生生地展示了法国乡村的冬景。居民生活在冬季的阴郁心情。而芒甘的风景画《卡瓦里埃尔松林》却洋溢着画家热爱自然的感情。这幅画以典型的野兽主义色彩语言，赞美初夏时节岸边的风景。观看这样的绘画，人们会随着奔放的笔法，领悟到他挥毫绘彩的欢乐。即使如此地富于激情，他仍然在表现手法上有所节制，在空间和形色的处理上保持自然的面貌，称得上清晰明确，还没达到纯形式上探索的境地。

当同学们提出要临摹两幅画时，石老师迟疑一下后同意了。快下课时，他告诉我和吴仁杰、洪刚，过两天校长要找时间和我们谈话，希望我们三个人寒假时留下来，参加民族宫的建筑绘画工程。

自习课时，我鼓起勇气去石老师办公室，把一直戴在脖子上的神袋送给他：这是我妈妈亲手缝制的神袋，里面装了玛鲁神，请你送给肖老师，神灵会保佑她的。

他感动地说：我替肖老师谢谢你了。然后把神袋郑重地放进内衣兜里。

我说：还有一件事我要告诉你，我终于知道了，是你自己买下了我的三幅画。

他吃惊地问：你怎么知道的？

我说：你刚刚告诉我的。

他马上反应过来，淡淡一笑说：能帮助你顺利地学习，这是我的心愿。

我从衣兜里拿出查鲁的信，平展地放在办公桌上解释道：这是查鲁的信，他是我的小伙伴，我们一起长大的。

他看过信后，抬起头困惑地问：你好像担忧什么，这句话的确令人不安。说完，他的脸色顿时凝重起来，大概想起肖老师给他的最后一封信。

老师，我轻轻呼唤一声，似乎准备揭开那层薄薄的面纱，但是有一只无形的手捂住了我的嘴，我闭上嘴默默地望着他。他从椅子上站起来，在地上走来走去的，最后站在我面前说：你相信自己的直感，他要出事了。我点点头，泪水涌上来，不听话地流在脸上。他慌乱地说：别哭，或许事情没有你想的那么糟糕，马上请假回去看看。

我说：我请过假，校长不同意我回家，认为我没有充分的理由，而我不能编别的理由骗他，我不能骗人。

你马上收拾东西回家，他说，我送你去火车站，至于校长那儿，我来向他解释。

我怔在那儿一动不动，他的话让我一时反应不过来。他见我木然地站着，突然大声喊：快回去收拾东西。

35

我下了火车，一脚陷进厚厚的雪地里。粗野的狂风迎头吹来，我趔趄地走着，眼泪马上被风吹得流出来。用红砖搭建的车站像一个失魂落魄的孤独者，默默地守候着行人。我快步地走着，雪在我脚下发出嘎吱嘎吱的响声，真是亲切无比呀。

到了马路上，一辆运材车从我身边驶过，飞溅起的雪粘在我的裤子上。我刚打算用手套拍下去，又一辆运材车过去，重新飞溅的雪让我打消了念头。沉重的旅行包压得我喘不上气来，里面装满了石老师买的东西：糖果、糕点、两条方形围巾和一盒积木。最沉的还是颜料，这是他早就为我准备好的。当他拿给我时，我什么也没说，甚至没说谢谢。古迪娅，你要回来读书，他把旅行包放在行李架上，不放心地嘱咐我。有一瞬间，我真想跟随他下车，返回学校；有一瞬间，我想躲开迷惑、死亡，躲开所有来自森林的折磨、苦难。

有一瞬间，我想躲避一切。

我终于拦住了一辆马车，把包裹扔在上面，跳上了车。马车在深深的雪地上走得很慢，车老板告诉我，就在一个星期前，一个鄂伦春小伙子开枪自杀了，因为他被未婚妻抛弃了。我听着，额头渗出了冷汗，后背也像背着沉重的石头，阴凉刺骨。我很想问他，那个小伙子的名字是否叫查鲁，但我刚张开嘴，狂卷的大风便呛得我咳嗽起来。

他说，他认识那个小伙子，经常来车站等自己的未婚妻。小伙子有时帮他装车，因为腿不太好，所以跑起来像在狂风里奋力行走。

我叫他停下车，跳下车后背上旅行包往前走。他奇怪地叫了我一声，大风卷走了他的声音。我拼命地走在雪地里，越来越厚的雪让我举步维艰，可是我再也不能忍受自己待在他身边，不想听他提起那个小伙子。

在大门外，我看见妈妈在院里劈柴。她用一把大斧子劈着已经锯成一截截的木头，当斧子从半空中准确地落在木头上，空中便响起木头清脆的开裂声。她身边已经堆积了高高的木杵子。

我快步走进院子，放下了包，从妈妈手里拿过斧子劈木材。妈妈什么也不说，站在一边看着我，然后佝偻着腰，抱起一堆木柴进了屋子。当她再出来时，身后跟着小苏妮娅，她边喊边朝我扑来。我站在那里回转过头，听见苏妮娅姐姐撩开斜仁柱的兽皮帘跑出来，古迪娅，她喊，你回来啦，她的声音响在空气里、雪地里，然后被大风卷走了。我蹲下身迎接着小苏妮娅，把她紧紧地抱在怀里。

晚上，妈妈自己提起了查鲁。孩子，我见到你第一眼就看出来，你知道了一切。到我身边坐一会儿吧，查鲁在天上看着你呐，他一定想让我第一个告诉你，在他身上发生了什么事。

我用兽皮吸干净窗台上的水。屋子烧得太热了，玻璃上的冰开始融化。听见妈妈叫我，我就把兽皮挡在窗台上，以免水淌下来。我走过去，坐在火炕上，这时小苏妮娅和小各罗布已经睡着了，这时，我将面临一个无法回避的真相。

妈妈把手里的活推到一边儿，捶打着双腿说：我干了蠢事，不该把你的信给查鲁看。那天他又来了，问你来没来信。我说查鲁，古迪娅想留在城里，可是我不想去，这丫头现在开心得快忘了这里。查鲁起初不相信，他说你不是那样的人，你会回来的，我就把信拿给他自己看去，他揣上信走了，去找学校的老师读给他听。第二天中午，他就站在这里跟我说，古迪娅真的变心了，她不想回来了。我现在还记得这可怜的孩子苍白的脸，好像堆满了整个冬季的雪。当时，我应该安慰他才对劲儿，要知道他帮我干了多少活，外面的木桦子都是他劈出来的，缸里的水也是他从河里一桶桶拎回来的，而且隔几天他就给我送肉食。我真该遭到神灵的谴责，当时为了断掉他的痴心，我居然跟他说，臭小子，别一根筋啦，既然古迪娅不想回来就随她去吧，你也该成亲啦，二十二岁的大小伙子，不能一个人整天这么晃悠。

　　可怜的孩子，他还是经常来咱们家。我一见到他在院子里劈木柴，心里就犯愁。这小子怕是一辈子非你不娶了，这欠揍的傻瓜，他快气死自己的爸爸了。唉，我们只当成什么也没看见。那天早晨，他又来了，我正做饭呐，他说他饿得不行，因为昨天一天没吃东西，我就在锅里又放进几块狍子肉。饿了一天不是闹着玩的，他肯定又和谁打架了。没等肉煮到半熟，他便告诉我，昨天他和翁基勒打起来了，如果不是腿不利索，他准能把翁基勒的脖子卡断了。我问他出了什么事，他哼哼唧唧地说是因为古迪娅，他们都知道古迪娅想留在北京，是他告诉大家的，那几个家伙不但没安慰他，反而让他趁早找老婆，翁基勒甚至还说库列这样的男人没有了的话。他没忍住，起初倒是想耐下性子，但是喝下第三碗酒他再也忍不住了，把碗摔到翁基勒的脸上，然后他俩在雪地上结结实实打了一架。

　　那顿饭他吃得太多了，他走出门口时，我都担心他弯不下腰去掀开门帘子，这一年他又长了一截个头。唉，说到这儿我伤心极了，只有孩子才长个头，查鲁才二十二岁。本来已经走到门口，他又返回身朝我走过来，我以为他忘掉了东西。他走过来，把我扶好，接着发生了让我意料不到的事情，他给我磕了三个头，恭恭敬敬的，站起身时叫声妈妈。妈妈，我是你的孩子了，他站在我面前这么说的。没等我问他什么，他就走了。我以为他的酒劲儿还没过去，到我这儿撒撒脾气，这事就在脑袋里过去了。

可是中午，我就听见了枪声，在河边传来的枪声。剩下的事情我不想说了，睡吧。

第二天，妈妈让我去看查鲁的父亲，我摇摇头，眼眶里含着泪。她勃然大怒，拿过炕上的笤帚朝我后背拍一下：你现在想躲开可怜的老人吗？脑袋不开窍的丫头，查鲁为你死得真冤，你哪里值得他用命去爱！玛鲁神灵早就说过，当你轻视了一条生命，你就丢弃了自己。现在你为自己赎罪吧，去勒日钦老人面前，听凭他的发落。

我穿上狍皮大衣，戴上手套，将妈妈的方格围巾围在头上后走出屋子。气势汹汹的大雪下了一夜，遮盖住地面上所有的印迹，大地显得真干净。快到中午了，天空还是阴沉沉的，裹在灰蒙蒙的雾气中的太阳在山顶上缓慢上升，一座座木克楞的房屋顶覆盖着厚厚的雪，一缕缕青烟从烟囱里冒出来，散在半空中。我看见席兰的儿子在雪地里飞跑，他身后跟着一条黑狗，便叫住了他。他认出了我，颠颠地跑过来，地上松软的积雪在他身后扬起来又落下，两条银河便朝我淌过来。

玛诺呼真长大了，我欣喜地蹲下来抱住他，从衣兜里掏出糖块。他的鼻尖冻得通红，黄茸茸的眉毛上沾着白霜，嘴里冒着哈气。他告诉我要去看看勒日钦爷爷。查鲁叔叔死了以后，爷爷就生病了，玛诺呼边嚼着糖块边说，妈妈让我去看爷爷，大人去了他躺着不起来，小孩去了他才起来。

我拉着他的小手一起朝前走，那条黑狗也认出了我，一边叫着一边跑在我们前面。在厚厚的雪地上，它奔跑的样子像在水里游泳。我问孩子，查鲁叔叔被安葬在哪里，他指指南面的山说：就在那里，爷爷说了，让他能看见家，等爷爷死了，也埋在那儿。

我望着那里，一想到查鲁孤单单地躺在寒冷的地下，我就感到嗓子发紧。如果真有灵魂，他一定后悔自己提前来到自己生命的终点。

勒日钦老人看见我时，一点儿没感到惊讶。我施过礼后，把妈妈装的食物和糖果恭敬地递给老人。他慢慢地从火炕上坐起身，把袋子里的东西拿出来，供在"玛鲁"神龛下面的木架子上。玛诺呼眼巴巴地瞅着，知道神灵闻过味儿后，他就可以吃到供品了。而查鲁的哥哥和嫂子和我寒暄后，躲到另一个屋子里。

查鲁走了，勒日钦老人说话了，他的嗓子像沙漠一样，发出沙哑的声音，这小子没出息，在河边给自己一枪，枪口被他含在嘴里，他用脚趾头勾住枪勾，送走了自己。我到他身边看他倒下的样子，就知道他真不想活了。

那天快中午时他回来了。在大院里他就咳嗽，一直到门口边咳嗽着边跺着脚，把鞋底的泥和雪跺下去。我生气地想，这小子犯不上用这么大的劲儿跺脚，八成又跟谁喝多了，近些日子他经常酩酊大醉，然后吵嚷着古迪娅变心了一类的话。因为这个，我曾经用皮带抽过他。我让他在半年内一定要结婚，找谁都行。他抓着脑袋大声喊：难道你们谁也不懂我吗，没有古迪娅，我会死。他反反复复地只说这句话。当时我看出来了，他没疯，糟糕的是他说的话从来都是心里想的。为了让他死心，我劝他说，古迪娅已经飞走了，连神灵也拽不回她了，你要是喜欢她，就放她走吧，那是个好孩子，咱们谁也别耽误她。他怔怔地望着我，好像想通了，站在那儿傻呆呆地想事儿。我懒得搭理他，这个脑袋转一圈儿比树长年轮还慢的小子，让他想通一件事可不容易。既然他愿意站在那儿就别坐下了，我还有活要干。爸爸，他叫我一声，我抬腿就走，我说过我有活要干，没精力搭理他，他已经把我折腾得精疲力竭了，我打熊的时候都没这么累过。你妈妈曾跟我说过，别让查鲁这么任性下去了，他该结婚生孩子，别老泡在哥哥家。听了你妈妈的话，我感到丢尽了脸，这个没出息的小子还是要死要活地折腾，随他去吧。我出了屋，站在大院想一会儿该干的活，然后进了仓库找兽皮，打算给孙子做一个滑雪橇。

他出去了，我在仓库里翻东西时，听见他打开门出去了。他的脚步真轻，比狐狸还轻，但是逃不过我的耳朵。当时我正生气，就没拦住他，他往河岸的方向走，大概是去凿冰。他干这活很在行，把一块块冰放在爬犁上拉回来堆在大院里，够我们用的。只要他干起活来就好了，会跟常人一样接受自己的命运，玛鲁神灵早晚能让他平静下来。想当年我也为了一个姑娘跟自己过不去，自从她嫁到别的乌力楞后，我赌气娶了查鲁的妈妈，她真是好女人，让我懂得了生活，得到了温暖和体贴。后来，我忘掉了那个姑娘，一心一意地和老伴生儿育女，直到她得了肺结核吐血死去。当时，我以为查鲁会和我一样扭过脑筋，别去争抢不属于自己的东西。可是我听见了枪声，闷闷的，很奇怪的动静，像野鹿在浓雾里穿行。我刚怔了一下，马上预感到查鲁出事了，我跑出仓库跑出大门，又跑回来，骑上马朝河岸狂奔。在开阔的河岸上，我看到了一个黑影倒在雪地上，我跑过去后跳下马背，扑到查鲁身上，他已经死了。

后来，我们把他埋葬在西面的山坡上。他是一个人，孤零零的没人说话，用不了过太久，我该过去陪他了。这孩子一向不太会说话，直到他走了，我才听懂了他的话，我真是白活了。

你走吧，古迪娅，我不想再见到你。查鲁是为你死的。

我躺在火炕上睡了两天。中午醒来时，睁开眼睛看见了妈妈，她把手捂在我头顶上说：终于退烧了，古迪娅，你不能这么睡呀。

我没有说话，汹涌的泪水从眼睛里流淌出去，淌到枕头上。妈妈让我坐起来，用厚厚的被子垫在我的后背说：孩子，对着窗户你看看外边，想画点什么就画吧。

我喝了两碗玉米粥，把画架支在腿上，慢慢画起来。我画出一个坟墓，被大雪掩埋了的坟墓。查鲁，他选择了严冬结束自己的生命。这个时节，大地冻得比岩石还坚硬，部落的男人们硬是用铁镐刨出深深的土坑，把他埋葬了。那座坟墓被无声的大雪覆盖住，上面还来不及长出柔嫩的草，来不及有萧杀的风拨动坚硬的草茎，来不及有动物爬上土堆。

查鲁，他告诉过我，他的爱。他不知道，自己面对的是一个轻浮无知的女孩。我从来没有听懂过他的爱，就像面对一棵草，以为一块土地便是他的全部。我不懂什么是拿命去爱，当我懂得他的爱时，他走了，把命带走了，留给我终生的悔恨。我去哪里找回他，找回本该属于我的世界。

那天，我在画布上只画了一座被大雪覆盖的坟墓，便睡着了。在睡梦中，我听见席兰嫂进了屋，听见她和妈妈说话的声音，之后，我就昏沉沉地睡过去。晚上我醒来时，妈妈告诉我，乌力楞里的人都来过了，他们看见我一直昏睡，什么也没说，又走了。

我说：妈妈，我想看查鲁的坟墓。看见她脸上想要拒绝的神情，我态度坚决地重复一句：我知道在哪儿能找到他。妈妈的神情立刻变了，妥协地说：行啦，你打起精神吧，把自己喂饱了再去，不然的话，大风能把你吹翻一百个跟头。

我下了火炕，开始吃饭。过度的忧伤撑开了我的胃口、身体和血管，食物掉进胃里像掉进了深洞。妈妈见我狼吞虎咽地吃饭，有些担心地瞅着我，后来她索性抢过我的碗，断然地说：够了，再吃就是第五碗饭了，你想撑死自己吗。

但她心里清楚，源源不断的忧伤让我大量的进食，以此来抵抗即将到来的崩溃。

我和妈妈骑上马，朝南山走去。茫茫的大雪一直铺向辽远的天际，道路两旁的杨树挂满了饱满的冰霜，在寒冷的空气中像钢铁一般凝重，偶尔能听到冰霜冻裂后坠落大地的声音，像缓慢散开的迷雾。一些杨树微微弯下腰，待到天气更寒冷时，它们会像柳树那样垂下腰，接近大地。

妈妈一言不发地走在前面带路，她挺着腰板，好像要替我顶住即将倒塌的东西。她的背影像一幅永不褪色的画，深深印在我心里。雪很厚，马有时陷进雪窝里走不动，我们就跳下马，蹚没到膝盖的雪继续朝前走。我用全身为两匹马蹚路，妈妈跟在我身后喘着粗气，不得不翻身上马，看着她的女儿用双手拼命地刨开结成硬壳的雪，全身犹如破冰船冲在前面。她看到了我内心的疯狂，即使是天崩地裂，我也要走到查鲁的坟墓前。

我们走了两个小时，终于找到了查鲁的坟墓。当我看清墓碑上写着查鲁两个字时，抱住墓碑哭了。妈妈沉默地走开了，她知道我有话要跟查鲁说。

我把祭祀用的肉食、糖果，和他最爱吃的烤饼放在坟墓前，打开兽皮袋的塞子，倒出里面的酒，然后跪在雪地上，几口喝光袋子里剩下的酒。查鲁在地下看着我做的一切，肯定生气地喊：你可从来没像现在这样喝酒呀，臭丫头。

我大声地说：你出来，查鲁，你不能躲在下面。你捎信让我回来，但我来晚了，只看到你身上积攒了这么多的雪，全世界的雪都落在你身上，我只能隔在外面看着你。

他躺在一张鹿皮褥上，望着帐篷的出烟口，那面的天空一定比这个世界离他更近，他瞧见的星星是一簇簇金黄的篝火，在他头顶摇曳，那是天空的时钟。他很想动动身体，却不得不放弃这种努力，手里紧紧地抓着那顶艳红色的滑冰帽。

我变成这个样子，回不到你身边了，他怪不好意思地说，真没想到我一下子来到地下。子弹被我咽进肚子里时，我才知道，自己回不去了。他说话时，一动不动的嘴唇像石头一样沉重。

我看见了查鲁的灵魂在无边无际的光芒中游荡，他很想看清楚眼前的世界，却失望了。苍茫的光明中没有声音、没有道路、没有世界，他的灵魂只能漂浮在自己身边。

老人们说，选择了自杀的人就意味着，你的灵魂寻找不到新的道路。

我不知道自己跪了多久。当我慢慢地站起来时，沾满了雪的膝盖发出嘎巴嘎巴的响声。覆盖在坟墓上的雪真厚啊，那是我一生的孤独，在雪的下面，燃烧和冷却我的，是查鲁灵魂永恒的孤独。

他的孤独和爱将深入我的骨髓，伴随我的一生。

查鲁，我要走了，我对着泥土下的人儿说，没有了你的爱，即使睁着眼睛，我也找不到世界。因为再也没有一个人，能像你那样用命来疼我、爱我，用命来跟我这个轻浮无知的臭丫头清算。我用一生寻找的，我想得到的，应该属于我的，都让你拿走了。我要走了，回到北京。在那里，我才敢回头看你，看我所有的亲人，看森林和多布库尔河，才有可能重新活一次。

妈妈在我身后猛然喊起来：查鲁来了，他在雪地上。

我听到了呼啸的风声，惊骇地抬起头望去，远处的雪地上正出现一团巨大的狂风，在半空中缓慢移动。它卷起地面的雪向我们走来，离我们越来越近。我凝视着它，凝视着巨人般的精灵，心跳得像麋鹿在狂奔。

萨　娜

2011年10月30日

于广东省作家协会"作家之家"

后
记

远去的游猎部落

居住在我国东北部大兴安岭森林里的鄂伦春人，直到新中国成立时，尚处于原始社会末期地域公社的发展阶段，过着从蒙昧时期延续下来的古老而典型的以狩猎为主，辅以采集和捕鱼的生活。一个民族全部从事从远古遗留下来的游猎经济，无论在我国，还是在当今世界上其他地区，都是少有的。鄂伦春是我国东北古老民族的遗裔，在漫长的发展过程中，创造了独特的游猎文化和以萨满教为主的古老的精神文化。

二十世纪中叶，居住在东北大兴安岭森林里的鄂伦春人人口濒临灭绝，整个民族仅剩两千两百多人。当我从一本发黄的史料中看到这个数字时，我不由地潸然泪下，心中涌起一股悲伤的创作激情，我一定要为这个兄弟民族抒写一部值得留存的长篇小说。

于是，我选择了多布库尔河流域的鄂伦春游猎部落进入了我小说的创作视野。

　　记得三年前的一个盛夏时节，我坐着公共汽车进入了大兴安岭鄂伦春民族古里乡，去看这条流经东北平原的大江源头，嫩江源头多布库尔河。鄂伦春朋友们在早晨三点多就开着老式的吉普车送我去了河边。那一天，我们像真正的猎人那样，在河边点燃了篝火，烤炙羊肉和鱼肉。这群狩猎民族的兄弟说着、笑着、唱着，他们大碗喝酒大口吃肉，似乎遗忘了并非遥远的这个纷繁的世界。

　　而我一直默默地看着静静的河水、辉煌的太阳、无边的森林，还有眼前的鄂伦春兄弟姐妹们。每当他们用雄厚的声音唱起古老的民歌时，我恍若在流逝的时光里，看到一个古老的部落，看到一个古老的民族渐渐远去的背影……

萨　娜

2013年4月18日